JN250625

ナイトランド叢書 2-7

魔女王の血脈

サックス・ローマー

田村美佐子 訳

アトリエサード

BROOD OF THE WITCH-QUEEN

Sax Rohmer

1918

装画：中野緑

主な登場人物

アントニー・フェラーラ……医学生
ロバート・ケルン……同
サイム……同
マイラ・ドゥーケン……アントニーの従妹
サー・マイケル・フェラーラ……アントニーの父。エジプト研究者
サー・エルウィン・グローヴス……サー・マイケルの主治医
ブルース・ケルン……医師。ロバートの父。サー・マイケルの友人
ラシュモア卿……ドゥーン城主。結婚して南米より帰国
ラシュモア夫人……南米で見初められたラシュモア卿の歳若い妻

目次

魔女王の血脈

サックス・ローマー

田村美佐子 訳

はじめに

ここに記したアントニー・フェラーラの不可思議なおこないの数々は、かつて中世、古代エジプトのみならずヨーロッパでも実践されていた（おびただしい数のさまざまな記録に照らし合わせると、そういうことになる）ある魔術の姿を表現するためのものであって、たとえ完璧なる準備を整えた熟練の者であろうとも、かならずしも魔力が手に入るわけではけっしてないことをここに述べておく。

S・R

第一章　アントニー・フェラーラ

ロバート・ケルンは四角い庭を見おろした。顔を出したばかりの月の光が、学寮の古い建物を柔らかな光で照らして美しく浮かびあがらせ、時にさらされた痕を隠している。西側の、アーチ形をした回廊の足もとには影だまりができ、古びた壁に絡みついた蔦は、彫刻のごとくさらにくっきりと形が浮き彫りになっている。楡の木の奥の苔むした石畳の上には、ここからでは陰になって見えない通用門の柵が縞模様の影を落としている。さらにその向こうに目をやれば、てっぺんから小煙突が何本か覗いている風変わりな煙突と塔の張り出しやぐらとの間に、スパンコールをちりばめたビロードのような青い三角形が見える。テムズ川だ。川面から涼しい風が渡ってくる。

だがケルンはまっすぐに西を見据え、煙突の真下にある窓を一心に見つめていた。窓の奥に見える室内には、ちらちらと明かりが揺らめいている。

彼は部屋にいるもうひとりの男を振り向いた。筋骨たくましくて血色のよい、牛のような外見の男だが、いまはロス著『神経系疾患便覧』と首っ引きで、必死に頭蓋骨をためつすがめつしている。

「サイム、こんな季節に部屋で火を焚きっぱなしにするなんて、フェラーラのやつはいったいなにを考えているんだろう?」

　サイムは顔をあげ、苛立たしげに声の主を見た。ケルンは長身で痩せ型のスコットランド人で、髭をきれいに剃っていて、えらが張っている。淡い色の縮れた髪をして、灰色の瞳には勝ち気な光がにじんでいる。

「勉強しにきたんじゃないのか」サイムが哀れっぽい声でいう。「おれの大脳基底核のはたらきに手を貸してくれるものとばかり思ってたんだがな。まったくお手あげだ。しかもきみは窓に張りついたまま外を眺めっぱなしときてる!」

「端の部屋のウイルソンが珍しい脳みそを手に入れたんだってさ」まるで的はずれな答えだ。

「へえ!」サイムが呆れたようにいう。

「ホルマリン漬けになってる。聖バーソロミュー病院勤めの親父さんが昨日持ってきたそうだ。きみも見せてもらうといい」

「きみの脳みそをホルマリン漬けにしようなんてやつはまずいないだろうよ」サイムはしかめっ面で机に戻った。

　ケルンは中庭を見わたしながら、パイプに火をつけ直した。そして——

「フェラーラの部屋に入ったことがあるか?」と問いかけた。

　口の中でもごもご文句をいう声がし、ガタンとなにかが落ちる音がして、頭蓋骨が床に転がった。

「あのな、ケルン」サイムが怒鳴った。「論文の締め切りまであと一週間しかなくて、おれの神経回路はぼろぼろなんだ。たぶんそのうちぷつんと切れる。話したけりゃ話せ。さっさとおれを解放してくれ」

「わかった」ケルンは平然と答え、サイムに煙草入れを投げてよこした。「フェラーラのことなんだが」

「話してみろ。フェラーラがどうした」

「つまり、その」ケルンは答えた。「あいつ、妙じゃないか」

「いまさらなにを」パイプに煙草を詰めながら、サイムがいった。「あいつが妙なのは誰だって知ってることだ。だが女にはもてる。おおかた神経専門医にでもなって、いずれがっぽり稼ぐんだろうよ」

「そんなことをしなくても、サー・マイケルが亡くなればあいつには遺産が山ほど転がりこむ」

「そういえば、美人の従妹がいたな」サイムがからかうようにいう。

「いるよ」ケルンは答えた。「そうなんだ、ぼくの父とサー・マイケルは親友でね。とはいえフェラーラとは昔から頻繁に会っていたわけじゃないんだが、別に嫌ってもいなかった。いなかったんだが——」そこで口ごもる。

「いっちまえよ」サイムが目で急かす。

「ばかげているとはぼくも思うんだが、いったいあいつはこんな暑い夜に火を焚いて、いったいなんのつもりなんだろう?」

サイムはケルンをまじまじと見た。

「先祖返りでもしてるつもりなんじゃないか」と軽口を叩く。「フェラーラ家は確か——スコットランドの家系ということになっているが――もともとはイタリア系じゃなかったか？」

「スペイン系だ」ケルンが正した。「あの家の先祖は、アンドレア・フェラーラの息子であり、剣鍛冶だったスペイン人だ。その男、カエサル・フェラーラは一五八八年に武具師として無敵艦隊とともにこの国へやってきた。乗っていた船がトバモーリ湾で難破したのでイギリスに上陸し――そのままとどまった」

「で、スコットランドの女と結婚した」

「そのとおりだ。だが家系図には、アントニーの性癖については書かれていない」

「性癖だと？」

「だって、見ろよ」ケルンは開け放った窓のほうを手で指し示した。「ひと晩じゅう暗闇の中で火を焚いてるんだ。いったいなにをしているんだ？」

「インフルエンザじゃないのか？」

「そんなわけがないだろう！　やつの部屋に行ったことがあるか？」

「まさか。行ったことがあるやつなんてめったにいないだろう。とはいえさっきもいったとおり、女にはもてるからな」

「どういう意味だ？」

「わだかまりのあるやつは多いだろうってことさ。なにしろまわりは振られた男だらけだ」

「つまり波風を――」

「なにかしら立てる男にはちがいない」

「よし、つまりきみもあいつのことをあまりよく思っていないということなら、ぼくとしても気が楽だ。木曜の急な雷雨を憶えてるか？」

「忘れるわけがない。あのせいでまったく集中できなかった」

「ぼくはあのとき外にいてね。ボートの上で寝てたんだ、いつもの――川のほとりで」

「さぼり魔め」

「じつをいえば、骨の研究は諦めて『プラネット』紙からの誘いを受けるかどうか考えてた」

「薬をとるかペンをとるか――ハーレイ街をとるかフリート街をとるか、か。で、考えはまとまったのか？」

「まとまらなかった。それどころじゃないことが起こったんだ」

室内にはもうもうと紫煙が立ちこめていた。

「穏やかなひとときだった」ケルンはふたたび口をひらいた。「ネズミが足もとによじのぼってきたり、カワセミがせっせと枝を集めながら肘の近くにとまったりもした。もうすぐ黄昏どきで、聞こえるものといえば水面でオールがきしむかすかな音、それにときおり舟棹から滴る水の音くらいだった。ふいに、川からあらゆる気配が消えたように思えた。あたりは妙に静まりかえり――なんだか暗くなってきた。だが考えごとに熱中していたから、そこから動こうという気は起こらなかった。

するとボートのまわりに白鳥の群れが集まってきた。先頭はアポロだった――ほら、群れのトップの雄だ――その頃にはもう、あたりはすっかり暗くなっていた。だがなぜだろうとはまったく思わなかった。白鳥たちがしずしずと近づいてきたのも、いってみれば幻でも見ているような気分だった。音ひとつない、まさしく水を打ったような静寂に包まれていた。だがサイム、その静けさは奇妙なことが起こる――邪悪なできごとが起こる前ぶれだったんだ！」

ケルンは興奮して立ちあがると、机のところまで大股に歩いてきた。足もとに転がった頭蓋骨を蹴飛ばす。

「嵐が近づいていたからだろう」サイムがそっけなくいう。

「それだけじゃなかったんだ！　とにかく聞いてくれよ！　あたりはますます暗くなった。雷鳴のとどろきが聞こえているのに、なぜか白鳥たちの群れから目が離せなかった。そのときだ――これを話したいがためにここへ来たんだ。とにかく誰かに聞いてもらわなければ、と――忘れようとしても忘れられないようなできごとが起こったのは」

ケルンはパイプを叩き、灰を落としはじめた。

「なにがあった」サイムが促す。

「大きめの白鳥が――アポロだった――十フィートも離れていない場所にいて、ひろびろとした水面を一羽だけ離れて泳いでいた。まわりにはなにもいなかった。するとアポロが突然、生まれてこのかた聞いたこともない、血も凍るような激しい鳴き声をあげ、巨大な翼をひろげて――そのさまはまるで、責め苦を与えられた幽霊のようだった。いまでも目に焼きついてる――水面から六フィートほど上空へ舞いあがったんだ。不気味な悲鳴がやがて苦しげな息に変わり、大きな水しぶきがあがった――ぼくは全身びしょ濡れになった――群れで一番の雄白鳥は、哀れ両の翼を水面に叩きつけられ、そのまま動かなくなった」

「それで?」

「ほかの白鳥はいつの間にか亡霊のようにいなくなっていた。大粒の雨が頭上の木の葉を叩いていた。白状すると、ぼくは心底震えあがっていた。アポロの片翼がボートの端に引っかかっていた。ぼくは立ちあがっていた。先ほど、思わず跳びあがってしまったからだ。屈んで翼に触れてみた。するとサイム、白鳥は死んでいたんだ! そこで白鳥の頭を水の中から引っ張りあげてみた——首が折れていた。椎骨が三本、あるいはそれ以上砕けていたんだ!」

紫煙が、開いた窓のほうへ漂っていく。

「アポロほど大きな鳥の首をへし折れる者などそういるはずがない。なのにサイム、それが目の前で起こったんだ。しかもどんな神の遣いの姿も人間の姿も見当たらなかった! 白鳥から手を離して舟棹を握ったとたんに嵐が巻き起こり、千の大砲がとどろいたかのような雷鳴が響きわたった。ぼくは必死で舟棹を掻いて、あの得体の知れない水面を離れた。岸にたどりついたときには全身ずぶ濡れだった。ぼくは一目散に駆けだした」

「それで?」パイプに葉を詰め直すケルンを、サイムがふたたび急かす。

「というのも、フェラーラの部屋の窓に炎の明かりがちらついているのが見えたからだ。普段にあいつの部屋を訪ねたりはしない。だが身体を拭いて火にあたり、ホット・トディ(ウイスキー・ブランデー・ラム酒などを湯で割り、砂糖やスパイスを加えた酒)の一杯でもやれば正気に戻れる気がした。あいつの部屋に続く階段のふもとまで来た頃には、嵐はすでになりをひそめ——遠雷だけが響いていた。

そのときだ、暗がりから——あたりはほぼ真っ暗だった——ちらつくランプの明かりの中に、布にすっぽりと身体をくるんだ人影があらわれた。ぼくは跳びあがった。若い娘だった。かなり美人だったが、真っ青な顔をして、目だけがらんらんと輝いていた。ぼくの顔を慌てて見あげると、なにか、たぶんごめんなさいとかなんとかつぶやいて、隠れていたもとの暗がりに引っこんでしまった」

「やつも懲りないな」サイムが渋い声を出す。「いいかげんにしてもらいたいもんだ」

「ぼくは階段を駆けのぼり、フェラーラの部屋のドアを叩いた。最初は居留守を決めこむつもりだったようだが、やがて、誰だ、という怒鳴り声がした。名前を告げるとあいつはぼくを部屋に招き入れ、慌ただしくドアを閉めた。中に入ると煙が立ちこめていて、その匂いが鼻を突いた——香が焚かれていた」

「香？」

「東洋の寺のような匂いがした。だからそのとおりにいってやった。〈キフィ〉という、古代エジプトの寺院でもちいられていた香を試してみたんだ、とあいつはいった。部屋の中は暗くて暑かった。ふう！　まるで炉の中にいるみたいだった。フェラーラの部屋はいつ行っても妙なことには変わりないが、そういえば長期休暇のあとは一度も訪れていなかった。まったく、気味が悪いったらありゃしない！」

「気味が悪い？　やつはエジプトで休暇を過ごしていた、みやげにそういったものを買ってきただけじゃないのか？」

「みやげか——そうさ！　いかがわしいみやげをな！　だがぼくとしてはそれじゃすまないんだ。あいつのことは誰よりぼくがよく知っている。父は、サー・マイケル・フェラーラとは三十年来の友人だというのに、アントニーのこととなると、どういうわけか——妙に——口が重くなるんだ。それはいいとして、エジプトでのあいつの噂をなにか聞いてないか？」

「厄介を起こしたとか。あの歳にしてすでに評判は最悪だな。もう取り繕うのも無理だ」

「厄介？」

「さあ。詳しくは誰も知らないようだ。だが弟のほうのアシュビーによると、出ていけといわれたらしい」

「噂によるとキッチナーが——」

「それはキッチナーのいいぶんだろうとアシュビーはいってたが、怪しいものだ」

「まあいい——とにかくフェラーラはランプをともしていた。凝ったつくりの銀製のランプで、まるで悪夢の博物館にでも迷いこんだ気分だった。ミイラが裸で置いてあった。女のミイラだ——どう説明すればいいのやら。写真が——何枚も飾られていた。なにが写っていたかはいうのをやめておこう。ぼくはとりわけ繊細な質（たち）というわけじゃない。だがいかにも神経科志望の連中が研究対象にしそうな写真がいくつかあったことは確かだ。ランプ横のテーブルには生まれてこのかた見たこともないような、時代がかったしろものが山ほど載っていた。だがあいつがすぐに全部さらって戸棚にしまってしまったので、ゆっくり眺めている暇はなかった。バスタオルやスリッパを取りに行きがてら、あいつが炎の中になにかを投げ入れた。炎が鋭い音をたてて跳ねあがり――ふたたび鎮まった」

「なにを入れたんだ？」

「はっきりとはわからない。だから推測を口にするのはやめておく。とりあえずいまは。そのあと、フェラーラは濡れた服を脱ぐのを手伝ってくれたりやかんを火にかけてくれたりした。確かに魅力的な男だよな。でも――なんというか――禍々しさを感じてならなかった。象牙色のおもざしはいつにもまして白かったし、疲れきっていて――いかにも消耗した、というようすだった。額には汗の粒が浮かんでいた」

「部屋が暑かったからじゃないのか？」

「違う」ケルンは即答した。「そういう汗じゃなかった。ぼくは濡れた身体を拭き、あいつにズボンを借りた。向こうもグロッグを淹れて、ぼくを歓迎するふりをした。だが忘れもしない、そのとき例のものに気づいたんだ。単なる偶然だろう、といってしまえばそれまでだが――。写真がたくさん飾ってあった。自分で撮ったお気に入りの写真だろう。さっき話した気味の悪い写真や残酷な写真のことじゃなくて、景色とか女の子の写真が――若い娘の写真が多かった――何枚も飾ってあった。そこでだ。ランプの真下にあった変わった形のちいさな画架にも写真が立てかけられていた。よく撮れた、アポロのみごとな写真だった。裏の川の主(ぬし)たる白鳥、アポロの」

サイムは気だるげに紫煙を見つめた。

「思わず動揺した」ケルンは続けた。「あいつが炎になにを投げこんだのかがますます気になった。しかもその〝写真のご婦人部屋〟の中には、さっき話した、階段の下で会った娘の写真もあった。間違いなくあの娘だった。おまけにマイラ・ドゥーケンの写真もあった」

「例の美人の従妹か？」

「そうだ。壁から引っぺがしてやりたかったよ。白状すると、見たとたんにほんとうに腰を浮かしかけたくらいだ。自分の部屋に駆け戻り、あいつの服など脱ぎ捨ててしまいたかった！　黙っているのがやっとだった。サイム、きみだってあの白鳥の死にざまを見たら——」

サイムは窓辺へ歩いていき、やがてゆっくりと口をひらいた。

「気味が悪いと思う気持ちはわからんでもない。だがおれの知るかぎり、その手のことでこの国の大学を追い出されたのは、ケンブリッジ大学セント・ジョンズ・カレッジのディー博士が最後だ。しかも十六世紀の話だ」

「わかってる。ばかげてるさ。とりあえず誰かに聞いてほしかったんだ。ぼくは行くとするよ、サイム」

サイムは窓の外を眺めたままうなずいた。ドアを閉めかけたケルンに、いま一度声をかける。

「ケルン、いまや文士であり暇人たるきみに頼みがある、ウイルソンのところに寄って脳の標本を借りてきてくれよ」

「わかった」ケルンは大声で返事をした。

中庭におりると彼はふと立ち止まり、考えた。やがてふいに心を決めたように通用門に向かって大股で歩いていくと、フェラーラの部屋に続く階段をのぼりはじめた。

何度かノックをしたものの、返事はなかった。だが古い建物にこだまが返るほどしつこく呼びかけていると、やがてドアがひらいた。

アントニー・フェラーラが目の前に立っていた。羽織っているシルバーグレイのガウンには白鳥の綿毛の縁飾りがついていて、そこからのびる象牙色の首筋はまるで彫像のようだ。アーモンド形をした、夜闇のごとく黒々とした瞳は不思議な光をたたえている。その上にはなめらかな狭い額。癖のないまっすぐな黒髪はそれにくらべるとつやがない。紅い唇。どこか女性っぽい、怪しげな雰囲気のある男だ。

「入っても?」ケルンはいきなりそう告げた。

「それは――大事な用か?」低くかすれた声は、けっして耳障りではない。

「忙しいか?」

「ああ――その――」フェラーラはぎこちなく微笑んだ。

「そうか、来客中か?」ケルンは返した。

「そういうわけじゃないが」

「なかなかドアを開けなかったところを見ると」ケルンは踵を返した。「ぼくを学生監だとでも思ったかい。じゃあな」

フェラーラは答えなかった。振り向かずとも、彼が手すりにもたれたまま、階段の上からじっと自分を見送っているのがわかった。あたかも、燃える火の熱さが頭上から降りそそいでいるかのようだった。

第二章　幻の手

一週間後、ロバート・ケルンはオックスフォードを離れ、声がかかっていた新聞社との面接のためロンドンに向かった。なんの謎めいた力がはたらいたのか、ロンドンについたとたんにサイムから電話があり、ある病院で珍しい症例が見つかったと知らされた。

「ウォルトンはそこの研修外科医でね、きみが見学できるよう取りはからってくれるそうだ。患者（女だ）の死因がなんらかの神経性疾患であることは間違いない。おれの私見では」と、あとは専門的な話になった。

ケルンはその病院へ向かい、オックスフォードで懇意にしていたウォルトンのおかげで死体の検分を許可された。

「症状についてはサイムに話したとおりだが――」

研修医はふいに黙りこんだ。ケルンが突如として顔面蒼白になり、倒れまいとウォルトンにしがみついたからだ。

「まさか！」

ケルンは研修医につかまったまま前屈みになり、変色した顔を覗きこんだ。温かい血が流れ、その美しい曲線を彩っていたときにはさぞかし美人だっただろう。だがいまは鬱血し——ひどいありさまだ。喉仏の両側にひとつずつ、かなり濃い変色がある。

「どうした？」ウォルトンが慌てて訊く。

ケルンは激しく息をつきながら、いった。「一瞬、見たことのある顔だった、ような気が——」

「ほんとか？　ありがたい！　この娘は身元がまったくわからないんだ。よく見てみてくれ」

「いや」必死に自分をなだめながら、ケルンはいった——「他人のそら似でしょう」と額に浮き出た汗の粒を拭う。

「顔が真っ青だ」ウォルトンがいった。「よく知ってる娘なのか？」

「いいえ。よくよく考えればまったく似てませんでした。それにしても驚きましたよ。死因はなんです？」

「窒息死だ」ウォルトンは簡潔に答えた。「ほら」

「首を絞められ、ここへ運ばれてきたが間に合わなかった？」

「そうじゃない。首を絞められたわけではないんだ。四、五日前、危篤状態の彼女をスラム街の神父が運んできた。この神父、しょっちゅう誰かしら運びこんでくるから忙しくてたまったものじゃなくてね。栄養失調とそれにともなうさまざまな合併症、と診断をくだした。だが昨夜までは順調に持ち直していた。ところが午前一時頃のことだ、彼女は突然ベッドの上で身体を起こすと、苦しげな息をしてそのまま倒れた。看護師が駆けつけたときにはもう遅かった」

「でも喉の痣（あざ）は？」

ウォルトンが肩をすくめた。

「それなんだ！　同僚たちもみな興味津々でね。こんな症例はいまだかつて誰も見たことがない。神経というんで、若いほうのショーが張りきって長々と報告書を書いてサイムに渡したはずだ、なにせふたりとも、神経というと目の色を変えるからな」

「ええ。ぼくに電話をくれたのもサイムです」

「だがそれは死因には関係ない」ウォルトンはそっけなくいった。「説明しろなんていうなよ、とにかく神経のせいじゃないことは確かだ」

「誰かほかの患者が――」

「おいおい、ほかの患者はみなぐっすり眠っていたよ！　看護師が隅の机にかならずいて、入院患者たちのベッドをひと晩じゅう見わたしている。あの娘には誰も指一本触れていない！」

「看護師が駆けつけるまでにどのくらいかかります？」

「せいぜい三十秒ほどだ。だが急変したのがいつだったのかは正確にはわからない。突然起きあがったのは発作の始まりではなく、最後の痙攣のようなものだったにちがいない」

ふいに新鮮な空気が吸いたくなった。まるで、身元不明の哀れな遺体を邪悪な雲が包みこんでいるかのようだ。正気とはいえないような想像があれこれと湧いてきて、妙な考えやいやな憶測が頭をもたげ、心にどんよりと影が差した。

不気味な秘密を内に秘めた病院をあとにするとき、ケルンは入口でふと立ち止まった。どうすればいいだろう。父であるケルン医師はいまロンドンを留守にしている。でなければすぐにでも彼を訪ねて、このわけのわからない謎について相談するのに。

「いったいどういうことなんだ！」とおのれに問いかける。

病院に寝かされていた遺体は間違いなく、あの夜オックスフォードで見かけた娘だ。アントニー・フェラーラの部屋に写真があった、あの娘だ！

そこで決意した。通りがかったタクシーを停め、サー・マイケル・フェラーラの住所を告げる。自分で自分が信じられなかったが、どれだけ頭の隅に追いやろうと、不愉快きわまりない可能性がつぎつぎと浮かんできた。いつぞやテムズ川が増水したときのように、ロンドンの街が暗い影に覆われはじめたかに思えた。寒気に襲われたかのごとく、ケルンは身震いをした。

不安げに目を凝らしていると、やがて著名なエジプト研究者の家が見えてきた。常と変わったところはなく、木立の奥にぼんやりと白い屋敷が佇んでいる。なにを恐れているのか自分でもよくわからず、なにが不安なのかうまく言葉にすることもできなかった。

サー・マイケルはおかげんが悪く、どなたにもお会いできません。使用人からそう聞かされても、ケルンはたいして驚かなかった。シリアでマラリアに罹って以来、彼はすっかり弱ってしまったからだ。だが屋敷にはミス・ドゥーケンがいた。

ロバート・ケルンは天井の低い、奥行きのある部屋に通された。古代文明の貴重な遺物の数々が並んでいる。書棚には分厚い本がずらりと列をなしていて、ヨーロッパを代表するこのエジプト研究者の名声が、文明社会の隅々まで行きわたっていることがわかった。この風変わりな部屋には幼い頃から出入りしているので思い出が山と詰まっていたが、いくらか成長してからの思い出には、かならずといっていいほど可憐な姿がそこにあった。サー・マイケルの姪であるマイラ・ドゥーケンと初めて出会ったのはこの部屋だ。ミッションスクールを卒業した彼女がこの家に来たことで、薄暗く陰気なこの学者の家は光と喜びに満ちた場所となった。あの日のことを忘れたことはない。隅々まではっきりと憶えている——。

アーチ形の入口にかかった分厚いカーテンをくぐり、マイラ・ドゥーケンが部屋に入ってきた。花崗岩のオシリス像と金箔張りの石棺の間にほっそりとした身体があらわれ、ケルンのもとに駆け寄った。まるで白い光に包まれてまばゆく輝いているかのようだ。柔らかな褐色の髪に光が透け、ロバート・ケルンがこの世で一番愛らしいと思ってやまないおもざしのまわりに光の輪ができている。

「ケルンさんったら」彼女はいじらしく頬を染めた——「わたしたちのことなんて、とっくに忘れちゃったのかと思ってたわ」

「忘れるわけないじゃないか」ケルンは差し出された手をとり、答えた。熱をおびた声と視線に、マイラが思わず澄んだ灰色の瞳を伏せる。「ロンドンに来てまだ間もないし、新聞社の仕事が思っていたよりもたいへんでね！」

「おじさまに急なご用事でも？」

「うん、まあね。でも話はできないようだ——」

マイラがかぶりを振った。上気していた頬から赤みが消えてみると、どれだけ青い顔をしていたか、目の下にどれほど濃い隈ができていたかがわかる。

「まさかそんな深刻な状態ではないだろう？」ケルンは慌てて訊ねた。「いつもの目の発作じゃ――」

「ええ――最初はそうだったんだけど」

マイラが口ごもり、その瞳にみるみる涙があふれるのを見て彼はうろたえた。後見人が病に斃れ、不安を心から打ち明けられる友人もいないとなれば、身寄りのない彼女はたったひとりで放り出されてしまう。目の前にすわっていると、ふいにそれをひしひしと感じずにいられなかった。

「疲れてるんだよ」ケルンは優しく声をかけた。「ずっと看病していたんだろう？」

マイラはうなずき、けなげな笑みを浮かべた。

「医者には？」

「サー・エルウィン・グローヴス医師が診てくださってるわ。でも――」

「父に電報を送ろうか？」

「送ったわ、昨日！」

「なんだって！　パリへ？」

「ええ、おじさまのたっての願いで」

ケルンは身じろぎをした。

「つまり――かなり悪い、と自分で思ってるってことか？」

「どうなのかしら」娘はもどかしげに答えた。「ようすが――おかしいの。誰も部屋に入れたがらなくて、サー・エルウィンですらめったに通そうとなさらないの。それに近頃は二度も、夜中に目を覚まして妙なことをおっしゃって」

「どんな？」

「朝になったら事務弁護士を呼べ、って。ものすごい剣幕で、まるで——わたしが憎らしくてたまらないみたいに……」

「わけがわからないな。それできみはそうしたの？」

「ええ、なのに二度とも、弁護士さんがあらわれたとたんに会いたくない、って！」

「夜どおしきみがついているのか？」

「わたしは続き部屋で寝起きしているんだけれど、夜になるとおじさまの具合が悪くなるの。そのせいで疲れてるのかしら、わたし、昨夜(ゆうべ)——」

これ以上話していいものかどうかわからないとでもいうように、マイラはふたたび口ごもった。だがケルンの顔を一瞬じっと見つめると、その瞳の奥の思いを推しはかるように、心を決めて話を続けた。

「眠っていて、夢を見たんだと思うんだけれど、耳もとで、呪文を唱えるような声が聞こえたの」

「呪文？」

「ええ——なんだか気味が悪かった。するとふいに寒気が襲ってきたの。まるで氷のように冷たい生きものがそばで羽ばたいているみたいに　うまく言葉にできないんだけれど、身体の感覚がなくなってきたの。力尽きて雪の中で眠ってしまう人たちって、きっとああいう気持ちなんだわ」

ケルンは不安げに彼女を見つめた。重い病気の前ぶれということもありうるからだ。

「それでもなんとか起きあがったの」マイラは続けた。「おじさまの部屋に入るのがあんなに怖かったことはないわ。うわごとをつぶやいているおじさまの声が聞こえたけれど——勇気を振りしぼって中に入ったの、そして見たのよ——ああ、とてもいえない！　こんなことをいったら、きっと気がふれたと思われるわ！」

マイラは両手で顔を覆った。震えている。ロバート・ケルンはその手をみずからの両手で包みこみ、彼女の顔を覗きこんだ。

「話してごらん」穏やかに話しかける。

「カーテンが開いていたの。確かに閉めたはずのカーテンが開いていて、月の光がベッドを照らしてた」

「そのせいだ、サー・マイケルはきっと夢を見ていたんだ」

「だけどわたしが見たのは？　ケルンさん、手がふたつ——二本の手が、月明かりの中で、おじさまの身体の上に浮かんでいたのよ！」

ケルンは弾かれたように立ちあがり、片手を額に当て、いった。

「聞かせてくれ」

「わたし——わたし、悲鳴をあげたわ、大声ではなかったけれど——たぶん気を失う寸前だった。すると二本の手がすうっと影の中に消えて、おじさまが目を覚まして起きあがった。そこにいるのか、って低い声で訊かれて、わたしは枕もとへ飛んでいったわ」

「うん」

「おじさまはとても冷たい声で、朝の九時になったら事務弁護士に電話しろとおっしゃると、そのまま後ろにばたんと倒れて、そのまま寝入ってしまわれたの。弁護士さんが来て、おじさまと一時間ほど話していかれたわ。それから弁護士助手のかたが呼ばれて、ふたり揃って十時半頃帰っていったわ。そのときから、おじさまはなんだかぼんやりしていらっしゃるの。というよりも、意識がはっきりなさっていたのは、ケルン医師(せんせい)を呼べとおっしゃったときのただ一度だけ。だから急いで電報を送ったの」

「親父は今夜には着くはずだ」ケルンは請け合った。「聞かせてくれ、その、きみが見たという手のことを。なにか目立ったところは?」

「月明かりに照らされて、ぼうっと白く見えたわ。指輪をひとつはめてた——緑色の指輪。あぁ!」マイラは身を震わせた。「いまでもはっきりと目に浮かぶわ」

「もう一度見たらわかるかい?」

「ええ、もちろん!」

「念のため訊くけれど、確かに部屋にはほかに誰もいなかったんだね?」

「いなかったわ。わたし、恐ろしい幻を見たんだわ。一生忘れられそうにない幻を」

第三章　トートの指輪

ハーフムーン街は静まりかえっていた。夜半を過ぎて三十分ほど経っていたが、ロバート・ケルンはあいかわらず父の読書室の中を行きつ戻りつしていた。蒼白な顔で、机の上にひろげた本を見やっては目をそらす。やがてついにその前に立ち止まり、同じ部分にもう一度目を通した。

そこにはこう記されていた。〝一五七一年、悪名高きトロワ＝エシェルはプラース・ド・グレーヴにて処刑された。彼はフランス王シャルル九世の前で……神秘のわざをもちいたことを認めた……コリニー提督は証言台に立ち……ふたりの紳士の死について語った……彼によれば、ふたりの遺体は黒ずみ、膨れあがっていたという〟

かすかに震える手でページをめくる。

〝かの有名なアンクル侯爵コンチーノ・コンチーニ元帥は一六一七年四月二十四日、ルーヴル宮の跳ね橋において、近衛隊長ヴィトリの手で射殺された……元帥とその妻が蠟人形をもちいており、棺に保管していたことがわかっている……〟

ケルンは慌てて本を閉じ、ふたたび室内を行き来しはじめた。

「ああ、まったくもって、ばかばかしいほど信じがたい！」と苦しげな声をあげる。「だがぼくは確かにこの目で――」

本棚に歩み寄り、ある本を探しはじめた。この手のことに関してはわずかな知識しかないが、ひょっとしたらあの本ならば闇にひと筋の光を当ててくれるかもしれない。だがどうしても見つからなかった。外の蒸し暑さとは裏腹に、読書室の空気がひんやりと冷たくなった気がした。ケルンは呼び鈴を押した。

「マーストン」しばらくしてあらわれた男に、彼はいった。「疲れているところを申しわけないが、一時間もすれば親父がここへ戻ってくるから、ぼくはサー・マイケル・フェラーラの屋敷に向かったと伝えてくれないか」

「もう、午前零時をまわっておりますが」

「わかってる。でも行かなきゃならないんだ」

「承知しました。あちらで旦那さまとお待ち合わせに?」

「そうする。マーストン、よろしく頼む!」

「どうぞお気をつけて」

ロバート・ケルンはハーフムーン街に出た。申しぶんのない夜で、雲ひとつない夜空には降りそそぐような星々が輝いている。彼はなにに目を留めることもなく、ただひたすらぼんやりと歩いていった。いやな確信が一瞬ごとに強くなっていく。なにやら謎めいた危険、はっきりと姿のわからぬ危機がマイラ・ドゥーケンの身に迫っている。ぼくはなにを恐れているんだ? 言葉であらわそうにもうまくいかない。これからどう動く? それすら見当もつかない。

いつぞやの晩に顔を合わせたとき、サー・エルウィン・グローヴスはそれとなく、サー・マイケル・フェラーラの奇妙な症状は精神的な疾患によるものだろうといっていた。かの名医によれば、フェラーラ氏は午前中に事務弁護士とあれこれとやりとりをしていたにもかかわらず、のちにはそのことをまったく憶えていなかったらしい。

「ここだけの話だがね、ケルン」サー・エルウィンは耳打ちしてきた。「彼は遺言書を書き換えたそうだ」

タクシー運転手の呼びかけでケルンはわれに返った。車に乗りこみ、サー・マイケル・フェラーラの屋敷の住所を告げる。

マイラ・ドゥーケンのことが頭から離れなかった。いまごろは横になって、病人の部屋から聞こえてくるどんなかすかな音にも耳をそばだてているのだろう。後見人となってくれたおじを守らねばと、恐怖を——揺らめく幻の手に対する恐怖を——必死で押し殺しているにちがいない。

車はほぼ無人の通りを抜け、やがて角を曲がって並木道に出ると、月明かりだけが照らす中、三、四軒の家を通り過ぎ、サー・マイケル・フェラーラの屋敷の前で停まった。

窓には明かりがともっていた。正面のドアは開け放たれ、玄関に光が漏れている。

「畜生！」ケルンはタクシーから飛び出した。「なんてことだ！　いったいなにがあった？」

恐怖と後悔の念が頭の中で熱く渦巻く。彼は階段を駆けのぼり、戸口にいた、寝間着に上着を羽織っただけの男になかば飛びついた。

「フェルトン、フェルトン！」かすれ声で訊く。「なにがあった？　誰が——」

「旦那さまが」男が答えた。「あなたさまは確か」――声が割れた――「お医者さまでは？」

「ミス・マイラは――」

「気を失っておられます。読書室でミセス・ヒュームがつき添っております」

ケルンは使用人のかたわらをすり抜け、読書室に駆けこんだ。家政婦と、そしてメイドが震えながら、マイラ・ドゥーケンの上に屈みこんでいる。マイラはきちんと服を着て、真っ青な顔でぴくりとも動かぬまま、革張りのソファに寝かされていた。ケルンは慣れたようすで彼女の手首をとり、両膝をつくと、動かない胸に耳を近づけた。

「よかった！　気を失っているだけだ。そのままついていてくれ、ミセス・ヒューム」

家政婦は表情をこわばらせたままこくりとうなずいたが、話す気にはなれないようだった。そこでケルンは廊下に出ると、フェルトンの肩を叩いた。彼はびくりと振り向いた。

「なにがあった？」ケルンは問いつめた。「サー・マイケルになにか――？」

フェルトンはうなずいた。

「あなたさまがおいでになるほんの五分前のことです」気が高ぶり、すっかり声が嗄（か）れている。

「マイラお嬢さまがお部屋から出ていらっしゃいました。誰かに呼ばれた気がしたそうです。そこでミセス・ヒュームの部屋を訪ねてドアをノックされ、ちょうど休もうとしていたミセス・ヒュームがそれに応えてドアを開けました。そのときミセス・ヒュームも、階段の上からお嬢さまを呼ぶ声がしたといっています」

「それで？」

「ところが階段には誰ひとりおりませんでした。全員が床についていました。わたくしもちょうど着替えているところでした。するとそこへ、なにやらかすかな匂いが漂ってきたのです——まるで教会にいるような、鼻を突く匂いが——」

「なんて——ことだ！　きみもその匂いを嗅いだのか？」

「いいえ、わたくしは嗅いでおりません。ミセス・ヒュームとお嬢さま、それからメイドのひとりが以前、夜にこのお屋敷でその匂いに気づいたそうです。それが昨夜はとりわけ強い匂いだったのだとか。そうしてミセス・ヒュームとお嬢さまが戸口に立っていたところ、ぞっとするような苦しげな悲鳴が響きわたったそうです。そこでふたりして旦那さまのお部屋に駆けつけたところ——」

「どうした、なにがあった？」

「旦那さまが、ベッドから半身を乗り出すようにして——」

「亡くなっていたのか？」

「まるで首を絞められているかのように見えたそうです——」

「いまサー・マイケルのそばには誰が？」

フェルトンはさらに青ざめた。

「誰もおりません、ケルンさま。お嬢さまが、ミセス・ヒュームとともに旦那さまのお部屋の入口についたまさにそのとき、叫ばれたのです。ほかには誰の姿もないのに、二本の手が旦那さまの首からすばやく離れるのが見えた、と。聞いただけでわたくしまで気絶しそうです！　あまりにも怖くて誰も入れないのです！」

ケルンは踵を返すと階段を駆けのぼった。上の踊り場は暗闇に包まれ、サー・マイケルの部屋のドアは大きく開け放たれていた。中に入るとかすかな匂いが鼻を突いた。この世のものならぬ恐怖に寒気をおぼえながら、匂いをたどって戸口を跨いだ。

ベッドはふたつの窓に挟まれていて、片方のカーテンが開いており、月明かりが煌々と降りそそいでいた。マイラが昨夜の不安なできごとについて打ち明けてくれたとき、これと同じ光景について語っていたことを思いだした。

「いったい誰がカーテンを開けたんだ！」ケルンはつぶやいた。

冷たく白い光が降りそそぐ中、サー・マイケル・フェラーラが仰向けに横たわっていた。銀髪がきらめき、頑固そうな角張った顔が窓からの光に照らされている。生気を失った両目が眼窩から飛び出していた。顔はすっかり黒ずんでいる。断末魔の苦しみからか、両手の指はシーツを固く握りしめていた。触れるには勇気を総動員しなければならなかった。

サー・マイケルは息絶えていた。

誰かが階段を駆けのぼってくる。近所の医者が駆けつけてきたのだろうか、とぼんやりした頭で振り向くと、駆けこんできたのは父だった。部屋に入ると同時に明かりをつける。血色のよい顔がやや土気色になっていた。息子がそこにいることにも気づいていないようだ。

「フェラーラ！」ベッドに駆け寄り、声をあげる。「フェラーラ！」

彼は、こときれた男のかたわらにがっくりと膝をついた。

「フェラーラ、わが友よ——」

叫びはやがてむせび泣きに変わった。ロバート・ケルンはこみあげるものを抑えながら、踵を返して階下へおりた。

廊下にはフェルトンほか数名の使用人たちが立っていた。

「ミス・ドゥーケンは？」

「お気づきになりました。ミセス・ヒュームが別の寝室へ」

ケルンはふとためらったのち、明かりのともった無人の読書室へ入っていった。掌をひらいたり握りしめたりしながら行きつ戻りつを繰り返す。しばらくするとフェルトンがノックをして中に入ってきた。とにかく誰かと話ができてありがたいという顔だ。

「オックスフォードにいらっしゃるアントニーさまにお電話いたしました。お知らせしておくべきだと思いましたので。車でこちらへ向かっておいでで、午前四時頃にはお着きになるそうです」

「ありがとう」ケルンは短く答えた。

十分ほどすると父親が彼のもとへやってきた。すらりとしていて歳のわりに若々しく、引き締まった瞳をした活動的な男だったが、息子の目には、まるで一気に五歳ほど老けてしまったように見えた。常になく顔色が悪いが、そのほかの感情をおもてに出してはいない。

「さて、ロブ」彼は簡潔にいった。「話したいことがあるようだな。聞こうじゃないか」

ロバート・ケルンは書棚に背中を預けた。

「もちろん話したいこともあるし、訊きたいこともある」

「まずおまえの話を聞かせてくれ。質問はそれからだ」

「そもそもの始まりは、テムズ川のほとりでのことだ――」

ケルン医師は目をみはって口もとを歪めたが、息子はかまわずに話しだし、雄の白鳥が死んだときのようすをそれなりに詳しく語って聞かせた。さらにアントニー・フェラーラの部屋でのできごとについて話し、彼が机の上からなにかを取って火の中に投げ入れた、というところで――

「待て！　投げ入れたのはなんだった？」

医師が小鼻をぴくりと震わせた。湧きあがる感情を抑えるように、瞳がぎらぎらと燃えている。

「確かなことは――」

「かまわん。なんだったとおまえは思った？」

「ちいさな像だ。蠟かなにかでできた――白鳥の――像に見えた」

とたんにケルン医師が、その冷静な人となりにもかかわらず真っ青になったので、思わず息子も飛んでいった。

「大丈夫だ、ロブ」父親は手を振って息子を制すると、向き直ってゆっくりと部屋の奥へ歩いていった。

「続けてくれ」その声はかすれていた。

ロバート・ケルンは、娘の遺体が安置された病院を訪れたところまで話した。

「その娘がアントニーの部屋にあった写真の娘と、そして階段の下にいた娘と同一人物だったことはほんとうに確かなのか？」

「間違いない」

「続けろ」

若いほうの男はふたたび語りはじめた。マイラ・ドゥーケンから聞いた幻の手について、そしてフェルトンから聞いた、屋敷の中に漂う奇妙な匂いについて。

「その指輪だが」父親がさえぎった――「もう一度見たらマイラはわかるんだな？」

「わかるといっていた」

「ほかには？」

「父さんの蔵書に書かれていることを信じるとすればだが、いまほど啓蒙の進んでいなかった時代に、トロワ＝エシェルやアンクル侯爵といった人たちがそうしたもののために身を滅ぼしている」

「啓蒙の進んでいなかった時代、だと！」ケルン医師はらんらんと輝く目を息子に向けた。邪悪な力についていえば、あの頃のほうがよほど啓蒙が進んでいた！」

「それじゃ、父さんの考えとしては――」

「考えとしては、だと！　わたしが半生を捧げてきた研究など無駄だったとでもいいたいのか？　哀れなマイケル・フェラーラとともにエジプトで汗水を流した末になにも学んでこなかったと？　なんということだ！　こんな形で終わらされるとは！　これがわたしへの報いだというのか！」

医師は震える両手に顔をうずめた。

「いまのがどういう意味なのかぼくにはよくわからないが」ロバート・ケルンはいった。「やはりある疑問が湧いてくるんだ」

ケルン医師は無言のまま動かない。

「アントニー・フェラーラとはなにものなんだ？」

医師はその言葉に顔をあげた。手の中からあらわれたおもざしはやつれ、目が落ちくぼんでいる。

「前にもそう訊かれたな」

「いまもこうして訊いている。今度こそまともな答えがもらえないかと思って」

「その期待には応えられないな、ロブ」

「なぜだ？　口外してはならないことなのか？」

「ある意味そういうことだ。だがほんとうの理由は——わたしも知らない」

「知らない、だって！」

「だからそういっている」

「なんてことだ、驚いたな！　あいつがフェラーラ家の実の息子ではなく養子なのはわかっていたけれど、まさか父さんがあいつの正体をまったく知らないとはね」

「おまえとわたしでは分野が違う。おまえにわたしと同じ研究をしろというつもりもない。つまりいまの段階では、その件をこれ以上追及しても無駄だ。だがトロワ＝エシェルとコンチーノ・コンチーニの歴史についておまえが調べたことに補足を加えてやることはできる。ここを探したが見つからなかった本があるとかいっていたな？」

「Ｍ・チャバスの『ハリス・パピルス』の翻訳を探してたんだ」

「どこでその本のことを？」

「アントニー・フェラーラの部屋で見た」

ケルン医師がぴくりと反応した。

「なるほど。偶然とはいえこの読書室にもある。ごく最近――サー・マイケルに貸したばかりだ。棚のどこかにあるはずだ」

医師はさらに明かりをつけると、ずらりと並んだ本の列に目を走らせた。やがて――

「これだ」一冊の本を手に取り、机の上にひろげて置いた。「この一節などどうだ」と指を走らせる。

息子は本を覗きこみ、文字をたどった――

〝邪悪なる男ハイは羊飼いであった。彼はいった。「ああ、この魔術書をわがものとしたからには、もはやなにものもわれに刃向かえぬ！」彼は呪文の書を手に入れたのだ……。そこに記された神のごとき力をもちい、彼は魔術で人々を操った。地中深くにこしらえた貯蔵庫にさまざまな道具を並べていた。蠟人形や恋愛成就の魔除けもつくった。やがて思いつくがままに、ありとあらゆる恐怖を現実のものとしていった〟

「フリンダーズ・ピートリーによれば」ケルン医師がいった。「同様の力を持った書物に『トートの書』がある」

「でもまさか――そもそもいまは二十世紀だ――そんなの、ただの迷信にきまってる！」

「わたしもそう思っていた――かつては！」ケルン医師が答えた。「だがここまで生きてきて知るに至ったのだ。エジプト魔術は凄まじい魔力をはらんだ、現実に存在するものなのだと。その大部分は催眠術とさほど変わらないが、枝分かれしたものもある。エジプトの『死者の儀式』のような書物にくらべたら、現代のわれわれが心血注いで著したものなど、子どもの歌うわらべ歌にすぎん！　神よ許したまえ！　わたしはなんということを！」

「父さんが自分を責める必要なんてないだろう！」

「そうか？」ケルン医師が嗄れた声でいう。「ああロブ、おまえはなにも知らないんだ！」

そこへノックの音がして、地元の開業医が入ってきた。

「あまり例のない症例なので、検死を――」おずおずという。

「ばかばかしい！」ケルン医師が声をあげた。「サー・エルウィン・グローヴスがすでに診た――わたしもだ！」

「ですが気管の両側に明らかに圧迫の痕が――」

「わかっている。こうした場合にあのような痣が出るのは珍しいことではない。サー・マイケルはかつて東洋に住んでいたときにペストに罹った。結果としてそれが死因に繋がったのだ。あれほど感染力の高い病は完治も難しい。今週、ある病院で亡くなった娘にも同じように喉に痣があった」と息子を振り向く。「おまえも見たといったな、ロブ？」

ロバート・ケルンはうなずいた。地元の医者は狐につままれたような顔をしていたが、ブルース・ケルンほどの名医に向かって反論はできず、すごすごと帰っていった。

残されたほうの医師は安楽椅子に腰をおろし、左手で頬杖をついた。ロバート・ケルンはそわそわと読書室を歩きまわっていた。ふたりはじっと待っていた。午前二時半、フェルトンが軽食を盆に載せてやってきたが、ふたりともとてもそんな気にはなれなかった。

「ミス・ドゥーケンは？」息子のほうが訊ねた。

「ようやくお休みに」

「よかった」ケルン医師がつぶやいた。「若さとはいいものだ」

使用人が出ていくとふたたびあたりは静まりかえった。ふたりの心はひどくざわめいていたが、静寂が破られることはほとんどなかった。だが午前三時四十五分頃、エンジンの振動音がかすかに鳴り響き、ケルン医師が弾(はじ)かれたように立ちあがった。窓から外を見る。夜が明けようとしていた。一台の車が凄まじい音をたてながら並木道を走り抜け、屋敷の外に停まった。

ケルン医師とその息子はちらりと視線を交わした。廊下から慌ただしく言葉を交わす声が聞こえ、階段をのぼる足音がしたかと思うと、ふたたび静まりかえった。父と息子は火の消えた暖炉の前にふたりして立ちつくした。夜明けを告げる最初の光の槍が、ともるランプの黄色い明かりをいまにものみこもうとしているようなこの寂しい部屋に、ふたりの憔悴しきった姿がまるであつらえたように溶けこんでいる。

やがてなんの前ぶれもなく、ドアがゆっくりとひらき、アントニー・フェラーラがあらわれた。

無表情なおもざしは象牙色。紅い唇を固く結んでうつむいている。だが切れ長の黒い目は、まるで炎を照り返しているかのようにぎらぎらと輝いていた。豹の毛皮の縁取りのあるライダースコートを身にまとい、はめていた分厚い手袋をはずしている。

「お待たせしました、医師(せんせい)」低くかすれた、耳に心地よい声――「ああ、きみも、ケルン」

フェラーラは歩みを進めて中へ入ってきた。ケルンはどこか空恐ろしさを感じながらも、できることならばこの部屋にあるなにか重いものを引っつかみ、蛇のような目をした、このなよなよと気味の悪い男の頭に振りおろしてやりたくてたまらなかった。ケルンはいつしか口をひらいていた。言葉が勝手に喉をついて出た。

「アントニー・フェラーラ。『ハリス・パピルス』を読んだことはあるか?」

フェラーラは手袋を取り落とし、屈んでそれを拾うとかすかな笑みを浮かべた。

「いいや。きみは読んだのか?」すがめた両目は、まるで細い隙間から光が漏れているようだった。「とはいえ、いまは本の話などしている場合ではないだろう、ケルン? ぼくは哀れなるわが父の跡継ぎとして、またいまのこの屋敷の主人として、あなたがたを――」

かすかな物音に、彼が振り向いた。ドアのすぐ内側の、窓から降りそそぐ光が読書室を赤く染めているあたりに神々しく照らし出されていたのは、マイラ・ドゥーケンの姿だった。夜着に身を包み、髪をおろしていて、白く華奢な裸足が赤い絨毯に映えている。かっと見ひらいた両目は虚ろだったが、その視線はアントニー・フェラーラの手袋をはずした左手に注がれていた。

フェラーラはゆっくりと彼女に向き合い、読書室の中にいるふたりの男に背を向けた。マイラは片手を差しのべてフェラーラの指輪を指さすと、抑揚のない冷ややかな声でいいはじめた。

「〝ようやくわかったぞ、おまえは邪(よこしま)なる女の息子だ、その証拠に彼女の指輪をはめているではないか、かの〈トートの指輪〉を。おまえは彼女と同じく、その指輪を血で染めたのだ――おまえを愛し、信じた者たちの血で。おまえの名は知っている、だがわたしはそれを口にできぬよう封じられている――おまえの名は知っている、魔女の血脈たる者、人の命を奪う者よ、ようやくわかったぞ〟」

感情のこもらない声で、まるで機械仕掛けのように、マイラは奇妙な告発の文句をいい終えた。その肩の向こうに、不安げに唇を押さえているミセス・ヒュームの顔が見える。

「なんてことだ！」ケルンは毒づいた。「どうなってるんだ！　いったい――」

「しっ――静かに！」父親が彼の腕をつかむ。「マイラは眠っている！」

マイラ・ドゥーケンは踵を返すと部屋を出ていった。ミセス・ヒュームがおろおろとそのあとをついていく。アントニー・フェラーラがこちらを振り向いた。口もとが奇妙に歪んでいる。

「おかしな夢でも見たんでしょう」と低くかすれた声でいう。

「真実を見抜く夢だ！」ケルン医師が初めてフェラーラに向かって、いった。「そんな目でにらんでも無駄だ。おまえの正体はもうわたしにもわかっているのだからな！　帰るぞ、ロブ」

「でもマイラが――」

ケルン医師は息子の肩に片手を置くと、じっとその目を覗きこんだ。

「この屋敷の誰もマイラを害することはできない」穏やかな声で諭す。「善は悪よりも高みにあるからだ。いまはわれわれがここにいてもしかたがない」

ふたりが読書室をあとにするのを、アントニー・フェラーラはただ見つめていた。

第四章　フェラーラの部屋で

息子のロバートが診察室に入っていくと、ブルース・ケルン医師は椅子をくるりとこちらに向け、もの問いたげに豊かな両眉をあげた。ハーフムーン街には南国のような日射しが降りそそいでいたが、この名医の家はそんな日射しとはまるで無縁で、空も見えなければ太陽の明るい顔を拝むこともできず、待合室では不安げなまなざしをした患者たちがずらりと彼の診察を待っている。

「やあ、ロブ！　おまえも診察が必要かね？」

ロバート・ケルンは広い診察台の角に腰を預けると、ゆっくりと首を振った。

「いや、別に体調が悪いわけじゃない。遺言書の件を知りたいかと思って――」

「もう聞いた。とにかく早く知りたかったから、ジャーミンに代理で出席してもらった。急患があったものでね。今朝電話をもらったところだ」

「そうだったのか。じゃあかえって邪魔をして悪かったね。それにしても驚いたよ――嬉しい驚きだけどね――サー・マイケルがマイラに――ミス・ドゥーケンに――遺産を残してくれるなんて」

ケルン医師が目をみはる。

「姪に遺産を残さないはずなどないだろう？　マイラには身寄りがないうえ、あいつが後見人だったのだから」

「むろんそうさ。だけど亡くなる直前の――精神状態が不安定だったときに――遺言をひるがえしたんじゃないかと思ったのは――ぼくだけじゃないはずだ」

「受取人を養子であるアントニーにしたかもしれない、と？」

「ああ。父さんだってそれを恐れてたんだろう？　だが蓋を開けてみれば財産は折半、屋敷はマイラに譲られることになった。アントニー・フェラーラ氏は」――とわざと名前に力を入れる――「失望を隠せずにいたよ」

「ほう！」

「かなりね。本人が来てた。例によって毛皮のコートを――アフリカみたいにくそ暑いってのに！――ご丁寧にジャコウネコの毛皮の縁取りのついたコートを着てさ！」

ケルン医師は、吸い取り紙の束を聴診器のチューブでとんとんと叩きながら、診察台に向き直った。

「フェラーラの息子に対するおまえの態度はいただけないな、ロブ」

息子は思わずぴくりとした。

「いただけない？　どうしてさ。サー・マイケルが亡くなった晩、あいつに捨てぜりふを投げつけたのはほかでもない、父さんじゃないか」

「そのとおりだが、後悔しているんだ。おまえも遺言を聞いていたのだから知っているだろうが、サー・マイケルは姪の後見人の座を――わたしに託した――」

「あれはほんとうによかった！」

「問題は数あれど、それに関してはわたしも同意見だ。だがあいつはそればかりか、ある役割をわたしにあてがった——」

「アントニーに常に目をかけてやってほしい、とね！　そうだ、そうだったな——だが、そうか！サー・マイケルはあいつの正体に気づいていなかったのか！」

ケルン医師はふたたび息子に向き直った。

「そうだ。神の恵みか、サー・マイケルはそのことをいっさい知らずにすんだ——おまえとわたしが気づいたようなことを。だが」——と、澄んだ瞳で息子を見あげる——「責任は果たさねば」

息子は途方に暮れた表情で父を見返した。

「だがやつは間違いなく——」

父親が片手をあげ、息子の言葉をさえぎった。

「やつがなにものなのか、わたしは知っているいる。おまえが気づいたよりもはるかに多くのことを。だがロブ、わからないか、それがわたしの両手を縛りあげ、唇を封じているということが？」

ロバート・ケルンは呆然として黙りこんだ。

「整理する時間をくれ、ロブ。白状すると、いまは与えられた義務と良心との間で揺れ動いているんだ。とにかく時間をくれ。とりあえずいまは——今後のためにも——フェラーラとは懇意にしていてくれないか。おまえが彼を嫌っていることはじゅうじゅう承知している。だが目を離すわけにはいかない！　おそらくやつはほかにも狙いを——」

「マイラか！」ロバート・ケルンは気色ばんだ。「そうか、わかったよ。なかなかつらいところだけど——」

「肝に銘じておけ、ロブ。裏を見せない相手には自分も裏を見せるな。いいか、相手の行く手に立ちはだかったがために奇妙な最期を遂げた者たちを、わたしたちはさんざん目にしてきた。わたしと同じものをひもといたのなら、おまえにもわかっているはずだ。たとえどれだけの時間がかかろうと、かならず報いは訪れる。だがあくまでも気をつけろ。用心に越したことはない。わたしたちには敵がいる。それればかりは嘘をついてもしかたがない。しかも相手は妖しい武器をもちいる敵だ。そうした武器についてはたぶんわたしも多少は知識があるし——対処法も考えている。だが身を守るために、とりわけおまえに必要なのはずる賢くなることだ——裏の裏を読め！」

ロバート・ケルンはふいに話題を変えた。

「やつはピカデリーの豪奢な部屋に住んでいるそうだ」

「そこには行ったか？」

「いや」

「訪ねてみろ。できるだけ早く。おまえがオックスフォードでのできごとに気づかなかったら、わたしたちはまだ暗がりを手探りしていたにちがいない！　おまえがアントニー・フェラーラを嫌いなのはわかっている——なにもおまえだけじゃない。だがおまえは大学でもやつの部屋を訪ねていたのだろう。それを今後も続けるんだ」

ロバート・ケルンは立ちあがって煙草に火をつけ、いった。

「わかったよ！　ひとりで立ち向かわずにすむならありがたいところだ。ところで、その――」

「マイラかね？　いまはまだあの屋敷にいる。ミセス・ヒュームをはじめ、長く務めている使用人たちもいる。今後のことはあとで話し合おう。とりあえずおまえは彼女の顔でも見てきてやったらどうかね」

「早速そうしよう！　じゃ」

「ああ」ケルン医師は呼び鈴を押してマーストンを呼んだ。使用人は医師の息子を見送ると、つぎの患者を呼び入れた。

いっぽうロバート・ケルンはハーフムーン街でしばらく油を売っていた。もともと気分が身体の調子にすぐ出る質だ。マイラ・ドゥーケンを訪ねれば、たぶん昼食をご一緒にといわれるだろう。それともアントニー・フェラーラのところへ行くべきか。心は弾まないが、やはり後者を選ぶことにした。

ピカデリーに向かって歩みを進めながら彼は思った。この薄気味の悪い怪しげな秘密を父と共有してしまったからには、今後ジャーナリズムの世界での成功は望めないのではないだろうか、と。この秘密は、彼自身とジャーナリストという仕事との間に、悪霊のごとく永遠に立ちふさがることだろう。これまで胸に秘めていたアントニー・フェラーラへの強い怒りが、一歩進むごとにますます激しくなる。あいつはまさに巣を張りめぐらせた蜘蛛だ。ねばつく糸で父を、このぼくを、そして――マイラ・ドゥーケンを絡め取ろうとしている。すでに絡め取られ、穢れた迷宮の奥へ引きこまれてしまった者たちは——頭からむさぼり喰われてしまった。ケルンの頭の中では、アントニー・フェラーラは怪物の、喰屍鬼(グール)の、悪の精霊の姿をしていた。

大理石の階段をのぼる。エレベーターの前に立ち、呼び鈴を押した。

二階はまるまるフェラーラの部屋で、ドアを開けたのは白い服をまとった東洋系の使用人だった。

「あいかわらずいやらしい気取り屋だな！」ケルンはつぶやいた。「まるでミュージックホールの奇術師だ！」

額手礼に迎えられ、狭い客間に通された。家じゅうの壁と天井には、一見しただけで東洋のものとわかる白檀の透かし彫りがびっしりと張りめぐらされている。壁のくぼみやドアのない棚には風変わりな形をした壺や甕(かめ)が並んでいる。ドアには豪華な布をもちいた分厚いカーテン。床はモザイク模様で、中央にちいさな噴水があり、水が流れ落ちている。部屋の片側を占めている寝椅子にはクッションが敷きつめられている。自然光は完全に遮断されていて、室内を照らすのは、天井からぶらさがった凝ったつくりのランタンの明かりだけだ。ランタンのまわりにはめこまれた青いガラスが、なんともいえぬ異様な雰囲気に部屋を染めあげている。寝椅子のかたわらに銀製の香炉があり、ほのかな香りが漂っていた。使用人がさがったとたん、ケルンは毒づいた。

「なんてこった！　これじゃ亡きサー・マイケルの財産などあっという間に喰い潰されてしまう！」煙をあげる香炉をちらりと見やる。「まったく！　女々しいけだものめ！　竜涎香(りゅうぜんこう)だと！」

東洋の贅を尽くしたこの部屋の中では、きれいに髭を剃り、典型的な英国人の空気をまとった身だしなみのよいスコットランド人である彼のほうが異質そのものだった。

浅黒い肌の使用人がカーテンを引いて中に入るよう手で示し、通り過ぎるケルンに低く頭をさげた。そこはアントニー・フェラーラの書斎だった。火格子の中で炎がめらめらと燃えていて、書斎には耐えがたいほどの熱がこもっていた。

ケルンは気づいた。オックスフォードのフェラーラの部屋とまったく同じだ。むろんこの部屋のほうがはるかに広いし、掛け布やクッションや床に敷かれた絨毯のせいもあってか、じつに金がかかっているように見える。だが机の上は乱雑に散らかっていて、怪しい道具や風変わりな銀製のランプが一緒くたになっていた。ミイラもある。古い本にパピルス紙の巻物、ホルマリン漬けの蛇に猫に鴇、イシスにオシリス、そのほかナイルの神々のちいさな像。女たちの写真もあった（オックスフォードでケルンが〝ご婦人部屋〟と皮肉った、まさにあれと同じものだ）。そしてアントニー・フェラーラがそこにいた。

かつてと同じ、白鳥の綿毛の縁飾りがついたシルバーグレイのガウンを羽織っている。彫像のような象牙色のおもざしには微笑みが浮かんでいるが、ケルンの訪問を喜んでいるようには見えない。紅すぎるほどの唇だけが笑みをたたえていて、きらりと光る黒い切れ長の目は笑っておらず、まっすぐな細い眉の下にある瞳は、むしろ敵意に満ちているといってもよかった。髪が短くつやのないことを除けば、目鼻立ちの整った悪女にすら見える。

「やあケルン――驚いたね？　よく来てくれた！」

低くかすれた声には耳慣れぬ音楽のような響きがあった。感情のこもらない大仰な話しかただったが、それでも、その独特の声がじつに魅力的だと認めざるをえなかった。こんな声でささやかれたら、女が——誰でも、とはいわないにせよ——骨抜きになってしまうのもわかる。

客人はそっけなくうなずいた。ケルンは芝居がうまいほうではなかった。すでに役目を重荷に感じはじめていた。この男が話している間はなぜかみな聞き入ってしまうのだが、黙るとたんに嫌悪感がよみがえる。自分でもそれに気づいているのか、フェラーラはよく喋り、話もうまかった。

「これはまた、ずいぶんと徹底したきみ好みの部屋だな」ケルンはいった。

「当たり前じゃないか、ケルン。人間とは誰しも内に道楽者を飼っているものだ。そんな愉快なやつを閉じこめてどうする？　質素な生活を謳うスパルタ哲学などじつにばかげている。薔薇が咲きほこる庭で鼻をつまむようなもの、あるいは涼しい四阿（あずまや）があるのにわざわざ灼熱の太陽にさらされにいくようなもの、あるいは指と舌をそそる選ばれし果実に見向きもせず、道端の苦い薬草をつまむようなものだ！」

「なるほど！」ケルンはとげとげしくいった。「つまりきみは、もう働く気はないということか？」

「働く、ね！」アントニー・フェラーラは笑みを浮かべ、クッションの山に身体をうずめた。「こんないいかたをして申しわけないが、ケルン、その手のことはきみのような体力のある連中におまかせするよ」

彼は銀製の箱に入った煙草を勧めてきたが、ケルンはかぶりを振り、机の角に軽く腰を預けた。

「いや、結構。少々吸い過ぎなんでね。舌がからからだ」

「おやおや！」フェラーラは立ちあがった。「ではワインにしよう。きみが飲んだこともないような味がするはずだ。ひと口味わえばきみも、なんたる美味と驚くこと間違いない。わざわざキプロスから――」

ケルンは父親によく似たしぐさで、片手をあげてフェラーラを制した。

「ありがとう、でも結構だ。またそのうちご馳走になるよ。あまりワインは飲みつけないのでね」

「ではウイスキー・ソーダにするかい、強めのやつもあるし、〝スコッチにポリー〟(歌の文句)としゃれこんでもいい」

かすれた低い声はかすかに笑いを含んでいた。まるで挑発しているかのようだ。だがケルンは相手にせず、首を振って無理やり笑みを浮かべた。

「ありがとう。でもまだ日も高いからやめておくよ」

彼は腰をあげると歩きだし、室内に数えきれないほど置いてある風変わりな品々をつぎつぎと見てまわった。興味のないそぶりで写真をひとつひとつ確かめる。やがて大きな戸棚の前まで来ると、ずらりと並んだ護符や小像やそのほかの怪しげなものをしげしげと眺めた。フェラーラの声がした。

「左側にあるその尼僧の頭部はな、ケルン、じつに興味深いものでね。なんと脳が入ったまま、空洞の部分で死番虫がごっそり群れをなして繁殖していたんだ。虫どもは光を見ることのないまま殖えつづけた、だがケルン、目は退化しなかったんだ。その机の上にある小型のガラスケースに四十四ほど入っている。ぜひじっくりと見ていきたまえ」

思わず背筋がぞっとしたが、それでもケルンは思いきって、その不愉快な過去の遺物とやらを振り向いた。四角いガラスケースの中に虫がいた。敷きつめた苔の上で列をなしている。このちいさな黒い昆虫が、時を経たいまも不潔な環境を好んでいることは一目瞭然だった。見たことのない虫だ。鞘翅の根もとは鮮やかなオレンジ色、それ以外の部分には真っ黒な長い毛がびっしりと生えている。

「この虫の完全な蛹はじつに貴重でね」フェラーラがここぞとばかりにいう。

「へえ?」

ケルンは、ミイラの頭蓋骨の中で生まれては死んでいくこの虫どもに、なんともいえぬ生理的な嫌悪感をおぼえた。

「汚らしい虫だな! なぜこんなものを後生大事にしている?」

フェラーラは肩をすくめた。

「なぜといわれてもね」と煙に巻くような答えを返す。「いつかなにかの役に立つかもしれないだろう」

呼び鈴が鳴った。フェラーラのようすからすると、どうやら来客があるようだ。

そこでケルンはいった。「そろそろ失礼するよ」

一刻でも早くピカデリー大通りの空気を吸いたかった。少なくともここよりは空気が澄んでいて涼しいはずだ。目の前の男はなにかとてつもなく邪悪なものを腹に抱えている。なんとも奇妙ななりゆきで今後この男と立ち向かわねばならなくなったが、すでに気が萎えていた。

「引き留めたいところだが、新聞の仕事はさぞ忙しいだろうからな」

またしてもからかうような口調だったが、ケルンは返事をせず、曼荼羅図のある部屋に戻った。

噴水が涼しげな音をたて、銀製の香炉から細い煙が何本もあがっている。東洋系の使用人がドアを開けると、フェラーラは去りゆく客人に一礼した。だが手は差し出さなかった。

「ではまた会おう、ケルン！　きみに平和あれ（アッサラーム・アライクム）！」とささやくようにいう。「イスラムふうの挨拶だ。だがぼくの心はきみのもとにある、それはほんとうだ、わが友ケルン」

別れぎわの言葉に薄ら寒いものを感じてケルンは思わず足を止めて振り向いたが、ドアは静かに閉まるところだった。竜涎香のかすかな香りが鼻の奥に残った。

第五章　そよめく影

エレベーターをおりてロビーを横切り、ピカデリー大通りに出ようとしたところでケルンは立ち止まり、速度をゆるめながらこちら側に曲がろうとしている、反対車線のタクシーに思わず目を留めた。

乗客の姿はここからは見えない。だが先ほど一瞬、その女性客が、彼の立っているまさにこの建物の入口のほうをちらりと見たのを、ケルンは確かに目の端でとらえた。思いこみだろうか。立ったままじっと待っていると、やがてタクシーは数ヤード先で停まった。

マイラ・ドゥーケンがおりてきた。

運転手に代金を払うと、彼女は歩道を横切りロビーに入ってきた。足を踏み出したケルンの、ちょうど腕の中に飛びこむような恰好になる。

「ケルンさん！」彼女は声をあげた。「まあ！　アントニーのところにいらしてたの？」

「ああ」ケルンは答えたものの、つぎの言葉を失って黙りこんだ。

そういえばアントニー・フェラーラとマイラ・ドゥーケンは幼なじみだった、といまさらながら思いだす。彼女にとってフェラーラは兄のような存在なのだ。

「アントニーに相談したいことが山ほどあって。アントニーは物知りだけど、それに引き換えわたしはなんにも知らないから」

その目の下に隈ができているのに気づいて胸が痛んだ――この灰色の瞳には常に輝きと笑みがあふれていてほしかった。顔色も悪い。黒のワンピースを着ているのでよけいにそう見えるのかもしれないが。だが後見人だったサー・マイケル・フェラーラの悲惨な死は、ほかに身寄りのないこの女学校育ちの娘にとってはあまりにも衝撃的だった。熱い想いがケルンの胸に燃えんばかりに湧きあがる。彼女の抱えているすべての悲しみや不安をこの広い両肩に引き受け、その身を引き寄せ抱きしめて、みずからが盾となり、この先待っているであろうあらゆる困難や悪意からどうにかして守ってやりたかった。

「あいつの部屋を見た?」さりげないふうを装ってケルンは訊ねた。だが目の前の娘があの妖しい香りの漂う部屋に足を踏み入れるのかと思っただけで、いても立ってもいられなかった。なにしろあの部屋には胸の悪くなるような汚らしいものばかりか、そのなによりも不愉快な、彼女が兄と慕うあの男がいるのだ。

「まだよ」マイラは一瞬、子どものように嬉しそうに瞳を輝かせた。「豪華だった?」

「まあね」渋い顔で答える。

「上までご一緒してくださらない?　すこしだけいて、そうしたら――アントニーも一緒に、家で昼食を召しあがっていって」マイラは目を輝かせ、いった。「ねえ、いいでしょう?」

階上にいるのがどんな男かわかっているだけに、できることならばついていきたかったが、わかっているがゆえにもう一度アントニー・フェラーラと顔を合わせるのも、マイラ・ドゥーケンの前であの男に対する忍耐力を試すのもとうてい無理だった。

「誘惑しないでくれよ」ケルンはいい、なんとか笑顔を浮かべた。「いるべき時間に行かなかったら、たちまち馘になって炊き出しの列に並ぶはめになってしまう」

「まあ、たいへん!」マイラが声をあげる。

たがいの目が合い、なにかが——言葉にはならないが、なにか確かなものが——ふたりの間を行き交い、ようやく彼女の頬に温かい色がかすかにともった。マイラがふいにはにかむような顔をした。

「それじゃ、また」彼女は片手を差し出した。「明日なら?」

「ありがとう」ケルンは答えた。「明日なら——なんとかしてみよう。電話するよ」

手を離し、立ちつくしたまま彼女がエレベーターに乗りこむのを見ていた。あがっていくエレベーターを見送ったあと、ケルンは踵を返して外に出ると、ピカデリー大通りの人の波にのまれた。彼女がフェラーラを訪ねたと聞いたら父はどう思うだろう。別にかまわないというだろうか? 明らかに微妙な状況だ。よけいな——気のきかない——干渉をしてはむしろ逆効果だ。できないことではないが、マイラに事のしだいを説明するのはかなり骨が折れそうだった。おおっぴらにやり合うことを避けるならば(父の勘は日頃から全面的に信頼している)、マイラにはなにも悟られないほうがいい。だがこのままフェラーラのもとへ通わせていてよいものだろうか?

それとも黙って見ているべきなのか?

そもそもマイラの行動に口出しする権利など自分にはない。だが、少なくとも、ついていくことはできたはずだ。

「ああ、まったく！」彼はつぶやいた――「なんてややこしいんだ。頭がおかしくなりそうだ！」

結局マイラが無事に帰宅したとわかるまで気持ちが落ちつくはずもなく、仕事もまるで手につかなかった。ケルンは正午をまわるとすぐに、明日の昼食の誘いに対する返事を口実にマイラ・ドゥーケンに電話をかけ、受話器の向こうの彼女の声を聞いて、ほっと胸をなでおろした。

午後になり、突然王室ゆかりの芝居の昼興行（マチネ）を取材してこいといわれ、ハリスツイードの普段着からヴィクーニャとカシミアの一張羅に着替えるべく、急いでアパートに戻らねばならなくなった。中庭へ続くアーチ道はあいかわらず弁護士助手やらなにやらでごった返している。だが中庭の奥の、大きなプラタナスが木陰を落としているあたりには、色褪せた鉄の手すりのついたのぼり階段や一階の弁護士事務所の窓に嵌（は）まったちいさなガラス板が見えており、まるでディケンズの小説に出てくるようなどこか荒涼とした景色だ。そしてその奥はもう川に面した裏手だ。細長い廊下は静かだった――モーターの音ひとつしていない。

ケルンは階段をふたつめの踊り場まで駆けあがり、鍵を探り当てた。そんなことはありえないとわかっているのに、誰かが部屋の中で待ち伏せているのでは、という奇妙な胸騒ぎがしてたまらなかった。絶対にありえない　わかりきった事実であるにもかかわらず、ようやくそう思えたのは、じっさいにドアを開けて中に入ってからだった。それまでずっと、どこか無意識に、誰かがそこにいるような気がしてならなかったのだ。

「ばかだなあ！」ひとりつぶやく。「うっ！　なんだ、この匂いは？」

窓という窓を開け、さらに寝室の両側の窓を開け放った。そうして空気を入れ換えたおかげで、部屋に立ちこめた悪臭は——なにかが腐ったような、むっとする匂いだった——しだいに薄まり、着替えをすませた頃にはほとんど感じなくなっていた。あれこれ考えている暇はなく、時計を見やりながら慌てて外に出たが、またしてもふと、むかつくような匂いが鼻を突き、ケルンは鍵をかける手を止めた。

「くそっ、いったいなんなんだ！」と思わず声に出る。

ほぼ無意識に引き返して部屋の中を覗いた。だがやはり、匂いの原因になるようなものはなにもなかった。

恐怖という感情はなんとも複雑でわけのわからないものだ。腐臭が鼻孔をのぼっていくにつれ、ケルンはただならぬ恐怖を感じはじめていた。彼は階段の踊り場に飛び出し、振り向きもせずにドアを閉めた。

やがて、そろそろ日を跨ごうという頃、そろそろ就寝しようとしていたブルース・ケルン医師は、息子からの思いがけない訪問を受けることになった。ロバート・ケルンは父親のあとから読書室に入ると、赤い革張りの大きな安楽椅子にどさりと腰をおろした。医師はランプシェードを傾けて息子の顔を照らした。すこし顔色が悪く、澄んだ瞳には異様な光がにじんでいる——追いつめられた表情だ。

「どうした、ロブ？　とりあえずウイスキーソーダでも飲め」

ロバート・ケルンは無言のまま自分で酒をこしらえた。

「葉巻を吸うといい。なにがあった、なにを怯えている」

「怯えている、だって！」びくり、とマッチを取ろうとのばした手を止める。「ああ――父さんのいうとおりさ。怖くてたまらないんだ！」

「大丈夫だ。いまは怖いものなどない」

「そうだね」葉巻に火をつける。「ええと――いったいなにから話せばいい？　新聞社に仕事が決まったとき、ぼくがひとり暮らしをすることには父さんも賛成だったよな」

「当然だ」

「その、あのときは――」彼は火のついた葉巻の先をしげしげと眺めた――「ひとり暮らしをしない理由なんて――ひとつもなかった。でも――」

「ん？」

「いまさらだけど、ひとりにならないほうがよかったんじゃないか、って気がするんだ。すぐに声をかけられるような友人がそばにいたほうが――とりわけ、その――夜になると！」

ケルン医師はすわったまま身を乗り出した。険しい表情を浮かべている。

「指を見せなさい。手をひろげて。左手を」

息子はかすかに笑みを浮かべ、いわれたとおりにした。ひらいた手がランプの明かりに照らし出される。震えてはいない。まるで彫刻の手のようだ。

「いたって正気だよ」

ケルン医師は深く息をついた。

「なにがあった」

「なんとも奇妙な話なんだ」息子は語りだした。「ハーレイ街のクレイグ・フェントン医師やマダーリー医師あたりに話せばなんといわれるかくらいは想像がつく。でも父さんならわかってくれるはずだ。窓から日射しがさんさんと降りそそいでいた、今日の午後のことだ。着替えなくちゃならなくなって一度アパートに戻ったんだ。そのとき、部屋じゅうにものすごい匂いが立ちこめていた」

父親はぎくりとした。

「どんな匂いだ？」と問いつめる。「香――ではなく？」

「香じゃなかった」父親をじっと見つめ、ロバートは答えた――「そう訊くだろうと思ってた。ひどい悪臭だった――なにかが腐ったような」

「どこから来ていた？」

「窓を全部開けたら、しばらくの間は匂いが抜けたように思えた。ところがもう一度出かけようとしたとき、また同じ匂いがした。まるで穢れた瘴気に包まれているようだった。あのときの感じを言葉ではうまくあらわせないんだが――これだけはいえる。外に出られてどれだけありがたかったことか！」

ケルン医師は立ちあがり、両手を後ろに組んで室内を行きつ戻りつしはじめた。

「で、今夜は」とふいに口をひらく。「なにがあった？」

息子は続けた。「九時半頃アパートに帰ったんだ。とにかく慌ただしい一日だったから、昼間のことはすっかり失念していた。むろん忘れてはいなかったが、鍵を開けるときには頭の隅に追いやってしまっていた。というか、室内履きとガウン姿になって、本でも読もうと腰をおろすまでは思いだしもしなかったんだ。たかがそのくらいで――ぼくの空想の時間は邪魔されないからね。なにしろ手にしていたのは、昔からのお気に入りの、マーク・トウェインの『ミシシッピの生活』だ。そしてラガービールの大瓶を手に安楽椅子にすわり、パイプを吹かしていた」

彼はしだいにそわそわとしはじめ、立ちあがって暖炉のそばへ歩いていくと、葉巻の先にたまった白っぽい灰のかたまりをその中に落とした。片肘をマントルピースについてふたたび話しはじめる。

「パイプの火が消えたとき、ちょうど聖ポール大聖堂の鐘が半刻を――午後十時半の鐘を――打った。火をつけ直す間もなく、またあのいやな匂いがした。その瞬間はっとして、思わず悲鳴をあげて跳びあがった。悪臭はどんどん強くなってきた。そこで急いでパイプに火をつけた。でも匂いは消えなかった。煙草の香りでは、あの鼻を突くようないやな匂いはごまかせなかった。

ぼくは読書ランプのシェードを傾け、あたりを見まわした。別段なにも変わったところはなかった。両側の窓を開けてあったので、歩いていって片方の窓から顔を出し、その匂いが外から漂ってきているのかどうか確かめた。だが違った。窓の外の空気は爽やかでさわやかだった。そこで思いだした。夕方に部屋を出たとき、匂いがドア付近でとりわけ強くなったことを。ぼくは戸口へ走った。廊下にはなんの匂いもしなかった。ところが――」

そこで言葉を切り、父親をちらりと見やる。

「まるで火口から噴煙があがるように、三十秒もしないうちにあの匂いが立ちのぼってきたんだ。ほんとうなんだ！　そのときわかった、なにかが……ぼくにつきまとっているんだと！」

ケルン医師は歩み出てウイスキーをひと息に飲みほすと、広い机の奥の暗がりからじっと息子を見つめた。

「そうとわかれば話は別だった」息子は早口に言葉を継いだ。「気づいたんだ。この胸の悪くなるような現象にはなにか裏がある、なにか裏で糸を引いているものがある、つまり今度はこちらが動く番だ、と。そこで部屋の中に戻った。テーブルのかたわらに立ってじっと待っていると、さほど強くなかった匂いが、しだいに強烈になってきて、ついには息苦しささえおぼえた。頭がおかしくなりそうだったけれど、必死に正気を保った。ぼくは煙草の煙で念入りに部屋を燻してまわった。そんなことをしても無駄だとわかってはいたが、なにか抵抗を示さずにはいられなかったんだ。父さんならわかってくれるよな？」

「ああ」ケルン医師は落ちついた声で答えた。「侵入者を追い払おうとしたのはいい手際だった。たとえそのこと自体は役に立たなくても、その意志を示しておくことは大事だ。続けて」

「ついに諦めたのは時計が十一時を打った頃で、ぼくは気分が悪くなっていた。そのときには空気は澱みきっていて、文字どおり毒を含んでいるように思えた。安楽椅子に倒れこみ、こんなひどい最期があるだろうか、などと考えはじめていた。すると部屋の中の、ランプの丸い光が届かない暗がりに――ひときわ暗い部分がいくつかあるのに気づいた。気のせいだとしばらく自分にいい聞かせていたが、そいつは書棚の端を這っていったかと思うと、ふちを滑るようにおりてきて、絨毯を横切りぼくのほうへ向かってきた。気のせいなんかじゃなかった。ほんとうなんだ、父さん」――声が震えた――「ぼくの気がふれているんだろうか。部屋の中に、なにかがうようよと這いまわっていたんだ！　そいつらはそこらじゅうにいた。床にも、壁にも、頭の上の天井にまで！　明るい場所には出てこない。でも暗がりではなにかがしきりにうごめいていた――両手をひろげたくらいの大きさのなにかが。それどころか、しんと静まりかえった中に――」

声がかすれていた。ケルン医師は石のようにじっと立ちつくしたまま、息子に視線を注いでいる。

「かすかに、やつらのたてるカサカサという音が聞こえたんだ！」

静寂が漂った。窓の外のハーフムーン街を車が一台通り過ぎ、エンジン音とともに遠ざかっていった。時計が午前十二時半を打った。ケルン医師が口をひらいた。

「ほかには？」

「もうひとつ。ぼくは肘掛けを握りしめていた。意識をまともに保つには、なにかにしがみつかずにはいられなかったんだ。すると左手に――」汚いものでも見るように左手に目をやる――「毛のびっしりと生えた――いいようもないほど気味の悪いなにかが――触れたんだ。正直にいえばかすめた程度だったけれど、もう限界だった。恥ずかしい話だけど、ぼくはヒステリーを起こした小娘みたいに悲鳴をあげて、脱兎のごとく駆けだした　ガウンを床に放り出し、帽子とコートだけを引っつかんで、自分の部屋を逃げ出したんだ！」

そういうと後ろを向いて、マントルピースに両肘をつき、両手で顔を覆った。

「もう一杯飲むといい」ケルン医師がいった。「今日、アントニー・フェラーラを訪ねたといったな。やつの態度はどうだったんだ?」

「それで思いだした、もうひとつ話したかったことが」自分のグラスに炭酸水を勢いよく注ぎながら、ロバートは続けた。「マイラが——出入りしているらしい」

「どこへ——フェラーラの部屋にか」

「ああ」

ケルン医師はふたたび部屋を行きつ戻りつしはじめた。

「当然といえば当然だな。兄のようなものだと思って育ってきたのだから。だがやはり出入りするのはやめさせたほうがいい。どこでそれを?」

ロバート・ケルンは午前中のできごとを話し、フェラーラの部屋のようすを微に入り細に入り父に伝えた。それほどまでに、あのときの違和感は強烈に頭に焼きついていた。

「いくら考えても、結局この疑問に行き当たる。オックスフォードでもそうだった。ぼくだけじゃない、誰もがそう思っていた。そして今日もだ。アントニー・フェラーラとはなにものなんだ?　サー・マイケルはどこであいつを?　あんな息子を産んだのは、いったいどんな女だというんだ?」

「やめろ!」ケルン医師が声を荒らげた。

「ロブ、おまえの身はすでに危険にさらされている。いまさら隠してもしかたがない。マイラ・ドゥーケンはフェラーラとは繋がりがない。彼女がサー・マイケルの遺産の半分を継ぐとなれば、アントニーがなんらかの手を打とうとすることはまず間違いない。おまえは明らかに邪魔者だ！ それだけでも充分にまずい。これ以上厄介なことにならないうちに手を打たねば」

医師は机の上にあった黒く煤けたパイプを手に取り、葉を詰めはじめた。

「おまえがつぎにすべきことは」ゆっくりと口をひらく。「ひとつしかない。アパートに戻るんだ！」

「まさか！」

「そうするしかない、ロブ。この手の攻撃は、本人であるおまえにしか退けられない。おまえがあの部屋を諦めたら、つぎはこの家で同じことが繰り返される。とりあえずいまはあの場所だけですんでいる。こうしたわざを操るにはルールがあるのだ。どんな自然の掟よりも不変なるルールが。手っ取り早くいうとそのひとつがこうだ。闇の力はけっして意思の力に打ち勝つことはできない。まさしく、意思こそが万物における至高の力なのだ。抗え！ 抗わなければおまえは負ける！」

「負ける、って？」

「精神的な破滅が、そしてさらなる絶望がおまえを襲う。おまえが背中を見せれば負けだ。アパートに戻れ。敵の正体を探るんだ。そして明るい場所に引っ張りだし、叩き潰せ！ ふたとおりのことが考えられるが、おまえの部屋で起こった現象にそのいずれかだ。いまはまだそれ以上詳しい線引きはできない。いずれにせよ危険であることには変わりない。だが、純然たる精神力で闘えば、こうしたおぞましい影なる存在を霧散させることもできるはずだとわたしは思っている。今夜はもうあらわれないだろうが、またその現象が起こったら、本気で立ち向かえ！　おまえには誰よりもふさわしい味方がいる――マーク・トウェインだ！　おまえのもとにやってくるものを、彼がするように、じつにつまらないジョークだと思って受け止めればいい！　だがそのときは、真っ先にわたしに電話しろ。何時だろうとかまわない、迷わずかけろ。日中は病院にいるが、午後七時には帰ってきて、それ以降はかならずここにいるようにする。今日もアパートについたら電話しなさい。そのあとなにもなければ、朝にもう一度電話をくれ。明日の夜はわたしも行動に移るから、あとはまかせておきなさい」

「行動？」

「そうだ、ロブ。また同じようなことが起こったとしても、かならずそれを最後にしてやる。じゃあお休み。いいな、受話器さえあげればいい、そうすればおまえはひとりで闘っているんじゃないことがわかる」

「お休み、父さん。三度めは逃げ出すものか！」

ロバート・ケルンは二本めの葉巻を取って火をつけ、ウイスキーを飲みほすと、肩に力を入れた。

息子が出ていきドアが閉まると、ケルン医師はふたたび読書室の中を行きつ戻りつしはじめた。あれは古代ローマふうの助言だった。なにせ自分の息子に向かって、確実に待ち受けている恐ろしい危険にたったひとりで立ち向かえといっているのだから。彼を救うにはこれしかないが、かといって心が痛まないわけではない。つぎの闘いは終わらせるための闘いだ。ロバートはいっていたではないか。「三度めは逃げ出すものか」と。息子は、口にしたことはかならず守る男だ。

先ほどもいったように、今回の件を操っているものはふたとおり考えられるうちのどちらかだ。世界最古の古代科学、つまりエジプト人に始まりさらに前時代の人々がみずからの生きる世界を秩序だてた科学によれば、われわれ人間は存在というこの局面をほかのもの、いわゆる〝精霊〟と分け合っている。幸いなことに、これらの微小な存在はわれわれ人間の目には見えない。ひじょうに繊細な音色が、われわれの耳では聞き取れないのとまさに同じことだ。

いっぽう、アルコール中毒やアヘン中毒などは、人が潜在的に持っているそうした繊細な視力の蓋をいわば人工的に開けてしまうものだ。じつは中毒患者たちが陥る恐怖とは妄想が生んだしろものではなく、禁忌を犯した者たちに精霊が引き寄せられた結果なのだ。

つまり息子のいっていた、悪臭を振りまきながら這いまわるものとは、悪意に満ちた知的存在に操られた精霊が、ロバート・ケルンの意識に映し出されたものにちがいない（とケルン医師は結論づけた）。だが同じく魔術に魅せられた者としての勘が、これは妖術ではないか——あるいはなんらかの思念ではないか——としきりに告げていた。邪悪で強力な意思によって発せられたものなのでは、と。

電話のベルが鳴り響き、彼はわれに返った。受話器を取る。

「もしもし！」

「父さん？　いまのところ変わったことはないよ。もう寝ようと思う」

「そうか。お休み、ロブ。朝になったら電話をくれ」

「お休み、父さん」

ケルン医師は黒く焦げたパイプに葉を詰め直すと、書きもの机の抽斗から手書き原稿の分厚い束を取り出し、腰をおろして、びっしりと書きこまれたページを熱心に手繰りはじめた。綴られた読みにくい文字は、先日亡くなったサー・マイケル・フェラーラのものだった。ケルン医師にとって彼は、かつてさまざまな場所へともに奇妙な旅をしてまわった相棒だった。やがて朝日が射して淡い黄金色の光が読書室にあふれ、さらにそこから数時間が経って、使用人たちが起き出して階下がにぎやかになってきた頃、ようやく医師は顔をあげた。今度もやはり電話のベルだった。彼は立ちあがって読書ランプを消すと、電話に出た。

「おまえか、ロブ?」

「ああ。万事うまくいってるよ、ありがたいことに! 朝食を一緒にどう?」

「ぜひそうしよう!」ケルン医師は懐中時計をちらりと見た。「なんてことだ、七時じゃないか!」

第六章　死番虫（しばんむし）

十六時間が過ぎ、ロンドンじゅうの時計が夜の十一時を告げる頃、不気味な事件を締めくくるための幕が開こうとしていた。ケルン医師はふたたびサー・マイケルの原稿を手にひとり腰をおろしていたが、たびたび視線をあげては、かたわらの電話をちらちらと見やった。しばらくは誰も邪魔しないようにと、また午後十時以降はいつでも車を出せるようにとあらかじめ指示してある。

時を知らせる最後の鐘の音が消えゆくと同時に、予定どおり呼び出し音が鳴った。歯を喰いしばり口もとを歪めていたケルン医師の耳に、息子の声が電話越しに届いた。

「どうだ？」

「やつらがいる——ほら、こうして話している間にも！　三十分くらい前から——ぼくは死にものぐるいで——闘ってる。この部屋はまるで死体安置所みたいな匂いだ——やつらの形もだんだんはっきりしてきた、いやらしい姿をしている！　やつら……目がある！」声がうわずっている。「真っ黒な目玉がビーズみたいにぴかぴかと光っている！　ぼくの神経がすこしずつすり減っていくのがわかる。まだなんとか自分を保っているけれど、いまにも——壊れそうだ。うわあっ！

――」

声が途切れた。

「おい！」ケルン医師は怒鳴った。「おい、ロブ！」

「大丈夫だよ、父さん」返事はあったが、か細い声だった。「や――やつらが明かりのふちにびっしりと並んでる。カサカサと音をたてて�る。やつらを喰い止めておくにはとてつもない精神力がいるよ。こうして話してる間にも、つい気をゆるめてしまいそうだ。一匹――のぼってきた……手に乗ってる……足のたくさんある、毛だらけの不気味なやつが……うああ！　もう一匹来やがった……」

「ロブ！　ロブ！　気をしっかり持て！　聞いてるか？」

「聞いてる――聞いてるよ――」弱々しい声。

「祈るんだ、息子よ――力がほしいと願え、そうすればかならず力が湧いてくる！　あと十分耐えてくれ。十分だ――いいな？」

「わかった！　わかったよ！――ああ神さま！――なんとか助けてくれ、父さん、でないと――」

「踏ん張れ！　十分後にはおまえの勝ちだ」

ケルン医師は受話器を置くと読書室を飛び出し、廊下の帽子掛けから帽子を引ったくると踏み段を駆けおりて、待っていた車に乗りこみ、運転手に慌ただしく行き先の住所を告げた。

ピカデリー大通りは劇場から捌けた人波でごった返していた。ケルン医師は車を飛びおり、ロバートがマイラ・ドゥーケンと出くわした、あの玄関口に駆けこんだ。そのままエレベーターの前を走り抜け、階段を二段抜かしでのぼっていく。アントニー・フェラーラの部屋のドア脇にある呼び鈴のボタンに指を押しつけ、そのままひたすら鳴らしつづけた。やがてドアが開き、隙間から浅黒い顔が覗いた。

中へ入ろうとしたケルン医師を、白い服の男が両手をのばして押しとどめた。

「旦那さまは――」

ケルン医師はたくましい片腕をのばすと、その男の肩をつかみ――長身のフェラヒン（中東系の農民）だった――曼荼羅の描かれたモザイク模様の床に転がした。むせ返るような竜涎香（りゅうぜんこう）の香りが満ちている。

ふらふらと立ちあがろうとする男に声すらかけず、ケルン医師は部屋の入口に近づいた。カーテンを分け入るとそこは薄暗い廊下だった。息子から話は聞いていたので、書斎のドアはなんなく見つかった。

取っ手をまわし――鍵はかかっていなかった――暗い部屋に足を踏み入れる。

火格子の中で巨大な炎があかあかと燃えていた。部屋は耐えがたいほど暑かった。銀製のランプの明かりが机の一部を照らしているが、それ以外はすべて暗い影に包まれている。

背もたれの高い木彫りの椅子に、黒いローブをまとった男がすわっていた。修道僧が身につけるマントに似たそのローブの端が、机の端を覆っている。その男が腰を浮かせ、向き直った――禍々しい姿があかあかと燃える炎に照らされて浮かびあがり、アントニー・フェラーラが招かれざる客人の前に姿をあらわした。

ケルン医師は歩み寄り、相手を見おろした。

「机の上にあるものを見せたまえ」単刀直入にいう。

フェラーラは怪訝そうに視線をあげ、声の主を見た。いまが中世であれば、そのまなざしの奥に宿る光ひとつで人ひとりを火刑台に送ることができただろう。

「ケルン医師（せんせい）――」

低くかすれた声からは、いつもの快い響きが失われていた。

「これは命令だ！」

「命令、ね！　いいですか医師（せんせい）、ここはぼくの――」

「机の上にあるものを見せろ。力ずくでそうしてほしいか！」

アントニー・フェラーラは机を覆っている黒いローブの端を片手で押さえた。

「よろしいのですか、ケルン医師（せんせい）」彼は平然といい放った。「取り返しの――つかないことになりますよ」

ケルン医師が突然躍りかかり、ローブの端を押さえているフェラーラの手をがっちりとつかんで背中にねじりあげた。さらに、目にも留まらぬ動きでローブをめくりあげる。かすかな匂いが――黴（かび）くさい、なにかが腐ったような匂いが――うだるように暑い空気の中に立ちのぼった。

机の上には色褪せた四角い麻布がひろげられていた。ヒエログリフが書かれているが、まったく読めない。その上に、まるで幾何学模様を描くように整然と、数えきれないほどのちいさな黒い虫がずらりと並んでいた。

つかんでいた手をケルン医師が離すと、フェラーラは無言のまま腰をおろし、まっすぐに前を見つめた。

「死番虫(しばんむし)か！　ミイラの頭蓋骨に棲(す)んでいたという！　なんと穢らわしい、忌まわしいことを！」

ふいに冷静さを取り戻し、フェラーラが口をひらいた。

「甲虫の研究のどこが忌まわしいとおっしゃるのです？」

「息子は昨日ここでこれを見ている。きみは昨夜、そして今夜も——妖術をもちいて——この薄気味悪い虫を巨大化させ、息子の部屋に送りこんだのだ！　どんな方法をもちいたのか、申しわけないがわたしは知っている。きみはみずからの思念をじっさいの次元に投影したのだ」

「ケルン医師(せんせい)、あなたのことはたいへん尊敬しております。ですが少々お疲れなのでは」

フェラーラは黒檀の箱に手をのばした。笑みを浮かべている。

「触るな！」

彼は手を止めて視線をあげた。

「それも命令ですか、医師(せんせい)？」

「そうだ」

ケルン医師は色褪せた麻布を虫の群れごとつかむと、大股に部屋を横切り、不愉快きわまりないその包みを火の中心に放りこんだ。ぱっと火の手があがり、まるでこのいにしえの虫にいまも命が宿っていたかのように、炎がたてつづけにかん高い音をたてて弾(はじ)けた。医師はふたたび振り向いた。

　フェラーラは人とは思えぬ叫び声をあげて立ちあがると、すぐさま早口でなにごとか唱えはじめた。ヨーロッパの言語ではなかった。すらりとした禍々しい姿はケルン医師に向き合っているが、片手は背後にまわしたまま、必死に箱を手で探っている。

「やめないか！」医師は怒鳴りつけた——「もう一度いう、その箱には触るな！」

　耳慣れぬ言葉の羅列がさえぎられた。フェラーラは怒りに震えながらも、無言で立ちつくした。

「きみのようなな連中がのめりこむそういったならわしは——遠い時代の賢明なるならわしは——もはや無意味だ。現代のこの国の法律ではきみを裁くことはできないが、神の裁きはかならずくだる！」

「そうかもしれませんね」静かな声がした。「それほど目の敵になさるのなら、いっそこの箱も焼きますか？」

「なにをいわれようとその箱になど手を触れるものか！　だがきみは——触れてしまったからには——かならず報いがある！　きみは太古の眠れる邪悪な力を目覚めさせ、わがものにしようとしている。だがうまくいったと思ったら大間違いだ！　きみが彼らを殺したのはわかっている。しかもそのほかにいったい何人を精神病院送りにしたやら。だが今後は、誰であろうとそう簡単にきみの思いどおりにはさせない。こちらにも手はあるのだからな！」

　そういって踵を返し、ドアに向かった。

「うまくいったとお思いなら大間違いですよ、ケルン医師」穏やかな声がした。「お察しのとおり、ぼくは邪悪な力を――」

ケルン医師はくるりと振り向いた。両の拳をぐっと握り、たくましい身体の隅々にまで緊張を走らせて、三歩でアントニー・フェラーラの前に立ちはだかる。医師の顔はかすかな明かりの中でもわかるほど蒼白で、瞳は鋼のごとく光っていた。

「それだけではなかろう」彼はいった――ごく低い声だったが、それははっきりと響きわたった。「おまえが目覚めさせた邪悪な力は」

口に出すのもおぞましい恐怖の数々を呼び寄せたアントニー・フェラーラが――みずから呼び寄せてしまった昔気質のケルト人の男を前にして――一瞬ひるんだ。ケルン医師は痩せているが、体力がある。しかも相手に正論を突きつけているいまは、いっそう自信に満ちあふれている。けっして穏やかな男などではない。それはフェラーラも充分承知していた。

「なんのことだか――」低くかすれた声でいいかける。

「ごまかしても無駄だ」ケルン医師は冷ややかにいい放った。「答えろ、きみに神の鉄槌がくだる前に！」

フェラーラは無言で腰をおろし、両手で肘掛けを握りしめたまま、けっして視線をあげようとしなかった。張りつめた時間が十秒ほど過ぎ、やがてケルン医師がふたたび踵を返し、ついに部屋を歩み出た。

ケルン医師がアントニー・フェラーラの部屋に足を踏み入れたときには十一時十五分の鐘が鳴っていた。いっぽうその息子が、助けてくれと息も絶え絶えにわめきながらも、ついにいやらしくうごめく群れの中に倒れこんでしまったときにも、まだその鐘は鳴り響いていた。だが床に倒れたまさにそのとき、揺れ動く触角も、ビーズのような目玉も、甲に覆われた背中もかき消えていた。目の前にひろがっていた不気味な幻は——饐(す)えたような悪臭もろとも——それを操っていた者のもとに医師が乗りこんだまさにその瞬間、まるで熱に浮かされた夢のように跡形もなく消え去った。

　ロバート・ケルンは震えながら弱々しく立ちあがった。やがて膝をつくと、すすり泣きながら、怯えた心の奥に浮かんできた感謝の祈りを捧げた。

第七章　サー・エルウィン・グローヴスの患者

けっして少なくはない遺産が半分に分けられ、いっぽうは金遣いが荒く如才ない若い男の手に、もういっぽうは初心（うぶ）で可憐な若い娘の手に収まるとなれば、地獄で悪魔も笑い声をたてようというものだ。だが娘の遺産についてきたもうひとつのもの——意志の強い、頼りになる後見人——の存在もあり、先行きはまるで予想がつかなかった。

さまざまな状況を踏まえ、ほとぼりが冷めるまで、ブルース・ケルン医師は、マイラ・ドゥーケンをインヴァネスにある厳格なスコットランド人の屋敷に住まわせることにした。ロバート・ケルンとしてはますます切なさが募ることとなり、また同時にほかのことも明らかになった。

もうひとりの遺産相続人であるアントニー・フェラーラは手痛い一撃を加えられたことにじきに気づいたが、ケルン医師の人となりを知っていただけにあえて楯突きはしなかった。一流の内科医であるケルン医師とフェラーラは公の場で顔を合わせることも多かった。金持ちでハンサムで名家の跡継ぎともなれば、じつは危険きわまりない悪党なのだと噂したところで社会的に抹殺することはできない。こうしてアントニー・フェラーラはあか抜けた女性たちには熱い視線を送られ、男たちにも見逃されていた。医師は、亡き親友の養子であるその暗い目の男に出会ったときには軽く挨拶するだけでそのまま背中を向けていた。

ふたりの間に流れる空気に周囲はいっさい気づいていなかった。ケルン医師の知るアントニー・フェラーラの正体が世間にひろまれば、いかにフェラーラが人好きがしようと裕福だろうと家柄がよかろうと、メイフェアの高級住宅地からライムハウスの安アパートに至るまで、ロンドンじゅうの扉という扉が彼の前で閉ざされるにちがいない——みな嫌悪感もあらわにドアを閉ざして閂(かんぬき)をかけるだろう。ブルース・ケルン医師が心の奥に抱えているのは恐るべき秘密だった。

運命の舵を取る手がちらりと見えたと思えることが人間にはままある。だがわかりかけた気がしたとたん、一瞬だけひらけた視界はすぐに閉じてしまうものだ。このあとに起こったできごとはまさしくそれだった。

ある夜クラブで、ハーレイ街の医師、サー・エルウィン・グローヴスがケルン医師をかたわらに呼び寄せ、いった。

「ある患者を診てもらいたいんだが。ラシュモア卿だ」

「ああ!」ケルン医師はふと考えてから答えた。「会ったことはない」

「イギリスに戻ってきたのはごく最近だ——聞いてないか?——南米からラシュモア夫人を連れて」

「ああ、それなら聞いた」

「ラシュモア卿は五十五歳に差しかかろうというところ、いっぽう奥方は——いかにも南米の情熱的な——おそらく二十歳にもならない娘だ。なんとも不釣り合いな夫婦でね。奥方は別宅に頻繁に客を招いているそうだ」

グローヴスはケルン医師をじっと見つめた。

「きみの若き友人、アントニー・フェラーラも足しげく通（かよ）っている」

「そうか。彼は顔が広いからな。だが金がいつまで続くやら」

「わたしもそう思っていた。やつの家はまるで『アラビアン・ナイト』の世界だからな」

「なぜそんなことを？」ケルン医師は好奇心にかられた。「行ったことがあるのか？」

「ああ。先週の夜のことだ。東洋系の使用人がわたしに電話をかけてきて、向かうとフェラーラが高官（パシャ）のハーレムのような部屋で意識を失って倒れていた。顔が真っ青だったが、原因について使用人はなにもいおうとしなかった。神経衰弱症状だと思うがね。五分ほどの間は危ないんじゃないかという気すらした。ついでにいうと、煙突を貫かんばかりの炎が燃えていて室内は猛烈に暑く、ヒンドゥー教寺院のような匂いがした」

「ああ！」ケルンはつぶやいた。「あのような生活をしながら風変わりな研究ばかりしていたのでは、彼はそのうち参ってしまうにちがいない。けっして丈夫ではないのに」

「あの男はいったいなにものなんだ、ケルン？」サー・エルウィンが問いつめる。「きみは彼が養子に入ったいきさつを一部始終知っているはずだ。きみは当時サー・マイケルとともにエジプトにいた。あの男のことはよくわからない。だがなぜか嫌悪感をおぼえる。彼の部屋を出たときにはほっとした」

「ラシュモア卿の話をしていたんじゃなかったか？」ケルン医師がいった。

サー・エルウィン・グローヴスは目をすがめ、鼻眼鏡を直した。相手がわざと話をそらしたのがわかったからだ。だがケルン医師がのらりくらりと相手をかわすのはいつものことなので、サー・エルウィンもここは譲っておくことにした。

「ああそうだ、そうだったな」たどたどしく答える。「なんとも妙でね。呼ばれたのは月曜の、しかも午前二時だった。室内がめちゃくちゃに散らかっていて、ラシュモア夫人が寝間着の上にガウンを羽織っただけの恰好で、夫君の、喉を掻き切られたような傷を必死に手当していた」

「なんだと！　自殺未遂かね？」

「最初はわたしもそう考えた。だが傷をひと目見て疑問を抱いた。出血も大量で、場所からして傷は内頸静脈にまで達しているのではないかと恐れていたのだが、傷ついていたのは外頸静脈だけだった。止血してしかるべく処置をしておいた。ラシュモア夫人はじつに冷静に手を貸してくれて、看護師顔負けの手際のよさを見せることもあった。なにしろわたしが到着するまでに結紮による止血を試みていたくらいだ」

「ラシュモア卿の意識は？」

「はっきりしていた。むろん弱ってはいたが。今朝の九時にもう一度電話したところ、いくらかよくなっているとのことだった。両方の傷を診たとき――」

「両方？」

「傷はふたつあった。まあ待て。わたしは、なにがあったのかとラシュモア卿に訊ねた。家の者を庇っているのか、彼はこういった。暗い中おぼつかない足どりでベッドを出たら敷物につまずき、転んで暖炉に突っこんだ。そこには細かい渦巻模様の銅製の炉格子があって、彼がいうには、全体重をかけてその真上に倒れたものだから、その銅細工の一部が自分の喉に刺さったのだ、と。ありえない話ではない、確かにそうだろう、ケルン。だがどうも腑に落ちないし、ラシュモア夫人も納得していないようだった。ところがふたりきりになったとき、ラシュモア卿はわたしにほんとうのことを語りはじめたんだ」

「真実を隠していたということか?」

「奥方には聞かせたくなかったとみえる。真実を知られてよけいな心配をかけたくなかったのだろう。彼によるとこうだ――あくまでも内密にとのことだが、きみには話しておいてくれといわれた。突然、喉に激痛をおぼえて目を覚ましたそうだ。先の鋭いものではなかったが、強く圧迫される感覚がした、と。それ自体はほんの一瞬だったが、痛みの走った場所を手で探ったところ、両手にべっとりと血がついたので思わず仰天した。

ベッドから起きあがると激しいめまいに襲われた。思ったよりも大量に出血していた。奥方を起こしたくなかったので、夫婦の部屋の間にある化粧室には入らず、とにかくふらつく足で呼び鈴のそばまで歩いていったところで気を失った。倒れていたところを使用人が発見した――それが炉格子の近くだったので、先ほどのようにうまく話を噛み合わせた、と」

ケルン医師は乾いた咳払いをし、訊ねた。

「つまり、きみは自殺未遂だと思っているということか?」

「いや――そうではない」サー・エルウィンは断言した。「なにかもっと、説明しづらいものなのではないだろうか」

「殺人未遂でもない、と？」

「それもまずない。ラシュモア卿の従僕であるチェンバーズ以外、よほどのことがないかぎり夫婦の部屋には足を踏み入れない。あの階に部屋は全部で四つ。ラシュモア夫人用のちいさな私室と、そこから繋がる夫人の寝室、そして化粧室を挟んでラシュモア卿の部屋。ラシュモア卿の部屋と、夫人の私室のドアの鍵は両方とも閉まっていた。入口はそのふたつだけだ」

「だが先ほど、倒れているラシュモア卿をチェンバーズが見つけたと」

「彼はラシュモア卿の部屋の合鍵を持っている。だから〝チェンバーズ以外〟といったんだ。だが彼はラシュモア卿がケンブリッジを卒業した頃から仕えている使用人だ。ありえない」

「窓は？」

「部屋は二階でバルコニーはなし、おまけにハイド・パークの目の前だ」

「なにか手がかりはないのか？」

「それが、三つあるんだ！」

「なんだと？」

「一、傷の所見。二、目が覚めた瞬間、室内になにかがいたような気がするとラシュモア卿はいっている。三、じつは昨夜もまったく同じことが彼の身に起こりかけた！」

「昨夜もだと！　なんということだ！　それで？」

「先日の傷は深かったがいずれもちいさな傷だったので、すでにだいぶ塞がっていた。ひとつがひらきかけていたが、ラシュモア卿はそれ以上大きな傷を与えられる前に目覚めたので事なきを得た。彼によれば、なにか柔らかい身体がベッドから転がり落ちたそうだ。彼は大きな叫び声をあげ、飛び起きて電灯をつけた。そのとき奥方の部屋から悲鳴がした。わたしが到着すると——今度は、わたしを呼んだのはラシュモア卿本人だった——新たな患者がわたしを待っていた」

「ラシュモア夫人か?」

「そのとおりだ。夫の叫び声を聞き、恐怖のあまり失神したようだった。奥方にもやはり、喉から軽い出血があった」

「なんと! 結核か?」

「おそらくな。いくら恐怖をおぼえたからといって健康な者が喀血(かっけつ)するとは思えまい?」

ケルン医師は同意した。すっかり頭が混乱していた。

「それで、ラシュモア卿は?」

「以前と同じような場所に痣ができていた」サー・エルウィンは答えた。「首のもうすこし下のあたりに。だが傷にはなっていなかった。傷をつけられる前に目が覚め、そのなにかを——殴りつけたそうだ」

「なんだったんだ?」

「生きていたそうだ。つややかな長い毛が生えていたらしい。だが逃げられた」

「それで」ケルン医師はいった——「その傷というのはどんなものだったんだ?」

「牙の痕にそっくりだった」サー・エルウィンは答えた。「二本の鋭い牙の痕に!」

第八章　ドゥーンの秘密

ラシュモア卿は大柄な赤ら顔の男で、白くなった髪を短く刈りあげ、軍人ふうに整えた口髭をたくわえていた。白人にしては珍しい瞳の色だ。黒と見まごうほどの深い焦茶色の瞳。南方ふうの目だ。その不思議な取り合わせが強烈な印象を与えた。

読書室にあらわれた彼を、ケルン医師はどうぞおかけくださいと招き入れながら、医者ならではのまなざしで、注意深く隅々まで観察した。

ラシュモア卿は赤い革張りの安楽椅子に腰をおろすと、大きな両手をひろげて膝に置いた。その姿はじつに貫禄があったが、どこか不安げなようすがうかがえた。

ケルン医師が、例によって単刀直入に話を切りだした。

「あなたがここへいらしたのは、ラシュモア卿、医者であるわたしよりもオカルト学者のわたしを頼ってのことですかな？」

「両方だ」ラシュモア卿は答えた。「まさしく、そのどちらもですな」

「あなたの喉の傷はサー・エルウィン・グローヴス医師(せんせい)が――」

ラシュモア卿は首の襟巻に手を触れた。

「傷はまだ残っている。見るかね？」

「差しつかえなければ」

ラシュモア卿は襟巻をほどいた。ケルン医師は分厚いルーペで傷をじっくりと調べた。胸もとの一か所がすこし赤く腫れている。

ラシュモア卿はマントルピースの上に置かれたちいさな鏡の前に立ち、襟巻を巻き直した。

「襲われたとき、なにかが室内にいたような気がしたとおっしゃっていたとか」医師はさらに踏みこんだ。

「まさしく、二度ともそう思った」

「なにかご覧に？」

「いや、部屋は真っ暗だった」

「では感じた？」

「なにかの毛が、殴りかかったときに拳に触れた――二度めに襲われたときのことだ――ふさふさと毛が生えていた」

「動物の身体ということですかな？」

「いや、たぶん頭だ」

「なのになにも見ていない？」

「じつをいうと、なにかが飛びすさっていったような気がしたことは確かだ、白いなにかが――おそらく目の錯覚だろうが」

「奥方はあなたの叫び声を聞いて目を覚まされた?」

「あいにくそのとおりだ。すでに神経がかなり参っているところに、さらに追い打ちをかけてしまったようだ。肺病の疑いもあるとサー・エルウィン医師はおっしゃっている。一日も早く妻を国外へ連れていくつもりだ」

「奥方は気を失っておられたそうですな。どこに倒れていました?」

「化粧室だ——わたしの部屋に通じるほうのドアではなく、自室との間のドアの前に倒れていた。気が遠くなり、助けを求めてわたしの部屋に向かおうとしたにちがいない」

「奥方はなんと?」

「自分でそういっていた」

「倒れている奥方を見つけたのは?」

「わたしだ」

ケルン医師は指で机をとんとんと叩いた。

「ラシュモア卿、どうやら思い当たるふしがあるようですな」と唐突にいう。「それをお聞かせ願えますか」

ラシュモア卿は目をみはり、誇りを傷つけられたかのように相手をにらみ据えた。

「わたしにか?」

「そう思いますが。違いますか?」

ラシュモア卿は暖炉の前の敷物の上に立ったまま、後ろで両手を組み、腰を屈めて、豊かな眉毛の下からケルン医師を見た。不思議な色の瞳が不吉な光をおびて見える。

「あくまでもたとえばの話だが、もしそんなものがあれば――」彼がいいかけた。

「わたしの意見を聞きたい、というところですかな？」ケルン医師が助け船を出す。

「そうだ、そういってもいいでしょうな。懸念をそれとなく口にしたところ、サー・エルウィン・グローヴス医師があなたの名を出した。いまひとつ釈然としないのだが、ケルン医師。あなたを紹介されたのは――要するにあなたが、精神科の医者だからなのか？」

「わたしは精神科の医者ではありませんよ。ラシュモア卿、サー・エルウィンはそちらの心配をしたわけではありません。彼があなたをここへよこしたのは、わたしがいわゆる心霊に関わる病といいますか、そういったものをいくらか研究しているからでしょう。あなたの一族にはあるできごとが起こっていますね」――と、探るようなまなざしで相手を見つめる――「そのことが気になってしかたがないのでは？」

その言葉に、ラシュモア卿は本気でうろたえたようすだった。

「なんのことをいっているんだ？」

「ラシュモア卿、ここへはわたしの助言を求めていらしたはずだ。あなたは特異な病に――ありがたくもイギリスではめったに見られない病に――みまわれている。いまのところは命拾いをしておいでだろうが、今後いつなんどき同じ目に遭っても不思議ではない。わたしを専門家と見こんでくださるなら、なにもかも包み隠さず話していただきたい」

ラシュモア卿は咳払いをした。

「つまりなにをお知りになりたいと、ケルン医師?」なかば降参、なかばひらきなおった調子で彼はいった。

「第三代ラシュモア男爵の奥方、ミルザのことを」

ラシュモア卿は大股に一歩前へ出た。大きな両手をぐっと握りしめ、目には炎が燃えている。

「いったいなにを知っている?」

その声には怒りと驚きが満ちていた。

「ドゥーン城で肖像画を拝見しました。あなたがまだお住まいになっていない頃です。ラシュモア夫人ミルザはたいへんな美女でした。男爵とご結婚されたのはいつでしたかね?」

「一六一五年だ」

「第三代男爵がミルザをイギリスへ連れてきたのは——?」

「ポーランドからだ」

「ではミルザはポーランド人だった?」

「ポーランド生まれのユダヤ人だ」

「子は生まれず、ミルザに先立たれた男爵は再婚したのですな?」

ラシュモア卿はもぞもぞと足を動かし、爪を噛んだ。

「いや、生まれたのだ」ぶっきらぼうにいい放つ。「ミルザは——わたしの先祖にあたる」

「ほう!」ケルン医師の灰色の瞳がきらりと光った。「真相に近づいてきましたな! なぜそのことは秘密にされてきたのです?」

「隠された秘密などドゥーン城にはいくらでもある！」その口調はまるでかたくなな中世貴族そのままだった。「ラシュモア家ほどの家柄であれば、すぐに再婚し、先妻の息子を後妻の子だといいとおすことなど別に難しくはない。二度めの結婚がみのりあるものだったならばその必要もなかったのだが、ドゥーン城の後継者となるものが——誰かしら必要だったのだ」

「なるほど。ですがその二度めの結婚がみのりあるものだったならば、ミルザの子は——なんと表現すべきですかな？——闇に葬られていたかもしれない」

「なんだと！　なにをいっている？」

「ですから彼が正統な跡継ぎだと」

「ケルン医師」ラシュモア卿がゆっくりと口をひらいた。「ひらいた傷をえぐるのが趣味かね。その第四代のラシュモア卿は、世間では〈ドゥーン城の祟り〉と呼ばれている。ドゥーン城には秘密の部屋があり、いわゆるオカルト学者たちの書き記したものが山と収められていて、その部屋に出入りできるのは代々当主だけときまっているのだ。部屋の場所そのものが秘密だ。見取り図を見てもわからないようになっている。あなたはどうやらわが一族の黒い秘密をずいぶんと知っているようだ、ひょっとするとその部屋のありかもご存じなのでは？」

「ええ、知っていますとも」ケルン医師はこともなげに答えた。「濠の真下、かつて跳ね橋があった場所の三十ヤードほど西ですな」

ラシュモア卿の顔色が変わった。ふたたび話しはじめたとき、その声はいつもの響きを失っていた。

「もしや――そこに隠されているもののことも」

「知っていますよ。隠されているのは第四代ラシュモア男爵であり、ポーランド生まれのユダヤ人女性ミルザの息子、ポールですね」

ラシュモア卿は大きな安楽椅子にどさりとすわりこみ、息をのんで相手を見つめた。

「まさかほかに知る者がいたとは！」呆然としていう。「なんと博識なかただ。三年もの間――二十一歳の誕生日の夜からまる三年間――恐怖の念が頭を離れることはなかったのだ、ケルン医師(せんせい)。そのせいで祖父は晩年を精神病院で過ごすこととなったが、父は祖父よりもいくらか強い人間だったから、わたしだって大丈夫だろうと高をくくっていた。恐怖に震える三年間を過ごしてようやく、わたしは第四代男爵ポール・ドゥーンの記憶をかなぐり捨てることができた――」

「つまり二十一歳の誕生日の夜、地下の秘密部屋に初めて連れていかれたということですな？」

「そこまでご存じなら、ケルン医師(せんせい)、もはやなにもかもご存じなのかもしれないが」ラシュモア卿の顔は歪んでいた。「いまから、わが一族の口からは一度として漏れたことのない話をお聞かせしよう」

彼はふたたびそわそわと立ちあがり、話を続けた。

「あの十二月の夜から、もはや三十五年近くの時が過ぎた。だが思いだすだけで、いまだに心がわななくのだ！　その夜ドゥーン城で大規模なハウスパーティがあったのだが、わたしはすでにその数週間前から、待ち受ける試練と向かい合うべく父よりさまざまな教えを受けていた。われわれ一族の謎は代々引き継がれてきたもので、みなの恐怖に満ちたまなざしがちらりちらりと注がれる中、真夜中にわたしは父に呼ばれて席をはずし、古い読書室へ連れていかれた。ああ！ケルン医師(せんせい)――あまりにも恐ろしすぎるこの思い出を――ようやく誰かに話せるとは！」

ラシュモア卿は興奮を抑えているようすだったが、声は低く虚ろなままだった。

「父は、お決まりの質問をわたしに投げかけた。力がほしいと祈ったか、と。当然だ！　すると父は青ざめた険しい顔で、読書室のドアの内側から鍵をかけた。そして古い暖炉の脇の隠し棚から――そのようなものが存在することすら、わたしはこのときまで知らなかった――古い細工の大きな鍵を取り出した。そしてふたりで、本棚のうちのひとつから本をすべておろした。中身をすっかり空(から)にしても、大きな本棚を動かすにはふたりがかりでも骨が折れたが、ようやく目的を達し、羽目板の壁がかなりひろびろと見えるようになった。その本棚を最後に動かしてからは四十年近くの月日が経っていたので、裏の木彫りの部分には、かつてわたしの父がその年齢を迎えた夜から積もりに積もった埃がこんもりとたまっていた。

真ん中の羽目板の上部にはわが一族の紋章を象(かたど)った、舵輪の形をした取っ手のようなものがついていた。父はそれを握ってまわすと、一見ただの壁のように見える部分にぐっと体重をかけた。するとは見えない蝶番(ちょうつがい)を軸に壁が内側へひらき、湿った土の匂いが読書室に流れこんできた。父は用意しておいたランプを手に取ると空洞の中へ入っていき、ついてこいとわたしに手招きした。

足もとの悪い階段をおりていった。天井は低く、屈んで歩かねばならなかった。曲がり角が見えてきて、そこを曲がると、さらに階段は下へ続いていた。その頃にはまだ濠に水があったのだから、たとえ階段のせいで向きがわからなくなっていたとしても、その時点で、濠の真下にいるのだと気づいてもよさそうなものだった。石の天井から水滴が垂れはじめ、空気が一気に湿っぽく、ひんやりと冷たくなった。

階段の終わりに短い通路があり、その先に鉄鋲の打たれた分厚いドアがあった。父は鍵穴に鍵をさすとランプを掲げ、振り向いてわたしを見た。まるで死人のように顔は蒼白だった。

『心の準備はいいか』

父はそういって鍵をまわそうとしたが、鍵穴が錆びついていたためなかなか開かなかった。だがついに──父は腕力のある男だったので──苦労は報われた。ドアがひらき、言葉ではとてもいいあらわせない匂いが通路に漂った。嗅いだことのない匂いだった。あとにも先にも、あんな匂いはあのときしか嗅いだことがない」

ラシュモア卿はハンカチで額を拭った。

「ランプの明かりが真っ先に照らし出したのは、正面に見えた壁のほぼ一面にひろがる血とおぼしき跡だった。それが黴(かび)のたぐいであり、さほど珍しいものではないといまではわかっているが、あのときのあの状況では、あまりの衝撃に言葉を失わずにはいられなかった。

だがいまは、そのあとに見ることとなったものの話へ移ろう──早く話してしまいたいのだ。父は、この得体の知れない部屋の入口で足を止めた。ランプを掲げた手が震えていた。その肩の向こうを覗きこむと、目に飛びこんできたのだ……あの男の姿が。

ケルン医師(せんせい)、それから三年間、夜も昼も、わたしの頭からはあの光景が離れなかった。三年間、夜も昼も、あの恐ろしい顔がずっと目の前に浮かんでいた──髭を生やし、歯を剝き出して笑うポール・ドゥーンの顔が。やつは地下牢の床に横たわっていた。死にぎわの苦痛に耐えているかのように、両の拳を握りしめ、両膝を立てた姿勢で。幾世代もの間、その形のままで横たわっていたのだ。ところが、誓ってもいいが、なんとその骨にはまだ肉がついたままだった。

肉は黄色く変色してひからびていたし、関節から骨が肉を破って飛び出していたが、顔はわかった——不気味きわまりないことに、顔が残っていたのだ。長い黒髪にはつやがなく、眉が異様に太く、睫毛は頬骨にかかるほど長かった。両手の爪は……いや！　やめておこう！　だが歯は、象牙色に光る歯は——断末魔の笑みによって、狼の牙のような二本の歯があらわになっていたのだ！……

ポプラの杭に胸を貫かれ、身体を土の床に縫い止められたまま、まさしくその凄まじい方法で命を絶たれたにふさわしい断末魔の表情で、やつはそこに横たわっていた。だがやつが——その杭に穢れた身体を貫かれたのは、その死からまる一年が過ぎてからのことだったのだ！

どうやって読書室に戻ってきたのかはまるで憶えていない。ふたたび客人たちの前に出ることはできず、そののちも数日間は誰とも顔を合わせられなかった。ケルン医師、三年間わたしは——世界が——眠りが——そしてなによりも自分自身が恐ろしくてたまらなかった。あろうことかこの身体に、ヴァンパイアの血が流れていたとは！」

第九章　ポーランドのユダヤ女

数分の間、ふたりとも無言だった。ラシュモア卿は目の前を見据えたまま、膝の上で両の拳を握りしめていた。

「第四代男爵にその性質があらわれたのは――死後のことだったと?」ケルン医師が訊ねた。

「彼の死から一年の間に、城の周辺では六件の不審死があった。〝ヴァンパイア〟の不気味な噂が近隣を駆けめぐった。第五代男爵――ポール・ドゥーンの息子――はそうした報告の数々に耳を塞いでいたが、子ども――殺された子ども――母親がその男、あるいは男の姿をしたそのなにかの跡をつけ、ドゥーン家の埋葬室に続く門を入っていくところを突き止めた。ポール・ドゥーンの息子は夜陰にまぎれてひそかに埋葬室を訪れた。すると……。

遺体は埋葬室に安置されてまる一年が経っているというのにまるで生きているようだった。遺体は地下牢へ運ばれた――中世には拷問室だった場所だ。そこならばどれほど悲鳴があがろうが外には漏れないからだ――そして、ヴァンパイアを殺すための古くから伝わる手順にのっとってしかるべき処置がおこなわれた。人ならざるものがこの土地を訪れることはそれ以来ぴたりとなくなった。ところが――」

「しかし」ケルン医師が低くつぶやいた。「その血筋はもともと魔女ミルザのものだったのでは。彼女はどうなったのです？」

ラシュモア卿の瞳が熱をおびた。

「なぜ魔女だったことを知っている？」嗄れた声でいう。「それはラシュモア家の者しか知らない秘密だ」

「ええ、むろんこれからも。わたしの調査が上まわったということです。なのでわたしは、第三代ラシュモア男爵の妻であったミルザが生前に黒魔術をたしなみ、死後に喰屍鬼となりはてたことも知っているのですよ。彼女の夫はじつに小ずるい魔術をもちいてミルザを騙し討ちにし、首を切り落とした。男爵はかねてより妻に不信感を抱いていて、息子が生まれたことを公表しなかったばかりか、母親とも引き離した。だが二度めの結婚では跡継ぎが生まれなかったため、ミルザの息子がラシュモア男爵となった。そして彼は死後、母親と同じものになりはてた。

ラシュモア卿、そもそものきっかけとなったそのポーランド生まれのユダヤ女がその息子と同じ扱いを受けつづけるかぎり、ドゥーン家の祟りは終わらないのです！」

「第三代男爵が妻の遺体をどこに隠したのかは誰も知らない。秘密を明かすことなく彼は亡くなった。あの禍事が、あの禍々しき悪魔の所業がふたたび繰り返されるというのか——ああ、なんということだ！　ケルン医師、これ以上わたしの心をかき乱すつもりか？」

「これほど幾代もの長い間あらわれなかったのですから、あなたの中に流れる吸血鬼の血がいまさら目覚めるとは思えませんな。ですがその魂、つまりそのヴァンパイア女の禍々しき悪霊はいまだこの世に縛りつけられたままだ。息子の霊が解放され、それとともに受け継がれた穢れも一見浄化されたかに見える。ですが母親の霊はまだ縛られたままなのです！　たとえ首を落とそうとも、ヴァンパイアとなった彼女の霊をしかるべく葬り去るには、いにしえより伝わる儀式をおこなう必要があるのです！」

ラシュモア卿は片手で両目を覆った。

「気が遠くなりそうだ、ケルン医師。つまりどういうことなんだね？」

「つまりミルザの霊はいまも、邪悪なる不死身の情熱をもって、取り憑くことのできる人間の肉体を探してさまよっているのです。いわゆる心霊主義が危険なのは、まさにこうした下級霊がいるせいなのです。やつらに好ましき条件を与えてしまえば、人間すら支配されかねない」

「ではその後妻の霊も――」

「ミルザが子孫のもとにあらわれるだろうことは充分に考えられる。確かドゥーン城には、誕生と死のさいに、あざ笑う女の声が響くといういい伝えがあったのでは？」

「それならわたしもこの耳で聞いた――ラシュモア卿となった夜のことだ」

「まさしくそれこそ、生前はラシュモア夫人ミルザとして知られた女の霊なのです！」

「だが――」

「しかもそうした霊を操るのは不可能ではない」

「どうやって？」

「邪悪なわざをもちいるのですよ。ところがそれになんのためらいも持たない輩もいる。むろん、それがもたらす危険は尋常なものではない」

「ケルン医師(せんせい)、どうやらあなたの頭の中では、このところわたしの身に起こっているものごとについてひととおりの説明がついているようだ」

「ええ。さらに確たる証拠を得るために、できれば今夜お宅へお邪魔したいのですが。表向きは奥方を診察するということでいかがでしょう?」

ラシュモア卿はじっと医師を見つめた。

「つまり詮索されたくない相手がわたしの住まいにいる、ということか?」

「まあ。午後九時では?」

「それなら夕食においでになればいい」

「たいへんありがたいのですが、わたしの目的を果たすにはそのあとの時間のほうがいいでしょう」

その夜、ケルン医師とその息子はハーフムーン街の家で、ふたりだけで夕食をとった。

「今日、リージェント街でアントニー・フェラーラを見かけたよ」ロバート・ケルンがいった。

「ほっとした」

ケルン医師が豊かな両眉をあげた。

「なぜだ?」

「もうロンドンにはいないんじゃないかと多少心配だったからさ」

「マイラ・ドゥーケンを訪ねてインヴァネスに行ったのではないか、と?」

「ありえなくはないだろう」

「ありえなくはない。だがロブ、どうやらやつはいま別の獲物を追っているようだ」

ロバート・ケルンがとっさに顔をあげた。

「ラシュモア夫人か――」と口をひらきかける。

「ほう？」父親が促す。

「昨日、垂れこみで飯を喰ってる連中のひとりが、フェラーラとラシュモア夫人のことを書きたてた怪しい記事を『プラネット』に送ってきた。もちろん没だ。あんなものをうちに持ちこまれてもね。だがじつをいうと――今日見かけたとき、フェラーラはラシュモア夫人と一緒だったんだ」

「どんな記事だ？」

「むろんたいした内容じゃない。ますます青白い顔になっていくフェラーラより、ラシュモア卿のほうがよっぽど長生きするだろうよ」

「フェラーラは金目当ての、根っからの悪党だと？」

「当然だ」

「ラシュモア夫人の健康状態に問題はなかったということか？」

「いたって元気そうだった」

「そうか！」

かなり長いことふたりとも黙っていた。やがてロバート・ケルンがいった。

「アントニー・フェラーラは疫病神だ。あの爬虫類じみた黒い瞳と目が合い、あいつがしようとしたことを——あいつのしたことを——思い返すたびに血が煮えたぎる。ぼくら人間は新たな知恵を得たがために、あいつを裁ける唯一の掟をみずから潰してしまった。考えるとおかしくて涙が出るね！　ここが古代カルデアならあいつは存在すら許されなかっただろうし、いまがチャールズ二世の治世なら火炙りの刑に処されていたはずだ。ところがどうだ、この素晴らしき二十世紀では、やつは社交界でも名の知れた美女を連れてリージェント街をそぞろ歩き、破滅させてやりたい相手の目の前で高笑いをあげている！」

「口を慎め」ケルン医師はいましめた。「たとえおまえが明日謎の死を遂げても、フェラーラが法的に裁かれることはないんだぞ。じっと目を凝らして待つんだ。今夜、そうだな、十時頃ここへ戻ってこられるか？」

「ああ——たぶん」

「なんとか来てくれ。とりあえずわかったぶんの記録にわたしの話と覚え書きを加えて、一連のできごとを時系列にまとめてくれたんだったな？」

「ああ。昨夜はそれにかかりきりだったよ」

「書き加えるべきことはまだ増えるはずだ。ロブ、この記録は、いつか人ならざる敵を斃すための武器となる。今夜、写しを作成してわたしの署名を入れ、かたほうを銀行に預けてこよう」

第十章　笑い声

ラシュモア夫人はケルン医師が思っていたよりもはるかに美人だった。生粋のブルネットで姿かたちも素晴らしく、瞳は黒い時計草のようだ。金色の輝きをおびたクリーム色の肌は、まるで南国の陽光を織りこんだビロードを敷きつめたかのようだった。

彼女はケルン医師をにこやかに迎え入れた。

「おかげんがよいようでなによりです、ラシュモア夫人」医師はいった。「お顔を拝見して、ますます確信が持てました」

「なんのことですの、ケルン医師？」

「奥さまが先日起こされた発作の原因についてです。サー・エルウィン・グローヴス医師に意見を求められまして、わたしなりの見解を」

ラシュモア夫人は見るからに蒼白になった。

「夫は大げさに心配していますけれど、ほんとうにたいしたことはありませんのよ――」

「そうですね。興奮なさりすぎたのでしょう」

ラシュモア夫人は顔の前に扇子をかざした。

「おかしなことがたてつづけに起こっているものですから――医師はご存じのようですわね――これでは誰でも神経をやられてしまいますわ。もちろんご評判を存じあげてのことですのよ、ケルン医師、心霊研究の専門家でいらっしゃるのでしょう――？」

「申しわけないが、どこでそれを？」

「フェラーラさんですわ」あっさりと答える。「その手のことについてはあなたが第一人者だと、あのかたが教えてくださいましたの」

ケルン医師は思わず顔を背けた。

「なるほど！」つい険しい声になる。

「それにお訊きしたいことがありますの」ラシュモア夫人は続けた。「夫の喉の傷について、なんでもいいですわ、なにかお心当たりはございませんこと？　やはり――この世のものでないなにかのせいだとお思いになります？」

彼女の声が震え、わずかな外国訛りがふときわだった。

「この世のものでないものなどありません」ケルン医師は答えた。「ただし、なにかしら人智を超えたものだ。奥さまは近頃悪夢に悩まされているのではありませんか？」

ラシュモア夫人はぎくりとし、恐怖ににじんだ瞳を見ひらいた。

「なぜそれを？」かすれた声でいう。「おわかりになるのね！　ああ、ケルン医師！」と彼の腕に片手を載せる――「どうかあの夢を遠ざけていただけないかしら、あんな夢は二度と見ないとおっしゃってくださらないこと――！」

それは嘆願でもあり、告白でもあった。どこかよそよそしさが感じられたのはそのせいだったのだ――彼女は誰にも打ち明けられない恐怖を抱えていたのだ。

「話してください」穏やかにいう。「夢を見たのは二回ですね？」

いい当てられたことに驚いて目をみはりながら、夫人はうなずいた。

「それは二度とも、男爵に異変が起こったときのことですね？」

「そうです、そうですわ！」

「どんな夢でしたか？」

「ああ！　とても、とてもお話しできませんわ！――」

「話してくださらねばなりません」

医師は気遣うような声でいった。

「夢の中でわたくしは、真っ暗な洞穴のような場所に横たわっていました。頭上からは波のとどろきが響いていました。けれど、その凄まじい音の中でもはっきりと聞こえたんです、わたくしを呼ぶ声が――名前を呼ばれているわけではなく、どういいあらわせばいいのかわからないのですけれど、とにかくなにかがわたくしをしきりに呼んでいました。わたくしはほとんどなにも身にまとっていなくて、着ているのはぼろぼろになった服のようなものだけ。膝をついて声のするほうへ這っていくと、いつしかまわりは、同じように地面を這っている別の生きものだらけで――たくさんの脚が生えた、じっとりと湿った身体をした生きものに囲まれていたんです……」

身震いをし、引きつった泣き笑いを必死に抑える。

「ぼさぼさになった髪が身体にまとわりついていました。どういうわけか――ああ！　頭が変になりそうですわ――頭と身体が離れていたんです！　言葉ではあらわせないほどの邪悪な怒りが、わたくしの中に満ちみちていました。しかも、耐えられないほどの喉の渇きも感じていました。その渇きというのが……」

「だんだんわかってきた」ケルン医師は穏やかな声でいった。「それから？」

「しばらく間隔が空くと――その間はなにもありませんでした――また夢が始まりましたの。ケルン医師（せんせい）、やはりとてもできませんわ、あのときわたくしの心を虜にしていた、あの恐ろしい罰当たりな穢らわしい考えを口にするだなんて！　わたくしは必死で――必死で――なにかに抗っていました。癒やされぬ渇きを満たすべく、わたくしをあの汚らしい洞穴に引き戻そうとするなにかの力に。わたくしはすっかり自分を失っていました。あのときわたくしの心にあふれていた思いを言葉にするだなんて、考えただけでも身体が震えますわ。ふたたび空白が訪れて、そこで目が覚めました」

夫人はすわったまままわなわなと震えていた。彼女が目を合わせようとしないことにケルン医師は気づいていた。

「一度めは、目を覚ますと男爵の身に奇妙かつゆゆしき事態が起こっていた、ということですな？」

「それだけでは――ないのです」

か細い声は震えていた。

「話してください。怖がらなくていい」

ラシュモア夫人は顔をあげた。美しい瞳に狂おしいほどの恐怖がにじんでいる。

「もうわかっておいでなのね！」と息をのむ。「そうなのでしょう？」

ケルン医師はうなずくと、いった。

「二度めは、一度めよりも早く目が覚めたのですね？」

ラシュモア夫人はちいさく首を動かした。

「まったく同じ夢を見た？」

「ええ」

「その二度を除いて、それまでにその夢を見たことは？」

「一部分だけなら何度か見ました。目が覚めたときにその部分しか憶えていなかっただけかもしれませんけど」

「それはどの？」

「最初の、あの恐ろしい洞穴のところです――」

「さて、ラシュモア夫人――あなたはいま、降霊術(セアンス)の会に参加していますね」

もはや医師がさまざまな事実からつぎつぎと答えを引き出してくることにも別に驚かなくなっていたので、夫人はただうなずいた。

「ひょっとすると――あくまでも推測ですが――その会は、表向きは娯楽の会として、アントニー・フェラーラ氏が取り仕切っているのではありませんか？」

夫人はふたたびうなずいてそれを認めた。

「そこであなたには霊媒の素質があるとわかった?」

ふたたびうなずく。

「そうですか、ラシュモア夫人」──ケルン医師は険しい表情を浮かべていた──「これ以上お訊きすることはありません」

彼が帰りじたくを始めると──

「ケルン医師!」ラシュモア夫人がちいさな震える声でいった。「恐ろしいなにかが、わたくしには理解できないおぞましいことがわたくしの身に起こっているのです。ああ──どうかわたくしに、大丈夫だ、とひとことといってくださらないかしら! 医師以外に、このいいようのない恐怖をわかってくださるかたはいませんわ、どうか──」

ドアの前で医師は振り向いた。

「心を強くお持ちなさい」そういうと──部屋を出ていった。

ラシュモア夫人は怪物ゴルゴンを見てしまった者のように、美しい瞳をかっと見ひらいたまま、死人さながらの蒼白な顔で、固まったようにすわりこんでいた。大丈夫だ、とはついに一度もいってもらえなかった。

ロバート・ケルンが覚え書きの束を前に読書室で煙草を吸っていると、ケルン医師がハーフムーン街の家に戻ってきた。いつも血色のよい顔があまりにも蒼白なので、息子は思わず驚いて立ちあがった。だがケルン医師はいかにも彼らしい手振りで息子を制した。

「大丈夫だ、ロブ」低い声でいう。「すぐによくなる。なにしろたったいま、悪魔のごとき者に魅入られたある女性を――それも若く美しい女性を――後ろ髪を引かれつつ置き去りにしてきたものでね」

ロバート・ケルンは父を見つめたまま、ふたたび腰をおろした。

「これから話すことの記録をつけてくれ」ケルン医師はいうと、部屋の中を行きつ戻りつしはじめた。

そしてドゥーン家の歴史について、そして近頃ラシュモア卿夫妻の身に起こったできごとについて知りえたすべてを詳しく語った。息子がそれを手早く書き留めていく。

「〝結論をいえば、そのミルザという、ポーランド生まれのユダヤ人であり、一六一五年にラシュモア男爵夫人となった女は、生前に妖術を操り、やがて死後、喰屍鬼(グール)――邪悪な手段によって生きる邪悪なもの――つまりヴァンパイアとなりはてたのだ〟」

「まさか！　そんなものは中世の、ただの薄気味悪い迷信にきまってるじゃないか！」

「ロブ、なんならポーランドのクラクフから十マイルと離れていない、ある城へ連れていってやろうか――あそこにある遺物を見れば、ヴァンパイアが存在するかどうかなどと今後悩む必要はいっさいなくなる。続けよう。〝ミルザの息子ポール・ドゥーンは、恐ろしき性質を母親より受け継いだが、その後ろ暗き存在は、伝統的かつ効率的な方法でほどなく消し去られた。彼に関しては無視してかまわないだろう。

注視すべきは魔女ミルザだ。彼女は夫の手で首を落とされた。この仕置きを与えられたことによって、ミルザは人間としての生を終えたのちの、右に述べたような邪悪なる生において、ヴァンパイアの性(さが)である世にも恐ろしい儀式をおこなえなくなった。首のない身体では夜をさまようこともかなわぬので、彼女の邪悪な霊はおそらく、それにふさわしい別の死体をわがものとして操ろうとしたにちがいない。

肉体を失った彼女の霊は、ドゥーン家のあらゆる者に対し根深い恨みを抱えつづけたあげく、憎しみと思慕の情の両方に引き寄せられるように、ミルザ自身の子孫の周辺にたびたびあらわれた。ドゥーン家の者をみずからの餌食とするとき、ミルザの霊はふたつのおぞましき欲望を満たした——血で喉を潤したいという欲望、そして復讐を果たしたいという欲望を! その霊が肉体を得たとき、ラシュモア卿の運命が決まるのだ!〟」

言葉を切り、ちらりと見やると、息子は凄まじいスピードで鉛筆を走らせていた。ケルン医師は続けた——

「〝それまでのミルザよりもはるかに強力で邪悪な力を持ち黒魔術を操る者が、ある女の霊をその肉体から引き剝がし、かわりにいっとき、血に飢えたミルザの霊をその身体に収めた!〟」

「なんだって!」ロバート・ケルンが声をあげ、鉛筆を放り出した。「わかってきたぞ!』

「〝ラシュモア夫人は気が弱く、降霊術の会に誘われれば断れない質(たち)で、宿主にされることもしばしばだった。そこでヴァンパイアの霊に取り憑かれた! 夫人は霊に操られ、いうも憚(はばか)る渇望に動かされるまま、ドゥーン家の生き残りであるラシュモア卿を探し当てた。凄まじい攻撃を経ていっときの身体を手に入れた強大な念は、猟犬を繋ぐがごとくに夫人をがっちりと束縛し、夫から引き離して男爵をおのれの餌食とすると、肉体という借りた衣からあらゆる証拠を消し去り、かつて第三代ラシュモア男爵が首なし死体を放りこんだ憎悪の淵に突き落としたのだ！

ラシュモア夫人はいくつかのことを記憶していた。憑依した霊が顔を出す瞬間と、ふたたびなりをひそめる瞬間の記憶だ。それがドゥーン城近くの人知れぬ洞穴の光景だ。ここは、首を失いながらも死んでいない肉体の眠る場所であり、また〈渇き〉に耐えられなくなった強い念に宿主がついに屈し、ヴァンパイアが目覚める瞬間の場所でもある〟」

「なんてことだ！」ロバート・ケルンはつぶやいた。「まさか、そんなことがありうるのか！」

「ありうるのだ――じっさいに起こっている！〝そこでわたしが考えた方法はふたつだ〟」ケルン医師の声は冷静だった。「〝ひとつはその洞穴の場所を突き止め、そこに眠るヴァンパイアを殺すという方法だ。つまりオカルト的な意味で、杭をもちいてということだ。もうひとつは白状すれば、ラシュモア夫人の〝憑きもの〟を永遠にその身にとどめてしまうだけの結果に終わる可能性もある――その方法とは、肉体を失った霊そのものを操る者――つまりアントニー・フェラーラを亡き者とすることだ！〟」

ロバート・ケルンはサイドボードへ歩いていき、震える手でブランデーをグラスに注いだ。

「やつの目的はなんなんだ？」声をひそめていう。

ケルン医師は肩をすくめ、答えた。

「男爵が亡くなれば、ラシュモア夫人はこのあたりで最も裕福な未亡人となる」

息子のほうが落ちつかなげに言葉を継いだ。「やつだってそろそろ気づいているだろう。父さんが探りを入れていることに。もう――」

「ラシュモア卿には、夜間は廊下へ通じるドアだけでなく、化粧室のドアにも鍵をかけるようにいっておいた。あとは――？」ケルン医師は安楽椅子に身体を預けた――「認めたくはないのだが――」

電話のベルが鳴った。

ケルン医師は感電でもしたように勢いよく立ちあがり、受話器を耳に当てた。そのおもざしに浮かぶ表情で、息子の目にも、それがどこからかかってきた電話で、どのような知らせなのかだいたい見当がついた。

「ついてこい」医師は受話器を置き、それだけを口にした。

ふたりは連れ立って外へ出た。すでに日を跨いでいたが、ハーフムーン街の角でタクシーを捕まえることができ、五分もしないうちにラシュモア卿の屋敷に到着した。

ラシュモア卿の従僕であるチェンバーズのほかには、使用人の姿はひとりも見当たらなかった。

「みな、あっという間に逃げ出していきました」彼はしわがれた声でいった。

ケルン医師はそれ以上なにも訊かずに階段を駆けのぼり、息子もあとに続いた。ラシュモア卿の寝室に駆けこんだふたりは、ドアを一歩入ったとたんに立ちすくんだ。

ベッドの中で背筋をのばしてすわっている姿が見えた。ラシュモア卿だ。顔色は黒ずんだ灰色になり、かっと見ひらかれた両目は靄がかかったように霞んでいるが、かすかに残された光には恐怖が張りついている……彼は絶命していた。左手には懐中電灯が握られたままだ。

ベッドのかたわらの絨毯の上に誰かが横たわっており、その上に屈みこんでいる人物がいた。サー・エルウィン・グローヴス医師が顔をあげた。日頃から冷静沈着な彼も、やや落ちつきを失っている。

「ああ、ケルン！」とふいに口をひらく。「われわれは一歩遅かったようだ」

うつぶせに倒れていたのはラシュモア夫人だった。寝間着の上に日本ふうの着物を羽織っている。血の気を失いぴくりとも動かない。医師はかかりきりで、彼女のこめかみにぱっくりとひらいた大きな傷を拭っていた。

「こちらは命に別状はない」サー・エルウィンがいった。「ご覧のとおり、かなりの力で殴打されたとみえる。だがラシュモア卿のほうは――」

ケルン医師は死んでいる男に近づくと、いった。

「心臓だな。あまりの恐怖に心臓が止まったんだ」

背後の、開け放ったドアの前に立っているチェンバースを振り向く。

「化粧室のドアが開いている。ラシュモア卿には鍵をかけておくようにいったはずだが」

「ええ、旦那さまはそのおつもりでした。ですが鍵が壊れておりまして。明日取り替えることになっておりました」

ケルン医師は息子を振り向いた。

「聞いたか？　この不幸な屋敷を訪ね、わざわざあの鍵を壊していった客人が誰だったのか、むろんおまえにも見当がついているな？　鍵は明日取り替えることになっていた。そこで悲劇は今夜起こった」ふたたびチェンバーズに話しかける。「使用人たちが今夜いっせいに出ていってしまった理由は？」

従僕は気の毒なほど震えていた。

「笑い声がしたのです！　高らかに笑う声が！　いまも耳に残っております！　わたしは続き部屋で眠っておりましたが、万が一のために旦那さまのお部屋の合鍵をお預かりしておりました。ですが旦那さまが悲鳴を――まるで刃物で刺されたような――鋭い、大きな悲鳴をあげられたので――わたしは慌てて飛んでいきました。そしてドアノブを――わたしの部屋のドアノブを――まわそうとしたそのとき、誰かが、いやなにかが、笑い声をあげはじめたのです！　まさにこの、旦那さまの部屋の中で！　あれは――奥さまの声ではありませんでした。聞いたこともない女の声でした。なんといいあらわせばよいのやら。ですがその笑い声に屋敷じゅうの者が起きてきました」

「この部屋にはいつ入った？」

「恐ろしくて、入ってなどおりません！　わたしはすぐさま階段を駆けおり、サー・エルウィン・グローヴス医師にお電話いたしました。医師がおいでになるのを待たずして、ほかの使用人たちは取るものも取りあえず出ていってしまいまして――」

「最初に中に入って」サー・エルウィンがさえぎった――「あの状態のラシュモア卿、そして倒れているラシュモア夫人を発見したのはわたしだ。そして電話して看護師を呼んだ」

「なるほど！」ケルン医師はいった。「すこしだけ席をはずさせていただくよ、グローヴス、少々気になることがあるのでね」

彼は息子を部屋の外へ連れ出し、階段のところで訊ねた。

「おまえにはわかったな？　ラシュモア卿は喉に嚙みつかれたことに気づき、すぐさま目を覚まして相手を殴りつけた。ラシュモア夫人の肉体をまとったミルザの霊がふたたび訪れたのだ。懐中電灯で相手を照らした彼の目に映ったのは――なんと奥方だった！　あまりの悲劇に彼の心臓は止まり――魔女の高笑いとともに――ついにドゥーン家の血は絶えたのだ」

タクシーが待っていた。ケルン医師がピカデリーの住所を告げ、ふたりは乗りこんだ。走りだした車内で、医師はポケットからリボルバー一挺と弾薬をいくつか出し、五つある弾倉に弾をこめると、ふたたびポケットの内にするりと収めた。

アパートの、ずらりと並んだ大きなドアのうちのひとつが開け放たれており、荷運び人がまだそこにいた。

「フェラーラさんはどこかね？」ケルン医師が声をかけた。

「五分ほど遅かったね、旦那」男がいった。「午前零時十分に車で出てったよ。外国へ引っ越すんだとさ」

第十一章　カイロ

精神的ストレスが身体の健康に本来どれほどの影響を与えるものなのか、そう簡単には予測がつかないものだ。オックスフォードを離れロンドンで仕事に就いた頃のロバート・ケルンは元気そのものだったが、こうしてあまりにも常軌を逸したできごとにつぎつぎとみまわれたために多大なる精神的ストレスをこうむり、いまはみごとに体調を崩していた。だがたとえ彼がひ弱だったとしても、もっと神経が太かったならばここまでやられることはなかったかもしれない。

　このように激しく心を打ちのめされた者は、回復しさえすれば、悪い夢から目覚めて爽やかな朝を迎えたような気分になれるはずだ。ロバート・ケルンが父親とじっくり話し合い――父親のほうがむしろいつもより青い顔をして、どこか不安げなまなざしをしていた――エジプトでの療養を決めたのは、まさにこの夢と目覚めとの間にいるような状態のときだった。

「役所での手続きはみなすませてきたぞ、ロブ」ケルン医師がいった。「三週間ほどすれば地方記事の仕事をカイロで受け取れるようになる。それまではいいから休め――心配いらない、とにかくなにも考えなくていい。わたしたちはこれでもかというほど恐ろしい目に遭った、しかもおまえはそうしたものにまるで免疫がなかったのだから、神経をやられて当然だ。ちっともおかしなことではない」

「アントニー・フェラーラはどこに？」

ケルン医師はかぶりを振り、ふいに怒りを目にたぎらせた。「いいかげんにしろ。その名を口にするんじゃない！　このことはいっさい禁句だ、ロブ。いいか、やつはもうイギリスにはいないんだ」

こうして心は非現実にありながらも、現実に囲まれた世界にいちおうは身を置いていると、ロバート・ケルンは自分がいかに病んでいるかをしみじみと感じた。頭に霞がかかったままポートサイド行きの船に乗り、カイロ行きの列車に乗りこんだ。やがて目の前の現実がしだいにはっきりと見えてきた。ようやく悪夢から抜け出した彼の心に、まだ見ぬエジプトに対する興味がふつふつと湧いてきた頃、彼はシェパード・ホテルの赤い服をまとったポーターのあとについて列車の通路を進み、プラットフォームに降り立っていた。

東洋と西洋が出会い入り交じる不思議な通りを抜けると、紫色の黄昏に染まる下エジプトの風景がふいにひろがり、ケルンはにぎわうホテルのざわめきにのみこまれた。

サイムが待っていた。冷静沈着なるサイムと会うのはオックスフォード以来だ。駅へ迎えに行くつもりだったが、仕事があって行けず申しわけなかったと彼は詫びた。サイムはいま、考古学者たちの調査旅行に医師として同行中なのだ。筋骨たくましく牛のような外見のサイムが、不健康に痩せ細ったケルンと並ぶとなんとも不釣り合いだった。

「十分前にワスタから到着したばかりでね、ケルン。おれが戻るときキャンプへ一緒に来るといい。砂漠の空気を吸えばすぐに元気になる」

そっけないいいかただったが、声にもまなざしにもどこか不安がにじみ出ていた。ケルンのようすが目を疑うほど変わっていたからだ。ロンドンで起こったできごと——アントニー・フェラーラなる男をめぐる陰惨きわまりないできごと——についてはサイムも小耳に挟んではいたものの、とりあえずいまは口に出そうという気は起こらなかった。

ロバート・ケルンはテラスに腰をおろし、到着したばかりの中近東の都にすっかり目を奪われ、せわしなく人々が行き交う通りを見おろしていた。みずからの不調やそれを引き起こしたできごとが、いままでになく遠い夢のように思えた。足もとの柵の向こう側から行商人が蠅払い（馬毛などの束に柄をつけたもの）を差し出し、聞き取りづらい英語でしきりに売りつけようとしてくる。ビーズ売りやら、まがいものの〝骨董品〟売りやら、砂糖菓子売りやら、占い師やらといった——騒々しい連中がつぎつぎと、まるで重力を無視してシェパード・ホテルのテラスに飛びこんできたかのように、みるみるまわりに集まってきた。シャリア・カメル・パシャ通りには馬車や自動車、駱駝や驢馬がひしめいている。アメリカ英語にイギリス英語、ドイツ語のざらついた響き、吐息交じりのようなアラビア語のさざめきがひとつになり、なんともいえぬ音の重なりをつくりあげている。だがそのいずれもが、ケルンにとってはいいようのないほど心地よかった。ここにすわってウイスキー・ソーダをちびちび飲りながらパイプを吹かしていられるのはなんともいい気分だった。ひたすら無為に過ごすことが彼にとってはなによりの薬だったし、まさしく求めていたことだった。しかも、めったにお目にかかれないこうした人々のただ中でなにもせず過ごせるとは、まさに贅沢のきわみだ。

気づかれないようにケルンを見つめていたサイムは、その顔に皺が――かいくぐってきた炎を物語る皺が――刻まれているのを見てとった。なにかが――なにか恐ろしいものが――友の心に火傷の痕を残したのがはっきりとわかった。かなりの精神的苦痛を受けたことをうかがわせるようすをたびたび見せるケルンに、サイムは、よく気がふれずにいてくれたものだと心から思った。この友人はすんでのところで命拾いしたものの、幽霊の棲む不気味な国とこの世との境にほんとうに立たされていたのだ。

ケルンは微笑みを浮かべ、注意を惹こうと下の道からしきりに呼びかけてくる行商人たちを見わたした。

「じつに楽しい光景だ。何時間でもこうしてすわっていられそうだ。だが日が暮れてもなかなか涼しくはならないのは勘弁してほしいな?」

「それどころか!」サイムが答えた。「ハムシンまで――砂漠から渡ってくる熱風だ――近づいている。先週おれたちは上流域にいたんだが、アスワンでやられてひどい目に遭った。たちまち夜のように真っ暗になり、砂塵で息もできなくなるんだ。じきにカイロにも来る」

「それを聞くと、ハムシンとやらとは出会いたくないね!」

サイムは同意し、パイプを叩いて灰皿に灰を落とした。

「不思議な国だ」と感慨深げにいう。「ここでは風変わりな思想が今日でも残っている――中世そのものの考えかたが。たとえば」――熱い火皿に煙草の葉を詰め直す――「本来いまはハムシンの季節じゃない。そこで地元民たちがどう受け止めるかというと、なにか想像のつかないものがあらわれたと解釈するわけだ。その解釈というのが、ばかげてはいるがなかなか面白い。昨日、あるアラブ人が（いま、ファイユームで発掘作業をしていてね）もったいぶったようすで教えてくれた。熱風が吹いたのはイフリートが、つまり『アラビアン・ナイト』に出てくるような魔神が、このエジプトにやってきたからだと！」

サイムは豪快に笑ったが、ケルンは神妙な顔つきで彼をじっと見つめていた。サイムが続けた。

「今夜おれがカイロについたときには、もうイフリートの噂のほうが先まわりしていた。じっさいのところな、ケルン、町じゅうが——つまり地元民の間では——その話でもちきりなんだ。ムスキ通りの商人たちもみなその話ばかりしている。ハムシンがひと吹きでもすれば、軒並み店を畳んで地下室にでももぐりこみそうな勢いだ——まあ、連中の家に地下室があればの話だがね！現代エジプト建築がどうだか知らないが」

ケルンは心ここにあらずというようすでうなずくと、いった。

「きみはそうやって笑うが、迷信が——ぼくたちが迷信と呼んでいるものが——秘めている力は、ときに手に負えなくなるときもある」

サイムが目をみはる。

「おい！」医師であるサイムは真っ先に思いだした。この手の議論は口にしてはならないことだ。

ケルンは続けた。「きみはイフリートの存在など信じないかもしれないが、想像というものの力を否定することはきみにもぼくにも不可能だ。ベテランの催眠術師が相手に念を送り、ほんとうは講義室の壇上にすわっているのに川岸に腰をおろして釣りをしているような感覚を味わわせることができるのならば、この町に住むおおぜいが、イフリートがエジプトに来ている、という念をいっせいに送ればどういうことになるかくらいは、きみにも見当がつくだろう？」

　サイムはいかにも彼らしい、気だるげな目つきでケルンを見つめた。

「なかなかの難問だな。いいたいことはわかる」

「きみは――」

「その結果、それがイフリートのしわざということになるんじゃないか、というのなら、いいや、おれはそうは思わないね！」

「そういう意味でいったんじゃない。でもこの迷信の生み出すうねりがなにも起こさないはずはない。その思念エネルギーが一点に向かえば――」

　サイムが立ちあがった。

「やめとけ」会話を断ち切るようにいう。この議論は危険だ。一歩間違えば狂気に足を踏み入れかねない。

　インドの占い師が、先ほどから占わせろとしつこく声をかけてくる。

「いらん（イムシ）！　あっちへ行け（イムシ）！」サイムは怒鳴りつけた。

「待ってくれ」笑みを浮かべてケルンがいった。「彼はエジプト人じゃない。イフリートの噂を耳にしたことがあるかどうか訊いてみようじゃないか！」

　サイムはあまり気が進まないようすでふたたび腰をおろした。占い師は持っていたちいさな絨毯をひろげ、両膝をついてすわると、目の前にいる、客とおぼしき相手の手相を読もうとした。だがケルンは手をひるがえしてそれを拒んだ。

「占わなくていい！　金は払う」――とサイムに向かって笑いかける――「すこし話を聞かせてくれないか」

「はい、はい、旦那さま！」インド人はふたつ返事だった。

「なぜ」――ケルンは、まるで法廷でするように占い師を指さした――「なぜ今年のハムシンはこんなに早く吹いている？」

インド人は掌を上に、両手をひろげてみせた。

「なぜわたくしにそのようなことを？」耳に心地よい、穏やかな声で男は答えた。「わたくしはエジプト人ではありませんので、お話しできるとしても、エジプト人たちから又聞きしたことばかりでございます」

「ではどんなふうに聞かされた？」

サイムは両手を膝に載せ、前のめりになって聞いていた。このインド人がイフリートの話をすればケルンがますますその気になってしまうのではないか、と案じているのは明らかだ。

「なんでも、話によりますと」――男の声が、歌うように低くなる――「それはそれは邪悪きわまりない」――と、長い褐色の指で自分の胸をつつき――「わたくしとも」――そしてサイムの膝をつつき――「あなたさまのご友人であるこのかたとも」――そして長い指をケルンに突きつけ――「あなたさまとも違う、人ならぬものでありながら、人の姿をしたものだそうでございます！　父親も母親も持たない——」

「つまり」サイムがいった。「精霊ということか？」

　占い師はかぶりを振った。

「話によれば精霊ではなく——人ではあるけれども、ほかの人間とはまるで違う、とても、とても悪いやつなのだそうでございます。はるか昔の偉大なる王、あなたさまがたが〈賢王〉と呼ぶおかたが——」

「ソロモン王か？」ケルンがいった。

「そう、そうです、スレイマーン王でございます！——そのかたが地上からすべての悪霊を追い払ったさいに——見つからなかったやつなのだそうでございます」

「見逃された？」サイムが口を出す。

「そう、そうです、見逃されたやつでございます！　たいへんに邪な男だと。旦那さまがた、そやつがエジプトにやってきたのです。海からではなく、広い砂漠を越えて——」

「リビア砂漠？」サイムがいう。

　男は首を振りながら、言葉を探した。

「アラビア砂漠？」

「違う、違います！　もっと向こう、アフリカの北の」——男は長い両腕を大げさに振りまわした——「スーダンの向こうから来ましてございます」

「サハラ砂漠か？」サイムが水を向けた。

「そう、そうです！　サハラ砂漠でございます！——そやつはサハラ砂漠を越え、ハルツームへやってきたのです」

「どうやって？」ケルンが訊ねた。

インド人は肩をすくめた。

「わかりません、ですがそやつはそのあとワディハルファへ、アスワンへ、そしてルクソールへ来たのだそうでございます！　昨日エジプト人の友人がいっておりました、ハムシンはファイユームまでやってきたと。つまりいまは——その邪悪な男は——そこにいるのです——そやつが熱風を連れてくるのでございます」

インド人の話はしだいに熱をおび、ふたりのアメリカ人旅行客が足を止めて耳を傾けた。

「今夜にも——明日にも」——いまではもうささやくような小声になっていた。まるで盗み聞きされるのを恐れてでもいるかのように、きょろきょろとあたりを見まわす——「ここカイロにやってくるかもしれません。砂漠の灼けるような吐息を——蠍(さそり)の風を連れて！」

みずからの話にまとわせていた謎を聞き手に委ねると男は立ちあがり、媚びるような笑みを浮かべた。仕事は果たした。あとは金をもらうだけだ。サイムが五ピアストルやると、男はお辞儀をして離れていった。

「なあ、サイム——」占い師が毛氈(もうせん)敷の階段をくだって眼下の雑踏にまぎれていくのをぼんやりと見つめながら、ケルンが口をひらいた——「もしだ、もし誰かが——いまエジプトにこうした思想の波が打ち寄せていることを利用できるとしたら——つまり、その力をみずからの身に集中させることができたとしたら、そいつには人間を超越し、人間離れしたわざが使えるようになる、そうは思わないか？」

「どういう流れでそんな考えにたどりつくんだ？」

「一般論だよ、サイム。ひょっとすると——」

「ひょっとしなくても、そろそろ着替えて夕食の時間だ」サイムはぴしゃりといった。「さあ、くだらないお喋りは終わりだ！　今夜は祭りだ。楽しいぞ。おれたちの脳波を集中させる相手はウイスキー・ソーダとしゃれこもうじゃないか？」

第十二章　セトのマスク

そびえ立つ椰子の木々の向こうには星をちりばめたエジプトの夜空がひろがり、密集した葉の間にちいさな赤い電球が点々とともっている。小型のランタンが曲がりくねった細い道筋を照らし、ずらりとぶらさがった日本ふうの提灯が風に揺れている。幻想的な庭の中心には噴水があり、ダイヤモンドのような輝きが空中に噴きあげられては、金色の鯉の泳ぐ、もとの大理石の水辺に冷たいしぶきとなって降りそそぐ。砂の小径を数えきれないほどの人々が行き交う足音や、途切れることのないひそやかな話し声やさざめく笑い声が、花咲く四阿（あずまや）の中で演奏している軍楽隊の奏でる音楽に交ざって聞こえてくる。

　明るく照らされた場所とほの明るい影の中とを、風変わりな姿をした人々が行き交っていた。ローブをなびかせた長老（シャイフ）たちや、アラビア語以外の言葉を話すガイドたち、古代エジプトのスルタンや聖職者たちが腕と腕を組んで歩いている。古代都市テーベの踊り子たちに、絹のズボンと赤いハイヒールを身につけたハーレムの女たち。バビロンの女王たちにクレオパトラの集団。芸者に砂漠のジプシーが入り乱れて、まるで巨大な万華鏡の中にちりばめられた粒のようだった。紙吹雪の分厚い絨毯が一歩ごとにカサカサと音をたてる。娘たちがかん高い声をあげながら逃げていくそのあとを、ちいさな丸い紙片を両手いっぱいにした娘たちが追いかけていく。ハイランド連隊の鼓笛隊が人々の間を行進していくが、スコットランドキルトがこの風景には驚くほど似合わない。ホテルの中にはモスクふうのランタンが明るくともっており、ダンスを踊る人々の頭が影のように滑っていくのがちらちらと見えた。

「季節の変わりめにしては」サイムがいった。「ものすごい人だな」

白い薄手のヴェール（ヤシュマック）をつけ、絹の服をまとった三人の婦人がケルンたちの行く手をさえぎった。指輪がきらめいたかと思うと、紙吹雪が飛んできてとたんに目も鼻も耳も塞がれ、しかもかなりの量が口の中に飛びこんできて息ができなくなった。こちらが仕返ししてやろうと目の色を変えると、ヤシュマック姿の三人の女はかん高い笑い声をあげながら逃げ出した。そのうちのふたりをサイムが追いかけ、ケルンは三人めにぴったりと追いついた。この騒がしい祭りのただ中にいるとほかのなにもかもを忘れ、狂乱だけが、人から人へ感染（うつ）っていく夜の狂乱だけがおのれを支配しているかに思えた。奇妙な装いの人々の間を、すばしこい獲物は出たり入ったり、幾度となく捕まりそうになりながらも、そのたびに彼の手をすり抜けた。

サイムとは完全にはぐれてしまった。噴水や花壇、四阿や椰子の木の間をぐるぐると飛びまわり、ヤシュマックの女をひたすら追いかける。

やがて庭の陰でついに女を追いつめた。いざ仕返しだとばかりに、抱えていた紙吹雪の袋に嬉々として手を突っこむ。まさにそのとき、突風がシュウッと音をたてて椰子の木のてっぺんをかすめ、ケルンは思わず上を見た。深青色の空がみるみる曇り、星々の光がヴェールをかぶせられたように弱々しくなった。その一瞬のためらいによって、作戦はみごとに失敗した。娘は嬉しそうにちいさな叫び声をあげると、彼の腕をかいくぐって噴水のほうへ逃げてしまった。もう一度追いかけようと振り向いたとき、またもや突風が吹いた。先ほどよりも激しい風に椰子の葉が波立ち、庭にびっしりと積もった紙吹雪の上に枯れ葉が降りそそぐ。楽隊はさらに音を大きくし、人々の話し声も大きくなって耳が痺れんばかりだったが、激しさを増す風はそれすらかき消すように吹きすさび、しかも砂交じりの風のようにざらついていた。

そして、頭上の椰子の葉が激しく揺さぶられたかと思うと、これまでで最も凄まじい突風が吹きつけてきた。まるで熱波が庭に叩きつけられたかのようだ。砂漠からやってきた猛威にさらされて、木々の梢から巨大な葉がつぎつぎと落ちはじめ、帆柱のような幹がたわんだ。細かい塵であたりは霞み、星々は完全に見えなくなった。

庭にいた人々が逃げまどいはじめた。群衆の真ん中から、女の、恐怖ににじんだ金切り声があがる。

「蠍(さそり)よ！　蠍の風だわ！」

人々は取り乱したが、幸いなことに扉はみな広かったので、奇妙ないでたちの者たちもみな無事にホテル内に入った。軍楽隊も引っこんでしまった。

気づくと外庭に残っているのはケルンただひとりだった。噴水の方角をちらりと見やった彼の目に、暗褐色の染みのような生きものの姿が映った。長さにして四インチほど、彼に向かってジグザグに近づいてくる。巨大な蠍だった。だが彼が飛びかかって踏み潰そうとすると、蠍はくるりと向きを変え、小径の脇の絡み合った花々の中にもぐりこんで、そのまま姿を消してしまった。

灼けるような風が一瞬強くなり、ぱらぱらと散らばった祭りの客たちのあとから屋内へ入ろうとしたケルンは、ふいに激しさを増したその風の中に、なにか禍々しく恐ろしい気配を感じた。戸口から、明るく照らされた庭を振り返る。提灯は風に煽られ、かなりの数が消えていた。残りの提灯は燃えている。椰子の木のてっぺんについていた電球が山ほど地面に落ちていて、爆弾のように破裂していた。祭りの庭はいまや数々の危険が待ち受ける戦場と化していたので、まわりの人々が不安を感じて屋内に逃げこんだのは正解だな、と彼は思った。先ほどまで菊の花やヤシュマックのターバンやトルコ帽、古代エジプト王の蛇形記章や酋長の羽根飾りでにぎわっていた場所にはもはや誰ひとりいなかった。いや――違う……まだ誰かいる。

ほんの数分で外庭を空にした恐怖を体現したかのように、提灯が揺れさまざまな残骸が風に煽られ埃が舞う中、こちらへ近づいてくるものがあった。その姿が陰に入り、やがて明るい場所に出たかと思うと、また暗い陰にのみこまれる。ホテルに続く階段に向かって歩いてくる黒い影はサンダルを履いており、古代エジプトの白い短衣を身にまとっていた。短衣に袖はなく、手には長い杖を持っている。なによりも不気味なのは首の上にそびえる鰐の頭のマスクだ。歯を剝き出して笑っているようなその顔は――破壊神セト、冥界の神セトのマスクだった。

群衆の中でその奇妙な人影を見たのはケルンただひとりだった。なにしろ、このとき庭の方角を向いていたのはケルンだけだったからだ。彼はその不気味なマスクがなぜか気になった。近づいてくる邪悪な神から目が離せなかった。まるで魅入られたように、蜥蜴に似た頭から覗く瞳に視線が吸い寄せられる。マスクの男は階段のふもとまで来たが、ケルンは硬直したまま動けなかった。サンダルを履いた片足が一段めにかかったとき、まるで炉の扉を開けたときのように熱い、砂交じりの弱い風がホテルの中へ吹きこんできて、思わず目を閉じた。背後にいた人々がいっせいに声をあげた。扉を閉めろという声がいくつも飛んでくる。誰かに肩を叩かれ、ケルンは慌てて振り向いた。

「なんてこった！」——サイムが腕をつかんでいた——「ハムシンが仕返しに来やがった！これまで一度としてこんなことはなかったそうだが！」

エジプト人のボーイが扉を閉めて鍵をかけた。夜闇はどこまでも暗く、まるで無数の失われた魂が泣き叫ぶかのごとく、逆巻く風が建物のまわりでうなりをあげていた。ケルンは肩越しにちらりと振り向いた。男たちが扉や窓にかかった分厚いカーテンを閉めてまわっている。

「サイム、あいつが締め出されてしまった！」彼はいった。

サイムが気だるい表情で見つめてきた。

「きみも見ただろう？」じれったいとばかりにケルンはいい募った。「セトのマスクをつけた男を——ぼくのすぐあとをついてきた」

サイムは歩いていくとカーテンを引き開け、ひとけのない外庭を覗きこんだ。

「誰もいやしない」彼はきっぱりといい放った。「イフリートでも見たんだろうよ！」

第十三章　蠍の風

この突然の、肝も潰れんばかりの天候の変化のせいで、人々の祭り気分はすっかり削がれてしまった。外庭でおこなわれる予定だった催しの一部も、花火もろとも中止にせざるをえなかった。みな気乗りしないままダンスを始めたが、風はうなりつづけ砂埃がたえず舞っていたため、いくら楽しもうとしても、外ではハムシンが——最も古くからこの土地に住んでいる者でさえ経験したことのないような凄まじさで——暴れまわっていることがいやでも頭から離れなかった。まさに本格的な砂嵐、カイロの地を襲わんとサハラ砂漠よりやってきた恐怖だった。

とはいえ帰っていく客はそれほどいなかったが、遠いところから来ている客、とりわけメナハウス・ホテルに宿泊している客は、この季節はずれの嵐がこれ以上ひどくならないうちにここを離れたほうがいいだろうかと相談していた。だが概していえるのは、みなとにかく群れようとしていることだった。砂だらけの道にいるよりも、集団の中で、音楽と笑い声のあふれる場所にいるほうがなんとなく安心していられるからだ。

「あたしたち、長居しすぎかしら?」アメリカ人の女性がサイムにこっそりといった。「エジプトはあたしたちに出ていってほしいのね」

「どうでしょう」サイムは笑みを浮かべて答えた。「今年はずいぶんと季節が遅れてやってきているようですから、こうしたこともままありますよ」

楽団が軽快なワンステップの曲を演奏しはじめ、乗り気になった幾人かがそれに合わせてダンスを始めたが、ほとんどの客は壁ぎわに集まり、観客に徹していた。

ケルンとサイムはさまざまな国の人々がひしめく間を割って進み、アメリカン・バーに向かった。

「〈タンゴ〉を飲ませてやるよ」サイムがいった。

「〈タンゴ〉――？」

「〈タンゴ〉は」サイムは説明した。「このバーが出してる新しいカクテルだ。いいから飲んでみろ。気分がよくならなきゃぶっ倒れるだけさ」

ケルンは疲れた笑みを浮かべた。

「じつは景気づけが必要な気がしていたんだ。あの忌々しい砂埃で喉がざらざらする」

サイムが手際よくバーテンダーに注文を伝えた。

「でも、どうしても頭から離れないんだ。さっきの、庭にいた鰐のマスクの男のことが」

「おいおい」カクテルをつくるバーテンダーの動きを観察しながら、サイムが不服そうな声をあげる。「そんなやつがいたとして――それがなんだというんだ？」

「ぼく以外誰もあの男を見ていないのは妙だ」

「そいつがマスクをはずしたかもしれないだろう？」

ケルンはゆっくりとかぶりを振った。

「そうじゃない」と断言する。「ホテルの中ではあいつの姿を一度も見ていない」

「見ていない、だと？」サイムは気だるげな視線を友人に向けた。「なぜそういいきれる？」

ケルンは妙に困惑したようすで片手を額に当てた。

「それはそうだが――あまりにも尋常じゃないできごとだったもんでね」

ふたりはちいさなテーブル席につき、なにも話さずただそれぞれパイプに火をつけた。おおぜいの若く熱心な医者たちとも懇意にしているサイムには、彼なりの持論があった――つらい経験こそが人の健康を損ねる原因なのだ、という画期的な持論が。彼は、生きる人間につきまとうすべての病気はそもそも神経組織の乱れによって起こるものだ、ということを証明したいと常日頃からひそかに思っていた。ケルンの心が特殊な轍を走りつづけていることは見るからに明らかだ。このように突飛な話をしつづけるのは裏になにか原因がある。セトのマスクをつけた奇妙な人物を、頭の中にこしらえてしまったのだ。

「きみは、ロンドンではずいぶんとひどい状態だったらしいな？」サイムがふいにいった。

ケルンはうなずいた。

「相当ひどかった。神経についてのきみの理論はじつに的を射ているよ、サイム。数日間は予断を許さない状況だった、とあとでいわれた。だが検査ではどこも悪くないともいわれた。神経をやられると命に関わるというなによりの証拠だ。ぼくはたてつづけに精神的ショックを受けた――恐怖を感じた――だけで、身体はインフルエンザか肺炎か、あるいはさらに二、三種類の病気にいっぺんに襲われたような状態になってしまったんだ」

サイムは冷静にかぶりを振った。確かに自分の考えとは一致している。

「アントニー・フェラーラを知ってるだろう？」ケルンは話しつづけた。「ぼくがあんなことになったのはそもそもあいつのせいだ。あいつの呪いはどんな病より恐ろしいんだ。サイム、あの男は害悪そのものだ！　法ではやつを裁くことはできないし、いかなる陪審員もやつを有罪にすることはできないが――あいつは人殺しだ。やつは力を――支配して――」

サイムはじっとケルンを見つめている。

「なりゆきを話せば、きみにもすこしはわかってもらえるだろう、サイム。ある夜、ぼくの父はフェラーラのアパートへ車を走らせた。弾をこめたリボルバーをポケットにしのばせて――」

「それは」――サイムはためらった――「護身用ということか？」

「違う」ケルンはテーブル越しに前のめりになった――「やつを撃つためだ。狂犬を撃ち殺すように、出会いしなに撃ち殺すつもりだった！」

「成功していたら、さぞかし世間に衝撃を与えたことだろう」

「むしろ褒められてしかるべきだ。アントニー・フェラーラをその手でこの世から消したなら、そのおこないは人類への貢献であり、その者には最高の報いが与えられるべきだ。あいつは生きていてはならない人物だ。ほんとうにこの世に存在するだなんて信じられないときがある。ある朝目が覚めて、あいつがひどい悪夢の中だけの存在だったならばどんなにいいかと思う」

「その一件は――父上がやつの部屋を訪問したのは――きみが病気になる直前のことだな？」

「その夜あいつが企んだあることがとどめの一撃になったんだ、サイム。ぼくはそれで完全にやられてしまった。アントニー・フェラーラはオックスフォードを出たあと、綿密に練った犯罪計画を実行に移した。その犯罪は巧妙で前例がなく、不可思議な穢れた知識によっておこなわれたものだったから、誰ひとりあいつを疑わなかった。サイム、オックスフォードで、いつぞやの晩にぼくが話した娘のことを憶えているか？　あいつを訪ねてきた娘のことを」

サイムはゆっくりとうなずいた。

「いいか——あいつはあの娘を殺したんだ！　そうとも！　それは疑いの余地がない。ぼくは病院で彼女の遺体を見た」

「どうやって殺されたというんだ？」

「どうやって？　そんなことはあいつ自身と、あいつの存在を許している神にしか答えられないさ、サイム。あいつは触れることなく彼女を殺した——そして同じ忌まわしい手をもちいて、養父であるサー・マイケル・フェラーラまで殺したんだ！」

サイムはケルンを見つめていたが、なにも意見は述べなかった。

「むろん誰の口にものぼらない。現行の法律にはやつを裁けるものなどない」

「現行？」

「いまはもうないんだ、サイム、あいつを裁けただろう法律は。だが中世ならば、間違いなくあいつは火炙り(ひあぶ)りの刑だ！」

「なるほど」サイムはリズムをとるように指でテーブルを叩いた。「きみはオックスフォードにいたときもそういっていたな。父上のケルン医師(せんせい)も本気でそう思っているのか？」

「そうだ。きみも——サイム、きみだってぼくら父子が見たものを目の当たりにすれば、疑いなどみじんもなくなるさ！」ふいに瞳に怒りの炎が燃えたぎった。かつての、自信にあふれたロバート・ケルンが戻ってきたかのようだった。「あいつは、古代都市テーベの廃墟にとうに埋もれてしまったとみなが思うような邪悪な魔術をもちいて、夜な夜なぼくを襲ったんだ！　幻を——つくりだして——」

「きみの心に——送ったというのか？」

「そのようなものだ。ぼくには見えた、あるいはそう思った。匂いまでした——ううっ！——いまも鼻によみがえる！——甲虫だ。ほら、ミイラの頭蓋骨に巣喰う死番虫さ！　やつらがぼくの部屋にあふれんばかりに湧いてきた。気がふれる寸前だった。ああ！　サイム、ただの妄想なんかじゃないんだ。父とふたりで現場を押さえたんだからな」と相手をちらりと見やる。「ラシュモア卿が亡くなったという記事は読んだだろう？　きみがイギリスを出てすぐのことだ」

「ああ——心臓がどうとか」

「そのとおり、心臓発作だった——だがそうさせたのはフェラーラなんだ！　この一件で、父は弾をこめたリボルバーをポケットにしのばせ、フェラーラの部屋へ車を走らせた」

風が窓を揺らし、かん高いうなりをあげて建物のまわりを吹き荒れている。まるで怒れる魔神が入りこむ隙を探しているかのようだ。楽団が耳慣れたワルツの曲を演奏し、開け放たれた扉からは、さまざまな国籍の老若男女が三々五々出入りしている。

「フェラーラのことは」サイムがゆっくりと口をひらいた。「確かにずっと気に喰わなかった。

きっちりと整えた髪も、象牙色の肌も。あの切れ長の目を見ていると、いつもつい殴ってやりたくなる衝動にかられた。きみの話が真実なら、サー・マイケルは――結局のところ、われわれが神経組織についてどれほど無知かということを思い知らされるだけだが――文字どおり、懐の蛇に恩を仇で返されたということになる」

「そのとおりだ。アントニー・フェラーラは彼の養子だった。やつの血脈がどんな邪悪なところから来ているのか、それは神のみぞ知ることだ」

ふたりともしばらく黙りこんでいた。すると、

「ああっ！」

テーブルをひっくり返さんほどの勢いで、ケルンが立ちあがった。

「見ろ、サイム、ほら！」と声をあげる。

バーの中で、その声を聞きとがめたのはサイムだけではなかった。ケルンの指さした先を見やったサイムの目にふと、踊る人々のいる部屋に続く戸口に、グロテスクな姿の、長い頭をした人影が一瞬見えたような気がした。しばらくするとまたいなくなった。ほんとうにいたのかどうかすら不確かだ。蒼白な顔をして、いまにも倒れそうなケルンの身体を支える。あたりの熱気がさらに増したような気がした。椅子に深くもたれかかり、うわごとのようになにかをいっている友人に人々の目が集まる。

「マスクが、マスクが！」

「きみが気にしてるやつを、おれも見たような気がする」サイムはなだめるようにいった。「こ

こにいろ。ボーイにいって気つけのブランデーを持ってこさせる。とにかく落ちつけ」

彼は戸口へ向かいつつ、足を止めてボーイに注文を伝えると、部屋を出て客たちにまぎれた。とうに真夜中を過ぎており、ふたたび始まっていたお祭り騒ぎはもはやなりふりかまわぬようすになっていた。ちらほらと客も帰りはじめ、開け放たれたいくつもの扉から熱い風が入ってくる。

ヤシュマック姿の愛らしい娘が、同じような装いをしたふたりに連れられて入口へ向かってきた。サイムはふと気になった。ひとりがいまにも卒倒しそうな顔をしていたからだ。三人は先ほど、ケルンと彼とに紙吹雪を投げつけてきた娘たちだった。

「急な暑さにご友人が体調を崩されているようだが」と娘たちに近づく。「医師のサイムと申します。わたしが拝見しましょうか？」

申し出は受け入れられ、サイムは三人の娘たちと街路へ出て、失神しかけている娘を馬車(アラビーエ)に乗せた。足を踏みしめるたびに砂がザリザリと音をたてる。夜闇は不吉なほど暗く、耐えがたいほどの暑さで、ホテルの前にある背の高い椰子の木が、灼けるような風の力でしなっていた。

馬車が走り去るのを、サイムはしばらくの間見つめていた。表情が険しいのは、ヤシュマック姿の娘のきらめく瞳に浮かんでいた目つきが、医者という立場から見て喜ばしいものではなかったからだ。ふたたび階段をのぼっていると、ホテルの支配人が、ほかにも暑さにやられた客が何人かいると彼に声をかけてきた。相手がこちらの顔色をうかがうようなそぶりを見せたので、サイムはいわくありげな視線を向けた。

「ハムシンは敗血症を引き起こす塵を運んできますからな。ただの、気温が急激にあがったことによるものならいいのですが」

不安な空気がいまやホテルじゅうに漂っていた。風はだいぶ弱まり、客たちも帰りはじめて、夢の中の登場人物のような人々の群れは、階段からひとけのない通りに吸いこまれていった。バーに戻ろうとしたサイムを、ロイランド大佐が脇へいざなった。城塞（シタデル）に駐留している彼は、サイムの幼い頃からの知り合いだ。

「やれやれ。こんなふうに天候が変化するとわかっていたら、アイリーン（彼の娘だ）をカイロになど残しておかなかったのだが。エジプトじゅうを吹き抜けてきたこの忌々しい風には、伝染病の種がうようよしている」

「ということはあなたの娘さんも？」サイムは不安を隠しきれずにいた。

「ダンスホールで失神しかけた」大佐が答えた。「一時間ほど前に母親が連れて帰った。きみを探しまわったんだが見つからなかった」

「おおぜい倒れていたもので」サイムはいった。

「アイリーンはすこし取り乱していたようだ。具合が悪くなったまさにそのとき、隣に鰐のマスクをつけた者がいたといいはっていてね」

サイムはぎくりとした。とすると、ケルンの話もあながち空想ではなかったのかもしれない。

「確かにそういう恰好をした者はいました」さりげないふりで答える。「その男を見て、何人かが震えあがってしまったようです。あれが誰だかご存じですか？」

「まさか！」大佐が声をあげた。「探しまわってはみたが、そんなやつはまるで見当たらなかった。きみがなにか知っているかと、まさにいま訊こうとしていたところだったのだが！」

サイムはケルンのいるテーブルに戻った。だいぶ具合はいいようだが、元気とはほど遠い。サイムは友人を見つめ、いった。

「おれがきみなら、もうさっさと寝床に行くね。人間はハムシンには敵わない。〝五十(ハムシン)〟という名のとおり、五十日間も吹きつづけたりしないでくれ、と祈るしかない」

「きみもマスクの男を見たんだろう？」ケルンが訊ねた。

「いいや」サイムは答えた。「だが確かにここにはいたようだ。見た人がいる」

ケルンはふらつく足で立ちあがり、サイムとともに人波を抜けて階段に向かった。楽団の演奏は続いていたが、先ほどこの場をのみこんだ憂鬱な雰囲気が消えることはなさそうだった。

「お休み、ケルン」サイムがいった。「明日の朝また会おう」

ロバート・ケルンは襲ってくる頭痛や吐き気と闘いながら、階段の踊り場で足を止め、階下の中庭を見おろした。具合が悪いと認めざるをえなかった。ロンドンにいたときのように精神的にまいっているのではなく、ほんとうに身体の具合が悪かった。空気が熱すぎて息をすることすら苦しい。まるで熱気が階段の下から立ちのぼってくるかのようだ。

ところが、どんよりしたまなざしで真下にいた人影をちらりと見たとたん、目の色が変わった。鰐を象ったセトのマスクをつけた男が、椰子の木の植わった巨大な壺のかたわらに立って踊り場を見あげているではないか！

弱ったケルンがなりをひそめ、それに取ってかわるように凄まじい怒りが湧きあがり、まるで笑みを貼りつけたようなそのマスクに一発お見舞いしてやりたい衝動にかられた。ふいに身体に力がみなぎるのを感じて、ケルンは踊り場をまわり、階段を軽やかに駆けおりた。階段の下にたどりついたとき、マスクの男が廊下を横切り、外へ続く扉へ向かうのが見えた。走れば無駄に人目を集めてしまうと思い、できるだけ早足で男の跡をつけた。セトの姿の男が街路に出たので、そのあとを追って扉を開けたものの、やつの姿は見当たらなかった。

するとちょうど走り去ろうとしていた馬車の中に、あの不気味なマスクがちらりと見えた。ケルンは帽子もかぶらずに階段を駆けおり、別の馬車に飛び乗った。御者がいたので、たったいま出ていったばかりの馬車を追ってくれ、と急いでいうと、男は馬を繋いで馬車をまわし、ちいさくなっていく人影を早駆けで追いはじめた。イズベキーヤ庭園を過ぎ、狭い通りをいくつか抜けて、ムスキ通りあたりまでやってきた。前を行く馬車を何度となく見失ったと思ったが、曲がりくねった道を知りつくしている御者のおかげで、そのたびに追いつくことができた。ガタゴトと揺られながら、両腕をのばせば両側の壁に手が届くほど狭い路地を駆け抜け、無人の店や明かりの落ちた家々を通り過ぎる。ケルンには、どうやらバザール地区にいるらしいということを除いて、いま自分がどこを走っているのか見当もつかなかった。直角に曲がった角をぎりぎりですり抜ける――すると目の前に、追っていた馬車が停まっていた! 御者が馬の向きを変えて帰ろうとしている。乗っていた客は、黒い闇に包まれた左手の狭い路地へ消えていった。

ケルンは馬車から飛びおりると、待て、と叫び、去っていく人影を追いかけて、くだり坂になった路地に飛びこんだ。怒りがあふれてまわりすら見えなくなっていたので、状況を冷静に見ることもなければ、なんの権利があってあの男を追っているのか、あの男がいったいなにをしたのか、と自問することもなかった。じつに無鉄砲な行動だった。とにかくあの男に追いつき、あのマスクを顔から引っぺがしてやりたかった。頭にあるのはそれだけだった！

熱帯のような夜の暑さにもかかわらず、寒くて身体が震えていた。だがあえてそれにはかまわず、ただ走りつづけた。

追われる側の男が、鉄鋲を打ったドアの前で立ち止まった。ドアはすぐにひらき、ちょうど男が中に入ったところでケルンが追いついた。閉ざされる直前のドアに、彼は無理やり身体を押しこんだ。

どこまでも黒い、漆黒の闇が目の前にひろがっていた。あの男は闇に吸いこまれてしまったようだ。ケルンは両手をのばして手探りをしながら、おぼつかない足どりで前に進んだ。落ちる――と、足を取られたまさにその瞬間に気づいた。短い石の階段を転げ落ちたのだ。

漆黒の闇に包まれたまま、ケルンは起きあがった。震えてはいるが、転げ落ちたわりには怪我もしていないようだ。ちらりとでも光が見えないかと振り向いたが、闇はどこまでも続いていた。

静寂と暗黒がまわりを取り囲んでいる。彼はふと立ったまま、じっと耳をそばだてた。

ひと筋の光が闇を貫き、鎧戸が開けられた。鉄格子の窓から光が漏れ、それとともに息の詰まるような匂いが漂ってきた。その匂いに、記憶がたちまちオックスフォードの部屋へ引き戻され、ケルンは歩み出て窓の向こうを覗きこんだ。息をのみ、鉄格子を握りしめたまま無言で見つめる――声も出なかった。

天井の高い、広い部屋だった。明かりをともしたランプがいくつかぶらさがっている。隅のほうに毛氈張りの寝椅子がある以外は家具らしい家具はなく、東洋ふうだった。大きな祈禱用の絨毯の真ん中で銀製の香炉が焚かれており、そのかたわらに鰐のマスクをつけた男が立っていた。先ほど鎧戸を開けたと思われる、風変わりな装いに身を包んだアラブ人の娘が不気味なマスクをはずすのを手伝っていた。

やがて娘が最後の留め金をはずして男の肩からマスクを持ちあげ、東洋人らしいなめらかな足どりで離れていくと、そこには白い短衣をまとい、裸足にサンダルを履いた男が立っていた。

香の煙が渦を巻きながらのぼっていき、まっすぐに立つすらりとした身体にまとわりついて、象牙色の、表情のないおもざしを――目鼻立ちの整った、邪気のある顔を――靄のように縁取った。黒い切れ長の瞳がその靄に隠れたり、あるいはときおり靄が晴れて、不気味に光るまなざしがくっきりと見えたりしている。男は鉄格子の窓のほうを向いて立っていた。

アントニー・フェラーラだった!

「おや、ケルンじゃないか――」低くかすれた歌うような声が、まるで最も忌むべき音色のごとく、ケルンの鼓膜を揺らした――「跡をつけてきたのか。ぼくをロンドンから追い出しただけでは飽き足らず、カイロまで――わが愛するカイロまで――ぼくから取りあげるつもりかい」

ケルンは鉄格子をつかんだが、なにもいわなかった。

「困ったものだね、ケルン!」猫撫で声でいう。「その目ざとさは――きみにとって毒だ。知っているかケルン、スーダン人が、ぼくがイフリートだなどという途方もない噂を流したものだから、ナイル川を北上するぼくにおかしな評判までついてきてしまった。きみの大切な父上はこうした不可思議なものをなまじよく研究しているから、この世には人間の意思にまさる力などないという教えをきみに授けるだろう。そのとおりだ、ケルン、ぼくがハムシンの進む方角を決めるのはまさにその意思の力であり、ぼくが嵐とともに旅をしていると——あるいは嵐がぼくについてきていると——こうしたことはほんとうに起こりうるのだと、おおぜいのエジプトの権力者たちも認めている！　それともただの偶然か、ケルン？　誰にわかる？」

やんわりと笑みを浮かべているほかは指先ひとつ動かさず、アントニー・フェラーラはじっと立っていた。ケルンはその邪悪なおもざしを見つめたまま、震える両手で鉄格子を握りしめた。

「じつに妙ではないか？」ふたたびあざけるような声がした。「あれほど激しいハムシンが、このように人の集まる季節にカイロを襲うとは？　ぼくはファイユームから今夜ついたばかりなんだが、知っているかケルン、あそこではもう疫病が流行りはじめているんだ！　熱風がカイロにまで病を連れてくることはまずないだろう。ここにいるのはもっぱら欧米人のお偉いかたがたばかりだからな。なんとありがたいことだ！」

ケルンは鉄格子から手を離し、握りしめた拳で頭を抱えると、すべてをかなぐり捨てて声と怒りを爆発させ、目の前で自分をあざ笑う男に罵りの言葉を浴びせた。やがて彼はよろめいて倒れ、そのままなにもわからなくなった。

「わかりました——よろしくお願いします」

サイムの声だった。

ケルンは起きあがろうとした……なんとベッドに寝かされているではないか！　かたわらにサイムがすわっていた。

「話さなくていい！」サイムがいった。「ここは病院だ！　おれが話すから聞いていろ。きみは昨夜シェパード・ホテルを突然飛び出した——いいから喋るな！　おれは追いかけたが見失ってしまった。みんなで手分けして探したところ、きみを乗せたという男があらわれて、ようやくアル・アズハル・モスク裏の薄汚れた路地できみを見つけた。きみがいきなりまぎれこんできたものだから、モスクの階段に住んでいる四人の親切な物乞いが目を覚ました。彼らが介抱してくれたそうだ——ああ、うわごとをいっていてひどいありさまだったらしい。ついてたな、ケルン。イギリスで予防接種を受けてきたんだろう？」

ケルンは弱々しくうなずいた。

「きみはそのおかげで命拾いしたな。二、三日もすれば治るだろう。あの忌々しいハムシンとやらが、どこからか疫病を連れてきやがったんだ！　妙なことに、いまのところ、患者の五十パーセント以上があの祭りにいた連中だ！　中には——いや、いまはやめておこう。昨夜は恐ろしくてしかたがなかった。ずっとそばについていたのはそういうわけだ。ケルン、なにしろホテルを飛び出したときにはひどく興奮したようだったからな！」

「ぼくが？」ケルンは疲れた声でいい、ふたたび枕に寄りかかった。「そうなんだろうな」

第十四章　ケルン医師来たる

ブルース・ケルン医師が上陸用のボートに乗りこむと、揺れるボートは定期船の舷側を離れ、不愉快なできごとをしばし忘れさせてくれた。たくさんの明かりであたりがぼうっと霞み埃が舞う中を、荷運び人たちが蟻のように列をなして艀(はしけ)から大きな船の腹の中へのみこまれていく。荷物を持っていないもうひとつの列が別のタラップからおりてくる。頭上には、星々をちりばめたビロードの夜空が美しい弧を描いていた。ポートサイドにともる灯が夜の黒い帳(とばり)に点々と浮かび、めぐってくる灯台の明かりがときおり港の水面(みなも)を照らす。もうひとつ、これもこの土地独特の風景として、なんともいえない不思議な喧騒とどこか絵画のような煤けた慌ただしさの中、定期船が石炭を燃やしてラングーンへ旅立っていく。

ボートは大型船の船尾を右へ左へ何度も迂回したり自分よりもちいさな船と進路を争ったりしながら、ようやく接岸した。

例によって税関で足止めされ、例によって血の気の多い税関職員をなだめたあと、ケルン医師は馬車(アラビーエ)に揺られ、入り組んだ街路の喧騒と空気の中を抜けていった。中近東の情報が渦巻くこの場所独特のざわめきと匂いの中を。

ホテルでは勧められるまま中も見ずに部屋を決め、早朝のカイロ行きの汽車に間に合うように翌朝のモーニングコールを頼むと、バーでウイスキー・ソーダを一杯引っかけ、疲れた足どりで階段をあがった。ホテルには英国人やアメリカ人の客もいた。はしゃいだようすで、大声で観光コースの相談をしているのですぐにわかる。だがケルン医師にとってはポートサイドなど、というよりもエジプトなど珍しくもなんともなかった。ここへは無理を押してやってきた。彼ほどの医者ともなれば、思い立ったからといってすぐにロンドンを離れられるわけではない。だが緊急事態だった。この国にとりわけ魅力を感じているわけでもなんでもないが、エジプトのどこかで息子が命をおびやかされるような危険に巻きこまれている。息子のもとへたどりつくまでのおおよその時間を見当づける。怒りが煮えたぎっていた。あの男の邪悪な企みのせいで、ハーフムーン街でおおぜいの患者が治療を待っているというのに、わざわざポートサイドまで来るはめになったのだ。あの化けもの、人間の皮をかぶった喰屍鬼(グール)、アントニー・フェラーラ。彼の親友の養子となり、養父を殺害したあの男。法の目は逃れられても、神の目は逃れられまい！

ケルン医師は電灯のスイッチを入れ、ベッドのかたわらに腰をおろした。眉間に皺を寄せ、まっすぐに前を見つめる。澄んだ灰色の瞳には意味ありげな表情が浮かんでいたが、もし他人からそれを指摘されたならば、おそらくむきになって否定したことだろう。思い浮かべていたのはアントニー・フェラーラが手にかけた者たちのことだった。あの魔性の若者の(というのもアントニー・フェラーラはまだ二十歳そこそこの若造だからだ)餌食となった者たちが目の前に立ち、こちらへ両手をのばしてしきりに訴えているような気がした。

〝ケルン医師(せんせい)、あなただけだ、あの男の正体を、わたしたちが非道にも命を奪われたことを知っているのは。恨みを晴らすことができるのはあなただけなのだ！〟

だが彼はまだためらっていた！　心の奥底に恐怖がこびりつき、決断をくだすことができずにいた。あの毒蛇に手の届くところまでたどりつきながら、踵で踏みつけることを怠った。男たちや女たちがやつの毒にかかって命を落としても、踏み潰すようなことはしなかった。ところが息子のロバートに毒牙が向けられたとたん、それまで他人のためになど動こうとしなかったくせに、とたんに重い腰をあげたのだ。親ばかといわれればそれまでだが、もうそれ以上いいわけをするのはやめた。

港の喧騒がかすかに、すわっている場所まで届いてきた。汽笛の音にぼんやりと耳をすます

——運河を出ていく船の汽笛だ。

考えていても気が滅入るだけなので、深いため息をひとつつくと立ちあがり、部屋を横切って両開きの窓を開け放ち、バルコニーへ出た。

きらめく夜景が眼下にひろがっていた。灯台の明かりが、まるで生贄の姿を貪欲に探す異教の神のごとく、舐めるように街を照らしている。港に停泊した定期船に石炭を積む男たちのかけ声がしているようにも思えたが、夜のポートサイドはざわめきに満ちていて、東洋の玄関口である港に響く声を聞きわけるのは不可能だった。見おろすと街路には白い月明かりが降りそそぎ、ひとけがなくがらんとしている。下の階からはなんの物音もせず、旅の者たちの気配はまるで感じられない。ふいに寂しさが胸をついた。まわりに誰もいないというこの孤独感は、まさにいま彼

がこの世において立たされている状況そのものだった。アントニー・フェラーラを亡きものとするための知識と力を持っているのはいまや彼だけだ。アントニー・フェラーラの名を持つ人間の内に宿った邪悪な敵をこの世から消し去ることができるのはもはや彼だけなのだ。

眼下には街並みがひろがっていたが、ケルン医師の目にはなにも映っていなかった。心の瞳に――ただひとつ――ぼんやりと浮かんでいたのは、細面で妙に目を惹く顔だちをした若い男の姿だった。漆黒の髪はつやがなく、おもざしは常に象牙色、切れ長の黒い瞳の奥では炎がちらちらと燃えている。立ち居ふるまいがどこか女性的で、白く細長い指がさらにそれをきわだたせており、左手の指には不思議な光を放つ緑色の石をはめている。

アントニー・フェラーラ！　立ちつくしてポートサイドを見おろすこの孤独な旅人の目に映るエジプトのすべての風景が、その男の姿で埋めつくされた！

ケルン医師はもどかしげにため息をつき、戻って服を脱ぎはじめた。窓は開けたまま、電気を消してベッドに入る。疲れきっていた。身体よりもむしろ心がくたくただったが、そういうときほど寝つけないものだ。同じことばかりが何度も頭に浮かんだ。アントニー・フェラーラと彼に関することについてはしばらく忘れようと懸命にもがく。カイロで待ち受けているものに万全の状態で立ち向かうためには、なんとしても眠っておかねばならなかった。

だがどうしても眠れなかった。港や運河から聞こえるあらゆるかすかな物音が、静まりかえった部屋の空気にまるで立ちのぼってくるように思える。蚊柱がつくる靄のかたまりの向こうに開け放った窓が見え、星々がきらめいていた。彼はいつしか冴えた目で空をじっと眺め、ぼんやりと星座を探していた。するとひときわ明るい星が目を惹き、眠れないのをいいことに、あの星はなんだろうと根気よく記憶をたどりはじめたが、いくら考えても結局どの星座に属する星なのかはわからずじまいだった。

しかたなくその星を見つめたまま横たわっていると、空にぼんやりとともったほかの星々がやがて視界から消え、目に映るのは、窓に切り取られた空に浮かぶたったひとつの白い星ばかりとなった。

思いにふけっているとしだいに安らいできて、激しい憎悪の渦巻いていた胸が鎮まった。まばゆい星の光が心をなだめてくれる。目を凝らしつづけているとその星は先ほどよりも大きくなったような気がした。よくある目の錯覚だったが、ケルン医師はそうとは気づいていなかった。ようやく眠気が訪れ、彼はあえてその光の玉に気持ちを集中させた。

そう、まさに丸い光の玉だった――いまや小ぶりの月ほどに見える光の玉が、開け放った窓の向こうで安らかに光っている。ふいにそれが近づいてきたような気がした。現実が――ベッドが、蚊柱が、部屋が――遠のいていき、やがて彼はまばゆい光の玉の形をした心地よいまどろみに包まれ、瞼がずっしりと重くなった。最後に感じたのは満ち足りた気分だった。蚊帳（かや）の外側に明るい星が引っかかっているさまを思い浮かべながら、彼は眠りに落ちた。

第十五章　魔女王

心が疲れきっていると、眠ってもまったく夢を見ないか、あるいは普段よりもはるかに生々しい夢を見るものだ。ケルン医師の夢はじつに鮮明だった。

コツコツとなにかを叩く軽い音で目が覚めたような気がした。目を開け、蚊帳の網越しに目を凝らす。勢いよく起きあがり、乱暴に蚊帳を引いた。コツコツという音がまだしている。見まわすと、開け放った窓の向こうのバルコニーに人影がはっきりと見えた。イスラム教徒が身につける黒い絹のワンピースと白のヴェール（ヤシュマック）をまとった女が、前屈みで部屋を覗きこんでいる。

「誰だ?」彼は呼びかけた。「なんの用だ?」

「しぃっ——静かに!」

女はヴェールで覆った唇に指を当て、両隣の部屋の客でも気にするように左右を見まわした。

ケルン医師はベッド脇の椅子に置いてあったガウンに手をのばし、それを肩からかけて床に足をおろした。身体を屈めてスリッパを履くときも、窓辺の人影からけっして目を離さなかった。部屋には月明かりが煌々と降りそそいでいる。

バルコニーに向かって歩きだしたとき、謎めいた客人が声を発した。

「ケルン医師ですね？」

その言葉は夢の中の言語で話されていた。意味は完璧にわかるが、英語でもなければ、ほかの知っている言語のどれでもない。だが夢とはそういうものだ、と彼は思った。

「いかにも。あんたは誰だ？」

「できるだけ音をたてずに、急いで一緒に来てください。具合の悪い人がいるのです」

その声には真剣さがうかがえた。これまで耳にしたことがないほど柔らかな、銀の鈴を振るような声だった。そのヴェール姿の女のそばに立つと、黒い瞳とちらりと目が合った。その視線になぜか強く惹きつけられ、心が震えた。

「なぜ窓から？　どうしてわたしを――」

訪問者はふたたび唇に指を当てた。つややかな象牙色の手、細長い指にはみごとな宝石がはまっている――精緻なエナメル細工は古代エジプトのものだ。だがこの夢の中ではさほど違和感がなかった。

「よけいな騒ぎにしたくなかったのです。とにかく早く来てください」

ケルン医師はガウンを整え、ヴェール姿の使者のあとをバルコニー沿いについていった。夢の中の街にしては、足もとにひろがるポートサイドの、煤けた建物が月明かりに浮かびあがった風景にはひじょうに現実味がある。だが進んでいく道のりはいかにも夢の中らしかった。いくつもの窓を滑るように通り過ぎ、建物の角をまわり、たいして身体に力を入れることもなく、いつしか宝石をはめた温かい指に両手をとられ、どこぞの暗い室内に招き入れられていた。夢の中でときおり感じる猜疑心が頭をもたげ、ふとためらう。連れてこられた場所には月明かりが射しておらず、あたりは一分の隙もない闇に包まれていた。

だがふたりの指と指はしっかりと絡み合っていた。こんなところを他人に見られたら誤解されかねんな、などとぼんやり考えながら、先立って歩く、姿の見えない案内人に導かれるままついていった。

得体の知れない静寂の中、階段をおりていった——長い階段だった。冷ややかな空気が肌に触れる。どうやらホテルの建物の外に出たようだ。だが周囲はあいかわらず真っ暗だった。石畳の路地らしきところを抜ける頃にはすでに、奇妙な夢だがとことんまでつき合ってやろうじゃないか、と腹が据わっていた。

やがて、あたりは一面の闇だったにもかかわらず、完全に屋外に出たことがわかった。頭上に星空がひろがっていたからだ。

狭い通りだった——見あげると、建物のてっぺんどうしがほとんどくっついて見える——もしこれが現実であり、目が覚めて頭もはっきりしていたならば、ケルン医師も、このヴェールの女がいったいどうやってホテルに侵入したのか、なぜ人目をしのぶように自分をそこから連れ出したのか、と疑問を抱いたにちがいない。だが夢の中ゆえの無気力に支配されていたので、子どものように素直に、ただひたすらついていった。だがやがて、自分を誘（いざな）うこの女はいったいなにものなのだろう、と思いをめぐらせはじめた。

身長は人並み程度だが、身のこなしはとても優雅だ。こちらに有無もいわさず先に立って進んでいく。路地と路地が交差する場所に差しかかったとき、ヴェール姿の女のシルエットが月明かりに一瞬浮かびあがり、薄い紗（しゃ）のような布越しに、全身の輪郭がはっきりと見えた。宝石をはめた象牙色の両手にふと目が惹きつけられる。だがただの夢を見ているときとは明らかになにかが違うので、矛盾をやすやすと受け入れるには抵抗があった。

　漠然とした疑念が頭をもたげはじめたとき、夢の中の案内人が分厚いドアの前で足を止めた。このあたりではよく見る形の、かつてはそれなりの者が住んでいたらしき家だが、モスクが真正面にあるので光塔（ミナレット）の影にすっぽりと覆われている。女がなにかしたようには見えなかったが、ドアが内側からひらいた。すっかり感覚が鈍っていたので、まるでふたりしていきなりドアの内側の闇にのみこまれてしまったように思えた。さらに跳ねあげ戸が開いていて、その中にくだりの石段があり、新たな闇がすぐそこにひろがっているのがわかった。

　漆黒の闇に包まれ、まるで時間が止まったようだった。そこにまばゆい光が射したとき、あたかも夢の第二章が始まったかに思えた。光の出どころに関しては気にも留めなかったが、照らし出された部屋はがらんとしていて、日干し煉瓦の床と、漆喰の壁と、木の梁とがむき出しになっていた。大きな石棺が目の前の壁ぎわに縦に置いてあり、かたわらには蓋が立てかけられていた……その石棺の中から、彼を連れてきた黒ローブ姿の女が目をらんらんと光らせ、ヤシュマックの向こうからこちらをまっすぐに見据えていたのだ！

　女は宝石のはまった両手をあげ、すばやい動きでローブとヤシュマックを取り払った。たっぷりとひだのある古代の女王の服を身体に巻きつけ、豹の毛皮と蛇形記章（ウラーウス）をまとい、手にはエジプト王家の殻竿を握りしめている！

　青白い顔は完璧な卵形をしていた。アーモンド形の切れ長の目は、思わず背筋が寒くなるほどの邪悪な美しさをたたえている。目の覚めるような紅い唇が微笑んだ形にカーブを描いていて、男ならそれを目にしたが最後、その瞳に邪悪がにじんでいたことなど忘れてしまうにちがいない。だが夢というものは感情もそれらしく動くものだ。女はサンダルを履いた片足を泥の地面におろし、石棺から歩み出るとケルン医師に近づいた。目覚めているときには想像すらできないような、罪深いほど美しい女が目の前に立っていた。先ほども耳にした、東洋のものでも西洋のものでもない夢の中の摩訶不思議な言語で女がささやいた。銀の鈴を振るような声は、ナイル川上流の夜を満たすエジプトの笛の調べにも似ていた——禍々しい力で彼方から相手を操る魅惑的な調べにも。

「ようやく、わたくしが誰だかわかりまして？」

　こうして夢の中にいると、その姿かたちに見覚えがあるような気がした。恐怖の念と崇拝の念が同時に押し寄せてくる。

　暗闇の中で光がちらちらと明滅し、石棺の後ろのカーテンの表面にちりばめられたダイヤモンドに反射して、まるで光が躍っているように見えた。夢の主は混乱に陥ったみずからの頭の中を隅々まで探り、目の前にある光景があらわすものの手がかりをようやく探し当てた。そうだ。このちりばめられたダイヤモンドは、カーテンに刺繍された何千匹ものタランチュラの目だ。

　蜘蛛のしるし！　なにをあらわすものだった？　そうだ！　エジプトの魔女王をあらわしる

し――かつて不可思議な死を遂げたのち、あらゆる古文書から名を消された美女をあらわす秘密のしるしだ。甘いささやきが耳を満たす。

「友となるのです、わたくしの息子と――このわたくしのために」

夢の中では、彼女のためなら――信じるものをすべてなげうってもかまわないという気すらした。女が彼の両手をとり、燃える瞳でじっと目を覗きこんでくる。

「おまえには素晴らしい褒美を与えましょう」とさらに甘い声でささやく。

そこでふいに空白の時間が訪れ、いつしか彼はヴェール姿の女に導かれて、ふたたび狭い通りを歩いていた。しだいに意識が曖昧になり、目の前の女がこれまでになく薄らいで見えた。通りもまるで幻のように思え、階段をのぼったものの踏みしめた実感はなく、浮かんだままふわふわとのぼっていくような感じだった。宝石をはめた指をしっかりと握りしめたまま、彼はいつしか真っ暗な部屋に立っていた。目の前には開け放たれた窓。ホテルに戻ってきたのだ。暗い部屋にはほのかな明かりが差しこんでいて、音楽のような声が耳をくすぐった。

「褒美を得るなどたやすいこと。おまえを試してみただけです。さあおやり――ひと思いに!」

息の交じったささやき声は――蛇の出す音によく似ていた。右手に短剣の柄を握らされたケルン医師は、薄暗い不気味な光の中、かたわらのベッドに眠る者を見おろした。

眠る相手の――象牙色の頬に黒く長い睫毛の落ちた、完璧に整ったおもざしを目にしたとたん、すべてが頭から消し飛んだ。いま自分がどこに立っているのかも、美しい案内人のことも忘れた。頭にあるのは手に短剣を握っていること、そして目の前にアントニー・フェラーラが横たわり、眠っていることだけだった！

「おやり！」ふたたびささやく声がした。

荒々しい喜びが全身に湧きあがった。彼は右手を振りかざし、眠る男の顔をもう一度ちらりと見やると、目の前にいる邪悪なものの心臓に向かって短刀を振りおろそうとした。

あと一秒あれば、短剣はこの男の胸に深々と柄まで刺さっていたことだろう――だが突然、あらゆる音をかき消さんばかりの凄まじい音が響きわたった。真っ赤な光が室内を満たし、建物が揺れたように思えた。爆音に続いて鼓膜が破れそうなほどの悲鳴がし、ケルン医師のたぎる血は一瞬にして冷えた。

「待てよ、父さん、やめてくれ！　なんてこった！　どうしたっていうんだ！」

短剣が手から叩き落とされ、寝ていた男がベッドに起きあがった。めまいを感じながら、ケルン医師は暗闇の中に立ちつくした。まわりの部屋から、音に目を覚ました客たちの話し声がしはじめたと思うと、電灯がついた。ベッドにはアントニー・フェラーラが寝ているとばかり思っていた。ところがそこにいたのはなんと彼の息子、ロバート・ケルンではないか！

部屋にいるのはふたりきりだった。だが足もとの絨毯の上には、柄に金とエナメルをあしらった、手のこんだ美しい細工のなされた、年代ものの短剣が落ちていた。

ふたりは恐怖に身をこわばらせたまま、立ちつくしてたがいの顔をじっと見つめていた。どうやら、先ほどの爆音でホテルじゅうの者が目を覚ましてしまったようだ。だがあたかも神が仲裁に入ったかのごとく、あの音のおかげでケルン医師の手は止まり――とんでもないことをしでかさずにすんだのだ。

あちこちで走りまわる足音がしていた。だが騒ぎのもとがなんなのか、いまのふたりにはどうでもよかった。先にロバートが沈黙を破った。

「心臓が止まるかと思ったよ！」低くかすれた声でいう。「いつの間にここへ？　なにがあった？どうかしたのか？」

ケルン医師は暗闇を手探りするように両手をのばした。

「ロブ、すこし待ってくれ、考えさせてくれ、頭を整理させてくれ。わたしはなぜここにいる？だいたいおまえはなぜここに？」

「父さんに会いに来たんだ」

「わたしに会いに、だと！　遠出できるほど回復していたとはな、それにしてもわたしに会いに来たとは、またいったいどうして――」

「訊きたいのはこっちだ！　なぜぼくに無線電報を？」

「そんなものは送っていないぞ！」

ロバート・ケルンは青ざめた顔をすこし紅潮させ、歩み出ると父親の手を握りしめた。

「でも父さんを迎えに来てこの街についたら、今朝届いたという父さんからの電報を船舶会社から渡されたんだ。気が変わったからブリンディジ経由の船で行く、と」

ケルン医師は絨毯の上に転がる短剣を見やり、恐怖にわななく心を抑えながら、声が震えないよう必死に答えた。

「そんなものは送っていない！」

「じゃあ昨夜の船で到着してたのか？――同じホテルに泊まってたなんて！　驚いたな――」

「まったくじつに驚きだ、ロブ、しかもこれは巧妙に仕組まれた計画だ」上目遣いに息子を見据える。「おまえにはわかるな。これが、ある人物にしか考えつかない計画だということが――まさかおまえの父親であるわたしに――」

いい澱み、足もとに落ちている凶器をふたたび見やる。表情を隠すように屈んで短剣を拾いあげ、ベッドの上に投げた。

「だけど父さん」ロバートが納得のいかないようすでいう。「なぜそんなものを持って――ぼくの部屋に！」

ケルン医師は背筋をのばすと、冷静にいい放った。

「殺すためだ！」

「なんだって！」

「わたしは呪文をかけられていたのだ――誰に、とはいうまでもなかろう。あの悪しきものがついに目の前に無防備な状態であらわれたものだとばかり思った。やつは巧みな手でわたしの内に眠っていた邪悪な本能を呼び覚まし、わたしは神と人との理を踏みにじって、目の前の男を亡きものにしようとしたのだ。なんということだ！――」

ケルン医師は膝からくずおれ、無言のまましばらく頭を抱えていたが、やがて平静を取り戻して立ちあがったときには、見慣れたいつもの彼らしい姿に戻っていた。だが息子にとってはなんと恐ろしい目覚めだったことか——不気味な赤い光に満ちた部屋の中で、父親が自分に向かってナイフを振りかざしていたのだから！　とはいえロバート・ケルンは先ほどのできごとに対する恐怖心よりも、常日頃から冷静沈着な父が取り乱した姿に動揺していた。ようやく頭の混乱が治まってくると、ふたりの頭上で悪意に満ちた掌がうごめいて彼らを駒として動かし、恐ろしい最期を遂げさせようとしているのに気づかざるをえなかった。

見おろすと通りは大騒ぎになっていた。人波が港の方角へ流れていく。だがケルン医師は安楽椅子を指さすと、いった。

「すわってくれ、ロブ。これまでのことを話すから、おまえもこれまでにあったことを聞かせてほしい。たがいの知識を突き合わせれば、なんらかの結論が導き出せるはずだ。そして行動に移す。これは終わらせるべき闘いだ。勝てる力がわたしたちにあるかどうかはいささか不安だが」

彼は短剣を手に取ると、尖った刃先からエナメル細工の柄の先までじっくりと眺めた。

「珍しい短剣だ」つぶやく彼を、息子が目を奪われたようにじっと見つめている。「昨日鍛えあげられたかのように刃が鋭い。だが柄の細工から見てもざっと五千年は昔のものだ。ロブ、わたしたちの敵は人智を超える力の持ち主なのだ！　わたしたちが立ち向かわねばならないのは、世界に名を知られた偉大な力の使い手たちですら崇め畏れた力だ。おそらく彼らも、ありとあらゆる知識を集め、テュアナの哲学者アポロニオスの力をすべて結集して——やつと対峙したにちがいない！」

「アントニー・フェラーラか！」

「そのとおりだ、ロブ！　おまえ宛の船舶会社からの無線電報はアントニー・フェラーラが送らせたものだ。今夜のわたしの夢もやつの差し金だ。正確にはあれは夢などではない。あれは――なんと表現すればいい？――催眠暗示というやつだ。別々の部屋にいたおまえとわたしがバルコニー越しにたがいの存在を感じた、そのことにあの邪悪な意思がどこまで関わっていたのかは今後もけっして明らかにはならないだろうが、たとえわたしたちの部屋が偶然近かっただけにしろ、とにかく敵は目ざとくそれに気づいてまんまと利用したのだ。わたしは寝入るまで横になったまま星を眺めていた。すると星のひとつがしだいに大きく見えはじめた」興奮を募らせ、ケルン医師は部屋を行きつ戻りつしはじめた。「ロブ、そのときは、鏡か水晶玉のようなものが目の前に確かに浮かんでいるように見えたのだ――なにものかが、その隙を虎視眈々と狙っていた。心地よい力に流され、わたしはしだいに――すこしずつ――やつの手の内に取りこまれていった――アントニー・フェラーラの――」

「あいつがこのホテルにいるってことか？」

「間違いなく近くにはいる。遠く離れた場所からではこれほど強く力が及ぶはずがない。夢の一部始終を話そう」

ケルン医師は籐の安楽椅子にどさりと腰をおろした。通りはいくらか静まっていたが、今度は港で騒ぎが起こっているようで、遠いざわめきが聞こえる。

夜明けが近づいており、空気は妙になまぬるかった。父親がひととおりを話す間、ロバート・ケルンはベッドの端に腰かけてその姿を見つめていた。

「つまり」奇妙な物語を締めくくるようにロバートがいった。「父さんが経験したことはどれも現実ではなかったってことか?」

ケルン医師は古い短剣を持ちあげ、含みのあるまなざしで息子を見た。

「その逆だ。一部はまぎれもなく現実だった。ただ現実と幻覚との境目がわからないので難儀しているが」

静寂が漂った。

「父さんは」やがて息子のほうが考えこむように眉をひそめ、いった。「ホテルの外には出ていないんじゃないか。自分の部屋からバルコニーをつたってぼくの部屋に来ただけで」

ケルン医師は立ちあがり、開け放った窓のかたわらに歩いていくとおもてに目をやり、振り返ってふたたび息子に向き合った。

「では試してみよう。わたしが夢の中で、あの家のある――つまりミイラの家のある――路地に入ったとき、夜の間に水がたまったのか、地面がぬかるみに覆われている部分があった。確かそれを踏んだ。とにかくわたしはそう思った。さて」

きっぱりとそういうと、ベッドにすわった息子の隣に腰をおろし、前屈みになってスリッパの片方を脱いだ。今夜はこれまでもさんざん不安を煽られ身の縮むような思いをしたが、まだ終わりではなかった。ケルン医師はスリッパを裏返しに持ったまま、息子の瞳をじっと覗きこんだ。

スリッパの裏には、赤茶色の泥がこびりついていた。

第十六章　蜘蛛の巣

「あの家を探し出して石棺を見つけ――もうないとはいわせない――日のもとに引きずり出して始末せねば」

「もう一度見たらそれとわかるのか？」

「むろんだ。あれは女王の石棺だ」

「女王？」

「亡きサー・マイケル・フェラーラとわたしで何か月もかけて探したが、結局見つからなかった墓だ」

「エジプトでは有名な女王なのか？」

ケルン医師はまなざしに複雑な表情を浮かべ、息子を見つめた。

「まったく無視している歴史もある」そういうと、明らかにはぐらかそうとした。「部屋に戻って着替えてくる。おまえも着替えなさい。あの家の正体を突き止めるまではおちおち眠ってなどいられない」

ロバート・ケルンがうなずくと父親は立ちあがり、部屋を出ていった。

バルコニーからポートサイドの通りを見つめるふたりを朝焼けが照らす。朝の早いエジプト人たちがすでにぽつぽつと動きだしていた。

「どちらの方角なのか、手がかりはあるのか?」

「ない。なにしろどこまでが夢でどこからが現実だったのかも見当がつかない。ほんとうにあの女が窓辺にやってきてわたしを連れて部屋を抜け、階段をおりて通りに出たのだろうか。それとも彼女の存在はわたしの想像にすぎず、わたしは自分でさまよい出たのだろうか? どちらにせよ裏口へ導かれたのは間違いない。もしあの夢うつつの状態でホテルの正面玄関から出ようものならドアマン(ボアブ)に呼び止められていたはずだ。ということで、まずはそのような別の出入口があるかどうか確認してみよう」

ホテルの従業員たちはがすでに働きはじめていたので、訊ねてみると裏に従業員寮への入口があることがわかった。ロビーとは繋がっていないが、エレベーターシャフトの左手の狭い階段からならば行けるそうだ。ふたりは開いたドアの向こうの、石畳の裏庭を見わたした。

「間違いない」ケルン医師がいった。「わたしは誰の眠りもさまたげずに、自分の部屋あるいは同じ階のどこかの部屋を通り抜け、先ほどの階段をおりてこのドアを出たんだ」

厨房係たちがさまざまな種類の料理用具をせっせと磨いている間を縫って、ふたりは裏庭を通り抜け、門をひらいた。ケルン医師が近くにいた男を振り返った。

「夜はこの門に閂(かんぬき)がかかるのか?」

男はかぶりを振り、その質問がおかしくてたまらないとでもいうように白い歯を見せて笑いながら、鍵はかかっていない、と答えた。

ホテルの裏は狭い道に面しており、迷路のように入り組んだ、地元の人々しか足を踏み入れないような路地に続いていた。

「ロブ」ケルン医師がゆっくりと口をひらいた。「だんだん思いだしてきた。先ほどの道で間違いない」

左右を見わたす。決めかねているようだ。だがやがていった。

「右へ行ってみよう」

ふたりは狭い裏道を進みはじめた。ホテルの壁が終わったとたんに両側を背の高い建物に挟まれる。この曲がりくねった路地に太陽の光が射しこむことは日中でもあまりなさそうだった。ふいにロバート・ケルンが立ち止まった。

「ほら！」と指さす。「モスクだ！　近くにモスクがあったといっていなかったか？」

ケルン医師はうなずいた。目がらんらんと輝いている。平穏な生活を台無しにした邪悪きわまりないものをついに追いつめようとしているのだ。

やがてふたりはモスクの扉の前に来た――低いアーチ形の入口が影を落としている。そこに、ケルン医師の記憶のままの、鉄鋲の打たれた古びたドアがあった！　通りに面した壁に格子窓があるが、生命の気配はまったくない。

そっとドアを押してみたが、やはり内側から鍵がかかっていた。薄明かりの中、彼は息子を振り向いた。問いかけるように両眉をあげたそのおもざしは妙にやつれて見えた。

「違うのかもしれない。そうなるとお手あげだ」

途方に暮れたようにあたりを見まわす。

モスクの隣は廃屋になっており、明らかに何年間も空き家のようだった。ロバート・ケルンは窓枠だけが残った窓と扉のない戸口に目を留めると、父親の腕をつかんで、いった。

「あそこに隠れよう。向かいから人の出入りを見張るんだ」

「確かにこの場所だった。おまえの案を採用しよう。おそらく裏口かなにかあるはずだ。長時間見張ることになるなら、そのほうがありがたい」

ふたりは古びた建物に入っていくと、いまにも崩れ落ちそうな階段をのぼって二階にたどりついた。床がきしんだが、部屋の隅に置いてあった寝椅子から、なににもさえぎられずに向かい側のドアがよく見えた。

「ここにいろ。見張っててくれ。わたしはちょっと偵察に行ってくる」

そういうとケルン医師はふたたび階段をおり、ほどなく戻ってくると、裏から別の通りに出られることを確かめてきた。そこでふたりして作戦を練った。まる一日はかならずどちらかがドアを見張っていられるよう交代でホテルに戻って食事をとることにした。近所を嗅ぎまわるような真似をして、わざわざ敵にいらぬ警戒心を抱かせることはあるまい、とケルン医師がいった。

「やつの懐に入ったようなものだからな、ロブ、誰も信用しないが吉だ」

ふたりはただちにたがいで決めた奇妙な任務に取りかかった。交代でホテルに戻って朝食をとり、午前中はドアから一度も目を離さなかったが、成果はなかった。同じようにして昼食をとり、真昼の猛暑の中、廃屋の中に隠れてすわりこんだまま、鉄鋲のドアにひたすら目を凝らした。この面白味のない退屈な一日は、ふたりにとってその後も忘れられない記憶となった。だがなんのみのりもないまま日没の時刻が近づくと、はたしてこの作戦が正しいのかどうかふたりとも自信がなくなってきた。すでに人通りもまばらだ。見とがめられるかもしれない、などというのはどうやら取り越し苦労だったようだ。

あたりは静まりかえっていたので、誰かが近づけばすぐにわかるはずだった。ホテルに戻ったとき、夜半の爆発音の原因がようやくわかった。なんでも不定期貨物船の機関室で爆発事故があったとのことで、船自体はかなりやられたが怪我人は出なかったそうだ。

「まだ望みはあるぞ」事故の話になるとケルン医師がいった。「神が味方してくれている」

ふたりともしばらく無言だった。夕食に戻っていいぞ、と息子にいおうとしたまさにそのとき、耳新しい足音が階下から響き、医師は言葉をのみこんだ。ふたりして、足音の主を見ようと首をのばす。

老人だった。生きてきた歳月を背に負い、体重のほとんどを杖にかけてよたよたと歩いている。見守るふたりは身体を縮こまらせ、はやる心を抑えて息を殺した。男は鉄鋲のドアの前で立ち止まると、マントの下から大きな鍵を出した。

老人が錠に鍵を差しこみ、ドアを開けた。古い蝶番がギイ、と音をたててドアが内側へひらき、ちらりと石畳が見えた。男が中に入ると、ケルン医師は息子の手首をつかんだ。

「行くぞ！」声をひそめる。「いましかない！」

ふたりはきしむ階段を駆けおり、狭い通りを横切った。ロバート・ケルンが、開け放たれたままのドアの中をおそるおそる覗きこむ。

真っ暗な、がらんとした部屋の奥にさらにドアがあり、そこからぼうっと明かりが漏れていて、背を丸めた影が浮かびあがった。カツン、カツン、カツン！　杖をつく音が響いたかと思うと、老人の姿が見えなくなった。

「どこか隠れられる場所は？」ケルン医師が小声でいう。「あの爺さんは見まわりだ」

階段をあがっていく足音がする。ふたりは左右を見まわした。やがて息子のほうが、つくりつけの大きな木製の戸棚に目をつけた。開けてみると、上のほうに棚がひとつあるだけだった。

「爺さんが戻ってきたら、ここに隠れてやり過ごそう」

ケルン医師はうなずき、室内をじっくりと見わたした。

「ここには確かに見覚えがあるぞ、ロブ！」声をひそめていう。「どこかに地下の部屋への階段があるはずだ、探そう」

上の階で、先ほどの老人が部屋から部屋へ歩いていく気配がする。やがて不規則な足音が階段のほうへ戻ってきたので、ふたりは顔を見合わせ、戸棚に入って中からそっとドアを閉めた。ほどなく、老管理人は――というのも、どうやらそれが彼の役割であるようなので――勢いよくドアを閉め、部屋を出ていった。ふたりはすぐさま隠れていた場所から飛び出し、室内をくまなく調べはじめた。すでにあたりは薄暗くなっていた。しかもドアが閉じているのでじつに難儀した。

すると突然、上のほうからけたたましい叫び声が静寂の中に響きわたった。ロバート・ケルンは跳びあがって思わず父親の腕をつかんだが、父親はにやりと笑みを浮かべた。

「忘れていたか、向かい側はモスクだ。礼拝の時刻を呼ばわる時報係（ムエッジン）だ！」

息子は短く笑った。

「すっかり神経過敏になってしまったよ」いいわけをし、屈みこんで石畳をじっくりと調べはじめる。

「確か、床に跳ねあげ戸があったんじゃなかったか？」

父親は無言でうなずくと自分も両手両膝をつき、形も大きさもまちまちな石のひびや隙間を丹念に調べはじめた。右手の、入口から最も遠い部屋の隅で、ようやく目的のものを見つけた。三フィート四方ほどの石を押すとかすかにぐらつき、下が空洞になっているような音がした。床は埃まみれでごみだらけだったが、先ほどの石の上からすべてを取り払ってみると、丸い溝にはめこまれた取っ手の輪があった。ペンナイフがあったので、その刃で溝から輪を起こした。ケルン医師は跳ねあげ戸を跨いで立つと輪を持って引きあげ、それほど苦もなく石のかたまりを持ちあげた。

四角い穴があらわれた。不揃いな石段が闇の奥へ続いていた。蠟燭のはまった無骨な木製の蠟燭立てが、最上段にひとつ転がっている。ケルン医師はポケットからマッチの箱を出すとすばやく蠟燭に火をつけ、それを左手に持って階段をくだりはじめた。まだ頭が床に沈みきらないところで立ち止まり、いった。

「銃はあるな？」

ロバートは重々しくうなずくと、ポケットからリボルバーを出した。

跳ねあげ戸をひらいた穴からは、独特な、不快きわまりない匂いが立ちのぼっていたが、ふたりは気にしないふりで階段をおりていき、いつしか狭い地下室に並んで立っていた。匂いは耐えがたいほどになっていた。どこか危険な、嫌悪感を催させる匂いだ。ふたりは階段のふもとにしばらく佇んでいた。

ケルン医師がゆっくりと蠟燭を動かして床を照らすと、そこには木片や壊れた箱、詰めもの用の藁といった屑が散らかっていた——だがやがて、鮮やかな彩色をほどこした石板が光に照らし出された。さらに蠟燭を上へ動かしてみると、石板の端の部分が光に浮かびあがった。思わずはっと息をのんで前屈みになり、古代の棺の内部に直接光を当てる。あとは鉄のごとき図太さをすべてかき集め、唇めがけてせりあがってくる悲鳴を押し殺すのが精一杯だった。

「なんてことだ！　まさか！」息子がささやき声でいう。

白い布にくるまったアントニー・フェラーラが、じっと石棺の中に横たわっていた。

一秒、また一秒と時が過ぎ、まるまる一分が経っても、ふたりは固まったまま動けなかった。

冷ややかな光が、象牙色の顔に降りそそいでいる。

「死んでるのか？」

ロバート・ケルンがかすれた声でいい、父親の肩をつかんだ。

「いや、そうじゃない」答えたほうも同じく声がかすれていた。「いわゆるトランス状態だ——ある古代文書にも記されている。魔女王の石棺から邪悪な力を吸い取っているんだ」（「存命の人物が描かれた、ミイラを収めるための棺（石棺）が……クー（魔力）を保存するための重要な土台であったであろうことは大いに考えられる」『ヘルメス選集』第八巻）

かすかにカサカサという音がする。しだいに激しくなっていくが、どうやら父親は気づいていないようだ。よく見えないが、振り向いたおもざしには覚悟を決めた表情が浮かんでいる。

「卑怯なやりかたかもしれないが」彼は落ちつきはらった声でいった。「世のためを思えばもはやためらってはいられない。銃声だと聞きとがめられかねない。おまえのナイフを貸せ」

一瞬、いっている意味がわからなかった。息子はただいわれるがままにナイフを出し、厚い刃をひらいた。

「まさか、父さん」息も絶え絶えにいう。「そこまでするのか！」

「そうだ」ケルン医師は答えた。「だがやらねば――やらねばならないのだ、わたしたちが逃げるわけにはいかない。そこに誰が、なにが眠っているのかを知っているのは、命ある人間の中ではわたしただひとりだ。やれ、とわたしの良心が訴えている。わたしがこの手で、やつがおまえにしようとしたとおりのやりかたで片をつけてやる。さあナイフを貸せ」

彼は息子の手からナイフを奪い取った。じっと動かない象牙色の顔に明かりを当て、石棺に近づいて手をのばす。そのとき、天井から落ちてきたなにかがその手をかすめ、柔らかい鈍い音をたてて日干し煉瓦の床に落ちた。とっさに明かりを天井に向ける。

すると、ロバート・ケルンが耐えきれずに悲鳴をあげながら父親の腕をつかみ、階段のほうへ引き戻した。

「早く！」取り乱したようにかん高い声をあげる。「あああ！　あああ！　早く！」

照らした天井を見ても一瞬わけがわからなかった。だがつぎの瞬間、嫌悪感と恐怖が心底から湧きあがった。ふたりの真上、それも頭上一フィートほどのところに黒いかたまりが波打ってい た……ごっそりと集まってうごめいているタランチュラの群れが！　いやらしい蜘蛛が行列をなして壁をのぼり天井を渡り、汚らしいかたまりがみるみる膨らんでいく！

ケルン医師がためらわず階段に飛び乗ると、とたんに上から蜘蛛がぼたぼたと落ちてきた。というよりもむしろ、彼らに向かって飛びかかってきた。たちまちふたりのまわりの床と階段のふもとは、うごめく黒い蜘蛛の群れで敷きつめられた。

ふたりは完全に取り乱した。足を踏みおろすごとに足の下で蜘蛛がグシャリと潰れる。呪文で闇からつくられたかのようにどこからともなく湧いてきた蜘蛛によって、地下室も、階段も、ふたりを取り巻く悪臭まみれの空気も、すべてが黒く穢らわしいものに染まってしまったかに思われた。

ケルン医師は階段をなかばまであがったあたりで振り向くと、リボルバーを握って地下室に銃口を向け、石棺めがけて撃った。

息子のほうは、脚のある毛の生えたものに腕を駆けのぼられて縮みあがり、うめき声をあげてそれを叩き潰した。おかげでツイードのスーツに毒のある血の染みがついてしまった。

ふたりして、震える足で最上段までたどりつくと、ケルン医師が振り返り、ふいに視界に飛びこんできた巨大な蜘蛛に蠟燭を投げつけた。木製の蠟燭立てについたままの蠟燭が、文字どおり蜘蛛の絨毯に覆われた階段を転げ落ちていく。

侵入者たちを追うように、タランチュラが続々と跳ねあげ戸から飛び出し、階段の下のほうがぼうっと明るくなった。やがてパチパチという音がしはじめ、ひと筋の煙があがった。

ケルン医師が外へ続くドアを勢いよく開け、慌てふためいたふたりの男は、蜘蛛の軍団から逃れて通りに飛び出した。唇を紫色にして、ふたりして壁に寄りかかる。

「あれはほんとうに――フェラーラだったのか？」ロバートがかすれた声でいう。

「だといいんだが！」

ケルン医師が閉ざされたドアを指さす。ドアの下の隙間からは煙が立ちのぼっていた。


その火事では火元となった家だけでなく、近隣の二軒も焼け落ちた。向かいのモスクはかろうじて全焼を免れた。

翌日の夜明け、かつては蜘蛛の巣窟であり、いまは煙をあげている穴を見おろして、ケルン医師はかぶりを振り、息子に向き直った。

「わたしたちの目の錯覚であれば別だが、ロブ、わたしたちはようやくやつに正当な報いを与えてやれたようだ！」

地元の野次馬連中の間をかき分け、ふたりはホテルに戻った。中に入るとポーターが足を止め、いった。

「失礼ですが。ロバート・ケルンさまはどちらさまで？」

ロバート・ケルンが一歩踏み出した。

「三十分ほど前に、若い男性からこちらをことづかりました――黒い瞳の、ひじょうに色の白いおかたです。あなたさまがこちらを落としていかれたと」

ロバート・ケルンはちいさな包みを開けた。ペンナイフだった。まるで火の中に入れたように、象牙の持ち手が黒く焦げている。確かに彼のものだった――あの地下室で、一匹めの蜘蛛が落ちてくる直前に父に貸したものだ。包みの中にはカードが入っており、鉛筆でこう綴られていた。〝アントニー・フェラーラより心をこめて〟と。

第十七章　アリ・モハメドの話

三人にひとりずつ挨拶をすると、長身のエジプト人はケルン医師の部屋を出ていった。男が出ていくと、一瞬だが張りつめた静寂が漂った。ケルン医師は険しい表情を浮かべ、サイムは両手を背中で組んで窓辺に立ち、椰子の木が茂るホテルの庭を見つめている。ロバート・ケルンが興奮したようすで順番にふたりを見た。

「いまの人はなにを話していたんだ、父さん？」と声をあげる。「やはりあのことと――」

ケルン医師が振り向いた。サイムは動かない。

「わたしがカイロに来た理由に関わりのあることか、というのなら」医師は答えた――「そうだ」

「知ってるだろう」ロバートがいう。「ぼくはアラビア語なんか――」

サイムがゆっくりと振り返り、気だるげな視線を彼に向け、重たげに口をひらいた。

「いま出ていったのはアリ・モハメドという男で、奇妙な体験をしたというので話を聞かせてもらうため、ファイユームから来てもらった。重要な話だとは本人は気づいていないが、わざわざ怖がらせる必要はないし、アリ・モハメド・エス＝スーフィはそもそもそんなにやわなやつじゃない」

ケルン医師は安楽椅子に身体を預け、サイムに向かってうなずいた。

「いま聞いたことを彼に話してやってくれ。どのみち協力してもらうことになる」

「では」いつものように落ちついたようすで、サイムは話を続けた。「メイドゥムのピラミッドのそばのキャンプを引き払ったとき、ついでの仕事を引きつづきすませようと、アリ・モハメドは力仕事の連中と一緒に残った。あいつは普段からあまり感情をおもてに出さないやつで、恐怖なんてものとはもともと縁がなく、あいつにとってはなんの意味もないものだった。ところが昨夜、キャンプで——というより、キャンプを引き払った跡で——あるできごとが起こった。アリ・モハメドの鉄の神経ですら震えあがらせるようなできごとが」

ロバート・ケルンは話すサイムをじっと見つめ、うなずいた。

「メイドゥムのピラミッドの入口で——」

「入口のうちのひとつで、だ」ケルン医師が薄笑いを浮かべ、話に割って入った。

「入口はひとつだけです」有無をいわさぬようすでサイムがいう。

ケルン医師は片手を振り、いった。

「続けろ。考古学上のあれこれについてはあとでいい」

サイムは不満げに医師を見据えたが、それ以上なにもいわずに話を続けた。

「おれたちはメイドゥムのピラミッドの、唯一とされている入口に続く斜面にキャンプを張っていた。いってみればビルの陰にテントを張ったようなものだ。周囲には塚がいくつもあり——有史以前の埋葬地の一部だ——アリ・モハメドがファイユームのその地域に残ったのはそれらを調べるためだった。昨夜十時頃、聞き慣れない音がして、というか音がしはじめて目を覚ましたそうだ。そこでテントから出て、月明かりのもとでピラミッドを見あげた。むろん入口ははるか頭上にあり、立っているところからは五、六十ヤードはあったが、まばゆいほどの月光がピラミッドの側面を煌々と照らしていて、中から蝙蝠(こうもり)が渦を巻くように群れをなして出ていくのがはっきりと見えたというんだ。

ファイユームの夜は不気味なほど静かだ。ジャッカルや人里の犬の鳴き声にはそのうち慣れるが、そのほかには——なにひとつ——まったく音などしない。

それだけ静まりかえっているから、蝙蝠の群れが羽ばたく音は頭上に響きわたっていた。ほんのすこし目を開けるだけの者もいたが、ほとんどの者は肝を潰していた。連中はたがいに話を突き合わせ、自分たちの眠りをさまたげたのはいったいどんな音だったのかを照らし合わせた。するとみなが口を揃えていった。聞こえたのは——身の毛もよだつような、断末魔のごとき女の悲鳴だったと」

サイムはそこで言葉を切ると、めったに動じることのない顔に見慣れない表情を浮かべてケルン医師を、それからその息子を見た。

「続けてくれ」ロバート・ケルンはいった。

サイムはふたたびすこしずつ話しはじめた。

「蝙蝠はさまざまな方角へ飛び去っていったが、キャンプの連中を襲った恐怖はそう簡単には去らなかった。アリ・モハメドですら、じつはかなり怯えていたと自分でいっていた——あいつがそんなことを口にするとはおれも驚いた。想像してみろ、あの連中が立ちつくしたままたがいに顔を見合わせ、ピラミッドの側面に開いた入口をそわそわと気にしているさまを。するとなにかの匂いが鼻孔に届いた——連中はみなその匂いにすっかり取り乱し、取るものも取りあえずキャンプから逃げてきたそうだ——」

「匂いって——どんな?」ロバート・ケルンが身を乗り出す。

ケルン医師はすわったまま顔をそちらに向け、息子をじっくりと見据えると険しい声でいった。

「黄泉の匂いだ!」そしてふたたび顔を背ける。

サイムは続けた。「むろん、おれにも詳しいことはわからない。だがエジプト人にとっては背筋も凍るほどのものだったんだろう! その悪臭は風もないのに連中のところまで漂ってきたんだそうだ、まるで熱風に運ばれてきたかのように」

「じっさいに気温も高かったのか?」

「さあ。だがアリ・モハメドは、匂いはピラミッドの入口から漂ってきたといっていた。別に腹を立ててるわけじゃないが、大の男が揃いも揃って尻尾を巻いて逃げてくるとはずいぶん穏やかじゃない。みな、列車でレッカに到着するまで振り返りもしなかったそうだ」

短い沈黙が漂った。やがてロバートが訊ねた。

「昨夜、それが起こったと?」

父親がうなずき、いった。

「彼は今朝一番の列車でワスタからこちらへ来たそうだ。もはやぐずぐずしてはいられない!」

サイムが目をみはる。

「いったいどういう――」

「わたしにはやるべきことがあるのだ」ケルン医師が低い声で告げた。「あるものを――もはや人とは呼べまい――始末せねばならない。アントニー・フェラーラを、害虫を踏みにじるように踏み潰し、土に返さねば。サイム、この件に関して、きみを味方と思っていいのかね？」

サイムは指でテーブルを叩きながら、考えこむように眉根を寄せ、さがった眉の下からあとのふたりを交互に見やった。

「ケルン医師(せんせい)、おれはこうしてこの目で見て、あなたをエジプトに呼び寄せる理由となったこの不可解な事件にはやはりなにかあると踏んでいます。そしていまのところ、アントニー・フェラーラに関してはまったくの同意見です。足どりは完全に見失ってしまったんですか？」

ケルン医師はいった。「ポートサイドを発って以来、姿も見ていなければ噂もなにひとつ聞いていない。だがロンドンでフェラーラと親しくしていた――そして気の毒にもやつに利用されてしまった、神よ彼女を救いたまえ――ラシュモア夫人がカイロのセミラミス・ホテルで一泊したあと行方をくらましている。彼女はどこへ？」

「ラシュモア夫人とこの件になんの関係が？」サイムが訊ねた。

「わたしの恐れているとおりだとすれば――だがおそらく間違いない。わたしの手に入れた情報が誤りでないかぎり、ラシュモア夫人は昨日、ルクソール駅八時半発の列車でカイロを離れたはずだ。いまはそれだけわかれば充分だ」

ロバート・ケルンは戸惑った表情で父親を見た。

「どういうことだ、父さん？」

「おそらく彼女はワスタより先には行っていないはずだ」ケルン医師が答えた。

「まだよくわからないんですが」サイムがいう。

「しだいにわかる。とにかく急がねば。きみたちエジプト研究者は、エジプトから教わることなどみじんもないと思いこんでいて、メイドゥムのピラミッドにしても、中に宝物がないとわかればとたんに興味を失った。ほんとうはあの中になにがあったのか知りもせずにな、サイム！　マリエットもサー・ガストン・マスペロも気づくことはなかった！　亡きサー・マイケル・フェラーラとわたしは昔、きみたちがしたように、メイドゥムのピラミッドにキャンプを張ったことがある。そしてあることを発見した――」

「発見？」サイムが喰いつく。

「そのことについてはあくまでも口を閉ざしてきたが――きみは黒魔術を信じるかね？」

「よくわかりませんが、たぶん――」

「いいだろう。きみにも意見をいう権利はある。とはいえほんとうのところは知らないようだが、メイドゥムのピラミッドはかつて、古代エジプト魔術の砦――ナイルの国で二番めに強力な砦――だったのだ！　できればわたしが間違っていることを祈るが、ラシュモア夫人の失踪を知り、アリ・モハメドの話を聞いて、恐ろしい可能性に気づいてしまった。フロントに電話して、時刻表を頼んでおいてくれ。もはや一刻を争う事態だ！」

第十八章　蝙蝠

レッカを一マイルほど過ぎた。

「近づいてきたように見えるが」ケルン医師がいった。「ピラミッドに到着するまでには、あと一時間はかかる」

確かに、目の前にはメイドゥムのピラミッドの巨大な塚が菫色の夕闇にそびえ立っているが、じっさいにはまだ四マイルほど離れている。三人はファイユームの肥沃な平地を走る狭い道を驢馬に揺られていた。つい先ほど、パリア犬にさんざん吠えられながら村をひとつ通り抜け、いまは土手の上の道を進んでいる。緑の絨毯が灰色の砂の海と交ざり合うあたりから砂漠が始まり、その先にひろがる砂の大地に、人間の手でつくられたというよりはまるで自然のいたずらのような、エジプト研究者たちからはスネフェル王の手になるものとされている、陰気なもの寂しい建造物が建っている。

ケルン医師とその息子が先を行き、サイムとアリ・モハメドがこのささやかな隊列のしんがりを務めていた。

「まるでわけがわからない」ロバート・ケルンがいった。「この旅の先にいったいなにがあるというんだ、父さん。なぜここに来ればアントニー・フェラーラを捕まえられると思うんだ？」

「捕まえられるとは思っていない」意味深な答えだった。「だがやつがここにいることはほぼ間違いない。予想してしかるべきだった、わたしとしたことが――こうなることに備えておかなかったとは」

「なにに？」

「ロブ、おまえにはわからなくていい。あのとき、メイドゥムのピラミッドに関して知っていることを――想像ではなく知っていることを――本にでもしようものなら、ヨーロッパじゅうのエジプト研究者から嘲笑されこきおろされるばかりでなく、世界じゅうの者から爪弾きにされただろう」

息子はしばらく黙りこんでいた。やがていった。

「ガイドブックによると、ただの空の墓だそうだ」

「確かにそのとおりだ」ケルン医師が険しい声で答えた。「つまり〈王の間〉として知られる場所が空ということだ。だがかつては、いわゆる〈王の間〉も空ではないときがあった。しかも、いまでもあのピラミッドには、空ではない部屋があるんだ！」

「そんな部屋の存在を知っていながら、なぜこれまで秘密にしていたんだ、父さん？」

「証明できなかったからだ。入る方法はわからないが、その部屋は確かに存在する。それがかつてなんのために使われていたのかもわかっている。おそらく昨夜も、あの部屋はその穢れた目的をふたたび果たすためにもちいられたのだ――四千年もの時を経て！　たとえほのめかすだけであれ、知っていることをわたしが話したとしても、おまえですら首をかしげるにちがいない。だがおまえも、本で背教者ユリアヌスの名前を見たことくらいはあるだろう?」

「もちろんだ、彼については読んだことがある。降霊術をおこなっていたといわれている」

「メソポタミアのカラにおいて、彼はある魔術師ほか数名と〈月の神殿〉に引きこもり、夜の間になにごとかをやり遂げたあと、神殿に鍵をかけ、扉を封印して、門に見張りを立たせた。戦で命を落とした彼はその後カラに戻ることはなかったが、ヨヴィアヌス帝の治世となり、封印が解かれて神殿の扉がひらかれた。すると中から、自分の髪で首を吊られた死体が出てきたのだ――細かい部分はあえて省くが、それは最もおぞましい魔術の儀式――臓腑占いだ!」

ロバート・ケルンのおもざしがみるみる恐怖に染まった。

「つまり、父さん、このピラミッドがそうした目的に使われていたというのか?」

「過去にはほかにもさまざまな目的に利用されていた」声は落ちついていた。「だが蝙蝠がいっせいに飛び立ったということは、昨夜はあの部屋がふたたびそうした目的のためにもちいられたという事実を示している。蝙蝠の大移動ばかりではない――ほかにも思い当たるふしがある」

この奇妙な会話に聞き入っていたサイムが後ろから声をあげた。

「着く前に日が暮れてしまうぞ!」

「そのとおりだ」鞍の上で振り向きながらケルン医師が答えた。「だが別にかまわない。ピラミッドの内部に入ってしまえば、昼だろうが夜だろうが関係ない」

細い木の橋を渡ると巨大な遺跡が真正面にあらわれ、一行は切り通しを望む小径を進んでいった。みなしばらく黙ったままで、ロバート・ケルンはじっと考えこんでいた。

「アントニー・フェラーラは昨夜ここを訪れたにちがいないと思う」ふいに彼がいった。「父さんのいっていることはよくわからないが。それにしてもなぜやつがここにいると踏んだんだ？」

父親がゆっくりと口をひらいた。「やつがわたしの思ったとおりの理由でここに来ているならば、少なくともまる二日は動けないはずだ。これ以上はなにもいうまい。ここで持論を口にして、万が一わたしが間違っていたり、あるいはなんらかの理由でこの疑念を真実だと証明できなかったりした場合に、やはり気がふれていたんだときみたちに思われたくないのでね」

レッカからメイドゥムのピラミッドまで、驢馬での旅は一時間半はかかった。まばゆい夕日がエジプトの菫色の夕闇に溶けゆく頃、ようやく人の手の入った土地が終わり、一行は砂漠の砂に足を踏み入れた。花崗岩を積みあげた独特のオレンジ色の山は月明かりを浴びて青ざめた黄色の輝きをおび、なんとも不気味な姿に見える。まるで三段になった巨大な四角い塔が、砂漠の表面から三百五十フィートほどの高さに盛られた砂山から生えているようだ。

夜、人里を離れて、ここまで巨大な建造物の陰にすっぽり入ってしまったときほど、この世で身のすくむ瞬間はないだろう。しかもそれがどんな者たちの手でつくられたのかも、いかなる方法でつくられたのかも、なんの目的でつくられたのかもわからないとなればなおさらだ。なにろどれほど現代の研究者たちが知恵を絞ろうとも、これらの巨大遺跡は、摩訶不思議な人々によってわれわれ子孫に託された、けっして解けない謎として残っているからだ。

サイムとアリ・モハメドはいずれも極度の緊張症でもなければ、鼻腔で空気を吸収するように、この手の場所でそうした微妙な空気を感じ取るような繊細な質(たち)ではなかった。だがケルン医師とその息子は、それぞれ受け取りかたは異なるものの、この、死に絶えた時代の神殿に漂うオーラを感じはじめていた。

砂漠を包む底知れぬ静寂は――この世のどこのものとも違っていた。まずそこに佇んでみなければわからないであろう、波のない乾いた海のわびしさ。この神々しい建造物の周囲に黴(かび)のごとくまとわりついている古いしきたり。そして魔術と、禍々しいおこないと、アントニー・フェラーラとなんらかの関わりがあると思われる知識。それらのものが同時に襲ってきたため、男たちはこの世のものならぬ恐怖に思わず身震いし、闘う勇気を身体の奥底から呼び起こさねばならなかった。

「どうします?」サイムが驢馬からおりながら、いった。

「坂の上まで驢馬を牽(ひ)いていく」ケルン医師が答えた。「上まであがれば花崗岩があるから、そこへ繋いでおけばいい」

静まりかえる中、男たちはだらだらと続く細い坂道をのぼり、砂山の一番上にたどりついた。周囲の平坦な場所から百二十フィートほどの高さのその場所まで来ると、そこは巨大な建造物の真下だった。驢馬たちはしっかりと繋がれた。

ケルン医師が静かに告げた。「サイムとわたしがピラミッドの中に入る」

「でも――」息子が異議を唱えようとする。

「まず間違いなく体力を削られる。しかもピラミッドの低層部はひじょうに気温が高いうえ空気も悪い。おまえのいまの健康状態では、中に入るなど愚の骨頂だ。それ以上に、ピラミッドの外のこの場所で果たしてもらわねばならない大事な役目がある」

じっと耳を傾けているサイムを見やり、医師はさらに続けた。

「わたしたちが北側の傾斜路から中へ入る間、おまえとアリ・モハメドには南側を見張っていてもらいたい」

「なんのために?」即座にサイムが訊く。

「それは」ケルン医師が答えた。「一段めに入口が――」

「一段めはここから七十フィート近く上です。それにたとえ入口があったとしても――おれにはあるとは思えませんが――そこから逃げるのはまず不可能です。壁をつたって上からおりてくるなんて芸当はできません。よじのぼることすらこれまで誰もできなかったのですから。足場を組まなければ測量もままなりませんでした。ピラミッドの壁をのぼりおりするなどまず無理です」

「そうかもしれない」ケルン医師がうなずいた。「だがそれでも南側の見張りは立てておきたい。ロブ、もしそこになにものかがあらわれたら――相手がなんであろうと――撃て。迷わず撃つんだ!」

アリ・モハメドにも同じことをいい聞かせると、彼は最後の言葉に驚いたようすだった。

「さっぱりわけがわかりませんな」サイムがつぶやいた。「ですがそれなりの根拠がおありのようですし、おっしゃるとおりにしましょう。中でいったいどんなものが見つかるとお思いなのです?　おれも前に一度だけ中に入りましたが、またあの場所に戻るのはあまり気が進みません。

中は息苦しいし、地上の高さにある通路までおりていくのもひどく骨が折れる。しかもその通路は、あなたもご存じだろうが高さが十六インチしかなくて、通り抜けるのもひと苦労です。そればかりか、埋葬室へあがるための垂直な縦坑も安全とはいいがたい。そのうえ蛇が出るかもしれない、などと口にするのはやめておきましょう」と最後に皮肉る。

「アントニー・フェラーラもか」ケルン医師がいった。

「疑い深くて申しわけありませんが、医師(せんせい)、あんなひどい場所にわざわざ長居する人間がいるとは思えません」

「だがやつがそこにいなければ、わたしは初めから間違っていたことになる！」

「ではやつは出られないんだ！」サイムは険しい声でいい、持っていた自動拳銃(ブローニング)を確かめた。「でなければ――」

そこでいいやめた。めったに感情をおもてに出さないそのおもざしが、みるみる恐怖に染まる。

「十六インチの通路」彼はつぶやいた――「しかもその奥にはアントニー・フェラーラか！」

「そのとおりだ！」ケルン医師はいった。「だがこれはわたしの義務だ。世のためには前に進まねばならない。おそらくきみは、今後出会うであろうものの中でも最悪の危険と向き合うこととなる。無理に来てくれとはいわない。わたしはひとりでも行くつもりだ」

「もう結構です、医師(せんせい)」サイムが諫めるようにいった。「あとのふたりにもさっさと持ち場についてもらいましょう」

「でも、父さん――」ロバート・ケルンがすがるようにいう。

「道はわかるな」有無をいわさぬ声だった。「一刻たりとも無駄にはできない。すでに手遅れということもありうるが、なんとか間に合えば、恐ろしい犯罪を防げるかもしれない」

長身のエジプト人とロバート・ケルンは土屑と崩れた石の積み重なった間をよろけながら歩いていき、やがてふたりの姿は巨大な壁の向こうに見えなくなった。残りのふたりはそれを見届けると、狭いジグザグの坂道をさらに上へのぼりつづけ、下層へおりる傾斜路の入口にたどりついた。四角く空いた黒い穴の真下で立ち止まり、たがいの顔を見やる。

「上着はここに置いていきましょう」サイムがいった。「あなたはゴム底の靴を履いているのでそのままでいいですが、おれはブーツなので脱いでいきます、でないと滑るので」

ケルン医師はうなずくと、それ以上あれこれいわずにコートを脱ぎ、サイムも同じようにした。屈みこみ、足もとにちいさく畳んで置いた服の上に帽子を載せたときだった。目になにかが留まり、医師はさらに低く屈みこむと、異様なほどの熱心さで、地面にある黒い物体を覗きこんだ。

「なんです?」サイムがふいに振り返り、訊ねた。

ケルン医師は尻ポケットから懐中電灯を出すと、花崗岩の破片が散らばった上に落ちているそのなにかに白い光線を向けた。

蝙蝠だった。それもかなり大きい。頭があったはずの場所に血がべっとりとついている。なんと首が切られているではないか!

そこになにがあるのかすでに見当がついているとでもいうように、ケルン医師はピラミッドの入口の周囲を懐中電灯でぐるりと照らした。何十匹という、首を落とされた蝙蝠の死骸がそこらじゅうに落ちていた。

「これはいったいどういうことです？」かたわらの黒い入口をこわごわと見やり、サイムが小声で訊く。

「これはつまり」ケルン医師は声を低めた。「まったくもって信じがたいが、わたしの不安が的中してしまったということだ。気を強く持て、サイム、これからとてつもないものが待ち受けている。われわれがいま立っているのは得体の知れぬ恐怖とこの世との境目だ」

サイムは蝙蝠の死骸には触ろうとせず、観察する間も必死に嫌悪感を隠していた。

「いったいどんなやつが」小声でいう。「このようなことを？」

「幾時代もの間忘れられていた種だ！　想像しうる中で最も邪悪な——人の姿をした悪魔だ！」

「ですが、やつは蝙蝠の頭でなにを？」

「ピラミッドコウモリには鼻の横に葉状のひだがある。その腺から希少な油が分泌される。この油が、魔術書にも名の記されていない香の材料となる」

サイムが身震いをした。

「さあ！」ケルン医師がポケット瓶を差し出す。「こんなものは序章にすぎん！　そう神経を尖らせるな」

サイムは無愛想にうなずくとブランデーをあおった。

「さて」ケルン医師がいった。「行くかね？」

「どうぞよろしいように」サイムはふたたび冷静さを取り戻したようで、穏やかな声で答えた。

てておいてください」

「蛇に気をつけて。おれが通路を照らしますから、あなたの懐中電灯は必要なときのために備えておいてください」

ケルン医師は入口へ身体を引きあげた。通路の高さは四フィートもなく、花崗岩の傾斜した床は長年幾度となく砂嵐に洗われたせいで滑りやすくなっていて、天井に両手を突っ張って一歩一歩足を踏みしめなければおりられなかった。

二百フィート以上のくだりの急斜面が続いていて、簡単に通り抜けるというわけにはいかず、進みは遅々たるものだった。ケルン医師はほぼ五ヤードごとに止まって懐中電灯を出し、通路をつくっている砂まみれの床や巨大な石の割れ目に光を当て、蛇が通ったばかりだとわかるようなかすかな跡が残ってはいまいかと丹念に調べた。そしてまた懐中電灯をしまい、ふたたび進む。サイムは同じようにしてついていきながら、片手だけで身体を支え、もういっぽうの手を医師の向こうへのばしてその先に懐中電灯を持ち、下にひろがる黒い闇を照らした。

ピラミッドの外の砂漠も充分に暑かったが、一歩進むごとに中の温度がますますあがってきた。この古代エジプトの、日の光がけっして当たることのない謎めいた迷路を漂う微細な塵とともに、まるで遠い過去の時代で腐敗が始まったかのような、なんともいいあらわしがたいむっとする匂いが立ちのぼってくる。やがて外の砂面よりも四、五十フィート下のあたりまで来ると、呼吸が苦しくなり、ふたりは進むのをやめ、汗だくでぜいぜいと息をした。

サイムが荒く息をつきながら、いった。「あと三、四十フィートほどで平らな通路に出ます。ご存じのとおり、そのあたりには天井の低い人工の洞穴があります。立ちあがるのは無理ですが、そこですこし休みましょう」

話すと息苦しいので、それ以上言葉は交わさずに傾斜路の端まで進んだ。二本ぶんの懐中電灯の光を合わせると、自然の岩を乱暴に削り出しただけのちいさな部屋にたどりついたことがわかった。やはり高さは四フィートもないが、ぎざぎざの床は水平で、しばしの休息が取れそうだ。

「匂いに気づいているか?」

声の主はケルン医師だった。サイムは顔の汗を拭いながらうなずいた。

「前にここへ入ったときもひどい匂いがしていました」かすれた声でいう。「図体のでかい者にとっては地獄ですよ。だが今夜のこの匂いは鼻が曲がりそうだ。こんな匂いは生まれてこのかた嗅いだことがありません」

「むろんそうだろう」ケルン医師が険しい声で答えた。「この場所からおさらばすれば、きみはもう二度とこの匂いを嗅ぐことはないはずだ」

「なんの匂いだというんです?」

「香だ。さあ行くぞ! わたしたちにとって最悪の仕事がまだ待ち受けている」

通路の先はもう十五インチから十七インチくらいの高さしかなかった。ゆえに汚れた床の上にうつぶせになり、蛇のように腹這いで行かねばならなかった。天井が低いので膝を使って進むこともままならず、壁の凹凸を足がかりにし、尖った石の間に両肘を立てて、ぎざぎざの地面に身体をこすりつけながら這いつくばらねばならなかった!

そうやって三ヤードほど進んだだろうか。ケルン医師がふいに動きを止めた。

「どうしました？」サイムが小声で訊く。

その声には焦りがにじんでいた。もしふたりのうちのどちらかが、この古代の建造物のはらわたにのみこまれたまま、この悪臭漂う穴の中で意識を失いでもしたらいったいどうなるのか、などとは考えたくもなかった。じつにばかげているが、このままとてつもない重さの石という石が背中にのしかかり、ぺしゃんこに潰されて、うつぶせに這いつくばったまま圧死してしまうのではないだろうか。そんなことを思いながら、目の前にある、ケルン医師のゴムの靴底をひたすら見つめていた。

だが返ってきたのはささやき声だった。

「それ以上声を出すな！　できるだけ音をたてずに進むんだ、そして気づかれていないことを祈れ！」

サイムは合点した。悪意に満ちた敵がこの先にいるのだ。いま這ってきた岩の間の穴の向こうには死が待ちかまえている。前方の縦坑をめざしてうつぶせで進みながら、彼は頭のない蝙蝠を思い浮かべ、考えた。自分も同じ運命をたどろうとしているのか、と！

ケルン医師はゆっくりと前へ進んだ。必死に音をたてまいとしながらも、彼もその相棒も、呼吸が激しくなるのを抑えられなかった。空気が足りず、ふたりとも息があがっていた。耐えがたいほど暑い。空気が澱んで蠟燭の火も消えかかっている。エジプトの遺跡を探査してきた者ならば誰しも知っている饐えた古い匂いに加え、魂の炎さえ消してしまいそうな、あのなんともいいがたい匂いまでもが漂ってくる。

ケルン医師がふたたび動きを止めた。

以前にもこの道を通ったことがあるサイムにはわかった。通路の端に到着し、這いつくばったまま、これからのぼろうとしている縦坑を覗きこんでいるのだ。サイムは懐中電灯を消した。

ケルン医師がふたたび動きだした。サイムが片手をのばすとそこには空洞しかなかった。必死に手探りをしながら慌てて続き、前に進む。するとひそめた声が聞こえた。

「手を。あと二フィートで立ちあがれる」

サイムは這っていくと、真っ暗な闇の中に差し出された手を握りしめ、ふいにどっと疲れを感じて荒く息をつきながら、ケルン医師の隣に立ちあがり、こわばった手足をのばした。

ふたりは並んで立っていた。言葉ではあらわしようのない漆黒の闇と、慌ただしい世界の住人には想像もつかないような静寂と、心も身体も頑丈な者でなければ平静を保つことのできないような不気味な気配があたりを包んでいた。

ケルン医師がサイムに耳打ちした。

「のぼるには明かりが必要だ。ピストルを構えておけ。いま懐中電灯のスイッチをつける」

ふたりの立っている縦坑の岩壁がふいに照らし出され、白い光の筋は頭上の真っ暗な部屋に吸いこまれた。

「おれの肩に乗ってください」サイムは唐突にいった。「あなたのほうが軽い。先にのぼったら、懐中電灯を地面に置いてその横にいてください。おれがあとから行きます」

ケルン医師は岩壁の凹凸と、その場所に積まれていた石を利用してサイムの肩に乗った。

「リボルバーを口にくわえて行っては？」サイムが訊ねた。「用心鉄のところを」

「そのつもりだ。踏ん張っててくれ！」

ケルン医師は険しい声で答えると、肩の上でそろそろと立ちあがった。それから岩の裂け目に片足をかけ、突き出した岩を左手でつかむと身体を持ちあげた。右手は明かりのついた懐中電灯を握りしめたままだ。さらに両手を必死にのばし、ようやく頭上の岩棚に懐中電灯を置いた。白い光線が上から縦坑を照らす。

「落ちないでくださいよ！」首をのばしてその一連を眺めながら、サイムが息を荒くする。

体力もあり敏捷なケルン医師は身体をひねり、縦坑とは反対側の岩棚にうまく片足を載せた。その足に体重をかけ、開口部に片手をのばして上まで身体を引きあげると、懐中電灯の明かりの中にうずくまった。そしてすこし低い場所にある岩の割れ目に片足を挟みこみ、サイムに向かって手を差しのべた。サイムも同じような道筋を通り、差し出された手をつかんで、ほどなく無事ケルン医師の隣にあがった。

ケルン医師は慌ただしく自分の懐中電灯を拾いあげると、ぐるりと周囲を照らした。気味の悪いその部屋は、俗にいうピラミッドの〈王の間〉だった。右へ左へ、と室内を照らしていた懐中電灯の光が、木の梁の端を探し当てた。あまりにも長いこと岩と密着していたので木が化石化し、そのおかげでこれほどの塚の中でも腐らずに残ったのだ。上に、下に、周囲に――埃っぽい岩の地面に、石の積まれた壁の上方に、のしかかるような天井に懐中電灯を向ける。

〈王の間〉には彼らしかいなかった！

第十九章　臓腑占い

「誰もいませんよ！」

サイムが興奮したようすで周囲を見まわした。

「ありがたい！」ケルン医師は答えた。

まだ息が荒い。先ほど激しく動いたうえに、室内の空気がひどく澱んでいるからだ。だがそれを除いては、顔は青ざめて汗だくになっているものの、あくまでも落ちつきはらっていた。

「できるだけ音をたてるな」

この部屋に誰もいないと知り、先ほどまでの通路での恐怖が薄れはじめていたサイムだったが、その言葉にふと不吉なものを感じた。

ケルン医師は足もとに気を配りながら散らかった床を歩いていき、部屋の東側の隅へ向かうと、ついてくるようサイムに手招きした。ふたりで並んで立つ。

「あの忌まわしい香の匂いが一番強いのはここだ、わかるかね？」

サイムはうなずいた。

「ええ。つまり？」

ケルン医師は、壁の隅にたまったちいさな土屑の山に明かりを向けた。

「つまり」懸命に興奮を抑えている。「その中へ入らねばならないということだ！」

サイムは思わず声をあげそうになり、慌ててのみこんだ。

壁の最下段が石ひとつぶん空いている。穴の前に屑の山があったのでいままで見過ごしていた。

「さあ、お喋りは終わりだ！」

ケルン医師は声をひそめていうとうつぶせになり、ためらうことなく隙間に身体を押しこんだ。その両足が奥へ消えたところでサイムもあとに続いた。ここではなんとか両手と両膝を使って進むことができた。通路は四角く切り出した石でつくられており、距離は三ヤードほどしかなかった。そこからふいに傾斜十五度ほどの急なのぼり坂になる。足もとには四角い足がかりの穴が空いていた。むせ返るほどの香の匂いが漂う。

ケルン医師がサイムの耳もとでいった。

「ここからはひとことも喋るな。明かりもつけるな――ピストルを構えておけ！」

坂をのぼりはじめたケルン医師のあとに続きながら、サイムは足がかりの段の数を数えた。六十段めまでのぼった頃にはおそらくもとの墳墓（マスタバ）の最上部、つまりピラミッドの一段めあたりまで来ていた。下は縦坑だが、つぎの足がかりを探す間も壁に寄りかかっていられるので落ちる心配はない。

ケルン医師はうっかり頭をぶつけないよう、用心深くゆっくりとのぼっていった。やがて七十段めで足を前に出したところ、なにもなかった。ふたりは平らな通路に出た。

医師はようやく聞き取れるほどの声でサイムにいった。

「手を。一番上についた」

通路の中に入る。甘ったるいきつい匂いに頭がぼうっとしてきて、一瞬ためらったが、ぐっと心を決めてさらに先へ進んだ。

前方で光がちらちらと明滅し、ふたりがいまいる回廊の磨きあげられた壁を照らしていた――確たる歴史すらわかっていない初期エジプト王(ファラオ)の時代から光を浴びたことなどないはずの場所に、なぜか明かりがともっている！

この夜の途方もない数々のできごとのうちでも、これほど衝撃的なことはなかった。まさしくメイドゥムのピラミッドで出会った最大の驚きであり、不気味な謎に包まれたメイドゥムのピラミッドで出会った最大の恐怖だった。

通路の壁に揺らめく明かりを最初に目にしたとき、思わずふたりとも恐怖と驚きに身体がこわばり、足が止まった。これまでずっとメイドゥムのピラミッドには〈王の間〉以外の部屋などないと考えてきたサイムにとっては、もはや単なる驚きも想像の範疇も超えていた。だがまだ恐怖を感じることはできていた。こうなることを予期していたケルン医師ですら、いっときとはいえ、目の前の人智の及ばぬ異様な光景にただ呆然としていた。

ふたりは奥へ進んだ。

四角い部屋を覗きこむとそこは〈王の間〉と同じくらいの広さだった。このときふたりは気づいていなかったが、じつはこのふたつめの部屋はひとつめの部屋の真上にあった。

唯一の明かりは三脚の壺で燃える炎だった。この炎が大きく膨らんだりちいさく縮んだりと奇妙な燃えかたをしていたため、部屋の隅々まではっきりと見えた。だがこのときのふたりは、そのことになどいっさいかまうゆとりはなかった。壺のかたわらにいる黒いローブ姿の人影に目が釘づけになっていたからだ。

男だった。ふたりに背を向けて立ち、サイムの聞いたことのない言葉で、抑揚のない呪文のような文句を唱えている。呪文の折々で男が両腕を差しあげたときの黒いローブをまとったその姿が、巨大な蝙蝠を思わせる。男がそうして腕を振りあげるたび、三脚の壺の中の炎があたかもその風で新たな命を吹きこまれたように跳ねあがり、部屋じゅうを禍々しく照らした。男が腕をおろすと炎も同時に勢いを失う。

赤味がかった湯気が雲のように室内に垂れこめていた。床には奇妙な形の器がところ狭しと置かれ、炎が高く燃えあがるときにだけ、奥の壁にかかっているものが見えた。ぴくりとも動かない白い物体が、天井からぶらさがっている。

ケルン医師が鋭く息をのみ、サイムの手首をつかんだ。

「遅かったか！」声が引きつっている。

そのときもうひとりはぼうっと赤く染まったあたりを見つめ、暗がりの中におどろおどろしくぶらさがっている不気味なものの正体を見きわめようとしきりに目を凝らしている最中だった。まさにその瞬間、黒いローブ姿の男が両腕を差しあげた——その意志に応えるように、炎が高く跳ねあがった。

目に映ったものがなんだったのかとっさにはわからなかった。だがそのとき、サイムの脳裏にケルン医師の先ほどの言葉がよみがえった。背教者ユリアヌス――黒魔術師であったユリアヌス帝。ユリアヌスの死後〈月の神殿〉で発見されたもの。そしてラシュモア夫人――

思わずひどい吐き気に襲われたが、ケルン医師が身体を支えてくれたおかげで倒れずにすんだ。

唯物論に基づいた学問を学んできた者として、このようなおぞましいものがこの世に存在するとはいまだに認められなかった。目の前で黒魔術の儀式がおこなわれている。息の詰まるような、怪しげな香が放つ禍々しい匂い。悪魔の神殿の暗がりの中に不気味に浮かぶ、見るも恐ろしい霊媒――理性がそれらの事実を受け入れまいとしていた。かつての――中世の――世界に生きた人々ならば、いまサイムが目の当たりにしているのが、人類の知りうる最古のやりかたにしたがい、生者のことを死者に語らせようとしている怪しい魔術師であることがわかるだろう。

だがどれだけの現代人がこの手のものを理解することができるだろうか？　いまだにこのようなことが、東洋ばかりかヨーロッパでもおこなわれているなどと話したとして、いったい何人が受け入れてくれるというのだ？　この悪魔の儀式をじっさいに目にし、まぎれもない真実だと信じる者がたとえいたとして、みずからの正気を疑わずにいられる者がその中にどれだけいる？

このような邪悪がまかりとおるとはとうてい信じられなかった。異教の皇帝にならば可能だったかもしれないが、あろうことかこの現代に――もはや〝現代〟という言葉のむなしさたるや！

「おれは気がふれてしまったのか？」かすれた声でいう。「それとも――」

暗がりの中の動かぬ影から、薄いヴェールをまとった姿がふわりと浮かびあがったように見えた。それがはっきりと輪郭をなし、凄まじい、としかいいようのないほどの美貌をたたえた女の姿となった。

女は額に古代エジプト王のしるしである蛇形記章（ウラーウス）をつけていた。まとっているのは薄い紗（しゃ）のローブだけだ。女の姿が雲か幻のごとく、三脚の壺から放たれる明かりの中に浮かびあがった。

声がした——彼方から聞こえるような声だった。まるで、分厚い花崗岩の壁に囲まれたこの穢れた場所の外から聞こえているかのようだ。サイムの知らない言葉だったが、彼の手首を強く握る手に、さらに力がこもった。キリスト教の誕生とともに人々の口にのぼらなくなったその死に絶えた言語は、サー・マイケル・フェラーラのかつての友人にとってはおぼえのあるものだった。

ふとサイムの心に、ある確信が生まれた——このような場面を目の当たりにしては、今後はとても人間の世界でなど生きていけない！　彼は自分の手首をとらえていた手を乱暴に振り払うと、現代科学の力を古代魔術に真っ向から叩きつけた。

自動拳銃（ブローニング）を構え、三脚の壺と自分との間に立っている、蝙蝠に似た人影に向かって——何発も何発も——撃った！

まるで悪魔があざ笑うように、身の縮むような反響音が無限にとどろいて、足の下の地下通路にこだました。これまで数えきれないほどの歳月にわたり、音などいっさい響くことのなかったピラミッドの奥に隠された部屋が、たちまち音のぶつかり合う場所となった。

「いかん——！」

サイムには、ケルン医師が自分をこの場から引き剥がそうとしているのがぼんやりとわかった。

煙の向こうで黒ローブ姿の男がこちらを振り向いた。まるで夢の中の景色のように、アントニー・フェラーラの青白い顔がぼんやりと光っていた。蛇の目のように炎を宿した邪悪な切れ長の目がこちらを見据えている。まるで混沌のただ中に立ちつくしている気分だ。神の支配の届かない、理性の垣根を越えた狂った世界に。だがそのとき驚くべき事実が彼の麻痺した心を貫いた。

おれはあの黒ローブの男に向けて少なくとも七発は撃った。全部が全部はずれているわけがない。なのにアントニー・フェラーラは生きている！

禍々しい光景を漆黒の闇がかき消した。やがて前方に白い光があらわれた。なんとか正気を保とうともがきながら、サイムは必死でケルン医師の言葉を聞きわけようとした。もと来た通路を駆け戻りながら、ケルン医師が怒鳴り声といってもいいほどの声で叫んでいる。助かりたければ走れ——とにかく逃げろ——と！

「あそこで撃つべきではなかった！」そうも聞こえた。

石で身体のあちこちが擦れるのにも気づかず——両膝や両脛から血が出ていることに、あとになって気づいた——傾斜した長い縦坑を転げ落ちるようにしてくだった。

真下をおりていくケルン医師がときおり彼の両くるぶしをつかみ、足がかりの段に載せてくれているようだ。巨大な高潮がこのピラミッドに襲いかかってでもいるかのように、絶え間ないとどろきが鼓膜を震わせる。まるでピラミッド自体が揺れているようだ。

「屈め！」

現実感がいくらか戻ってきた。ケルン医師が彼を、〈王の間〉から続く短い通路に押しこもうとしていた。

擦り剝くのもかまわず、サイムは勢いよく伏せると中へ這いこんだ。

興奮したあとに疲れて眠ったときのように、ふいに頭がぼうっとした。彼はいつしか〈王の間〉に立っていた。隣には懐中電灯を手にしたケルン医師がおり、身体を支えてくれている。

ふいに現実がふたたびよみがえってきた。

「ピストルを落とした！」サイムはつぶやいた。

支える手を振りほどき、部屋の隅の土屑の山の奥を見やる。先ほど行った悪魔の神殿に続く入口はそこにあったはずだ。

入口がない！

「やつが閉じたな！」ケルン医師が声をあげた。「ここから上までには石の扉が六枚あるんだ！もしやつが——？」

「なんてこった！」サイムは小声でいった。「脱出しましょう！　もうごめんだ！」

恐怖に足を速め、まさしく鳥のようにすばやく縦坑をおりていく。やがて底に着くと——

「おれの肩に乗ってください！」上を見て叫んだ。

ケルン医師は縦坑の底に足をおろすとサイムにいった。「きみが先に立ってくれ——

医師は苦しげに息を切らしてはいたものの、ひじょうに落ちついていた。一度でも死ぬような目に遭えば、確かに新たな度胸は身につくだろう。とはいえどれほど勇気にあふれ肉体的な危険に立ち向かうことはできても、未知なるものという炎の前では無力な場合もあるのだ。

サイムは喰いしばった歯の間から音をたてて息をしながら、身体を引きずるように、凄まじいスピードで天井の低い通路を進んでいった。ふたりは長い傾斜路を懸命にのぼっていった。やがて青空が頭上にあらわれた……。

「巨大な蝙蝠のようなものが」ロバート・ケルンがいった。「一段めから這い出してきた。ふたりで撃ったんだが――」

ケルン医師が片手をあげた。疲れはてて砂山の上に寝転んでいる。

「やつは中で香を焚き、秘密の儀式をおこなっていた。詳しくは話せない。だがおまえたちの弾は無駄になった。遅すぎた――」

「ラシュモア夫人は――」

「メイドゥムのピラミッドが跡形もなく崩れ去らないかぎり、彼女の運命を知る者は誰ひとりあらわれないだろう！　サイムもわたしも地獄の門を見た！　助かったのは神の気まぐれにすぎん！　見ろ！」

ケルン医師がサイムを指さした。青ざめた顔で目を閉じて横たわっているサイムの髪は真っ白になっていた！

第二十章　香

連絡列車(ボート・トレイン)は永遠にチャリングクロス駅に着かないのでは、とロバート・ケルンには思えた。いても立ってもいられなかった。客室を分け合っている父親を、そして飛ぶように過ぎていくホップの蔓の支柱が立ち並ぶ景色をちらちらと交互に見やる。ケルン医師も不安をおもてには出していないものの、じつはたいへんに気を張りつめていた。

まるで熱に浮かされた夢でも見ているように、ふたりはカイロから慌ただしく帰郷の途についた。彼らがエジプトの地で冷酷無情な悪しき敵を探している間に、件の敵はひそかにロンドンに戻り、〝われらの愛する、最も美しく優れた者〟に対して邪悪な呪文を組みあげていた。そこで父子はようやく、あの恐ろしい儀式のほんとうの意味を知ったのだ。

ケルン医師はアントニー・フェラーラ――という恐ろしい悪の権化――を追って、仕事を放り出してイギリスを離れ、エジプトへ急いだ。だがこうして急いで戻ってきたのは、彼がアントニー・フェラーラを探してあの謎に包まれた国の暗澹(あんたん)たる場所をさまよっている間に、当の相手がロンドンで陰謀をめぐらせていたからだ！

ロバート・ケルンは何度も何度も手紙を読み返した。王の命令がくだったかのようにふたりを呼び戻したのはまさにこの手紙だった。差出人はマイラ・ドゥーケン。その中の一行が爆弾のような衝撃をふたりに与え、予定をなにもかも狂わせ、わずかに残っていた平穏を打ち砕いた。

ロバート・ケルンにとって、全世界はマイラ・ドゥーケンを中心にまわっていた。とにかく彼女だけは、アントニー・フェラーラと関わりがあるなどと考えるだけでも耐えられなかった。だがいまアントニー・フェラーラは彼女のそばにいる。間違いなくこの瞬間にも、みずからの持つ黒魔術の力をもちい、彼女の精神と肉体を――あるいは魂までも破壊しようとしているのだ。

よれた封筒を幾度めかにポケットから出し、不吉な一文を読み返す。最初に目が留まったとき、エジプトの日射しが真っ暗に翳った。

〝……じつは、アントニーがロンドンに戻ってきたの、驚いたでしょう……近頃よく訪ねてくれるのよ。なんだか昔に戻ったみたい……〟

ロバート・ケルンが落ちくぼんだ目をあげると、父親がこちらを見つめていた。

「落ちつけ」医師が諭す。「おまえがそうしていても、わたしたちにとってもマイラにとってもなにひとつ得にならない。それではじっさいに試練が訪れたとき、神経がずたずたになって、また神経衰弱に逆戻りしかねないぞ。ああ！　つらいのはわかる。だがみなのためになんとか自分を保ってくれ」

「やってるさ」ロバートが気力の萎えた声で答える。

ケルン医師はうなずき、指で膝を何度か叩いた。

「なんとか手を打たねば。ジェームス・サンダーソンがまさかロンドンに戻るとは予想もしなかった。マイラはスコットランドにいて、〈黒い渦〉からは遠ざかっているものとばかり思っていた。サンダーソンがロンドンに戻るとわかっていたら、ほかの者を世話したのだが」

「わかってるよ、父さん。でもそうしたとしても、これを予想することはできなかった」

ケルン医師が同意を示す。

「ポートサイドからアスワンまでエジプトじゅうを探しまわっていた間――やつがロンドンで高笑いしていたとは！　おそらくやつはメイドゥムのピラミッドでのあの一件の直後にエジプトを出たにちがいない――方法？　それは神のみぞ知ることだ。手紙の日付は三週間前だったな？」

ロバート・ケルンはうなずいた。「その間に――その間になにが起こっているか！」

「おまえは悲観しすぎだ。マイラの後見人のジェームス・サンダーソンはカトリック教徒だ。たとえアントニー・フェラーラでもそう簡単には事を進められまい」

「でも彼女からの手紙には――フェラーラが――よく訪ねてくると」

「おまけにサンダーソンは」ケルン医師は暗い笑みを浮かべた。「スコットランド人だ！　彼にまかせておけ、ロブ。マイラは安全だ」

「当たり前だ！」

それきりふたりの間には沈黙が漂った。やがて時間どおりに、列車はゆっくりとチャリングクロス駅に停車した。ケルン医師もその息子も同じように不安にかられ、乗客の誰よりも早く下車して改札口を抜けた。車がふたりを待っていた。列車が到着して五分も経たないうちに、ふたりはロンドンの往来を抜けてジェームス・サンダーソンの家へ向かっていた。

その家は郊外の風情ある佇まいの中にあり、バス通りの喧騒からは離れたダリッジ地区にあった。赤い瓦が屋根のところどころにちりばめられた、かつては農場主の屋敷だった家だ。大型の車が門の近くで停まり、サンダーソンがおりてきてふたりを迎えた。骨太のスコットランド人で、瞳は黄褐色、ぼさぼさの半白の髪を長くのばしている。隣にはマイラ・ドゥーケンが立っていた。その頬に一瞬赤味が差したが、またすぐに青ざめた。

マイラはとても見過ごせないほど青い顔をしていた。車から飛び出し、彼女の両手を握ってその瞳を覗きこんだロバート・ケルンの目には、彼女がいまにも空気に溶けてしまうのではないかとすら思えた。なにものかに心臓をつかまれたような、血が凍る感覚がした。目の前のマイラ・ドゥーケンが、人間界とは別の場所に属するもののように——まるで半分幽霊になってしまったかのように——見えたからだ。可憐な瞳がきらめくのを見てロバートは嬉しかった。だがその華奢な姿と透きとおるように白いおもざしを前にして、胸騒ぎをおぼえずにはいられなかった。

とはいえ、こうした不安を彼女に気取られてはならないともわかっていた。そこでサンダーソン氏に向き直り、にこやかに握手した。四人は玄関の低いポーチへ入っていった。

玄関口では、ミス・サンダーソンが満面の笑顔で出迎えてくれた。まさに絵に描いたようなスコットランドの家政婦そのものだ。だが挨拶を交わそうとしたまさにそのとき、ロバート・ケルンがふいに身をこわばらせた。

その父親もちょうど扉の内側へ入ったところだったが、ふいに鼻をうごめかし、澄んだ灰色の瞳を左右に動かして——物陰に目を走らせた。

ふたりの緊張をミス・サンダーソンが見とがめ、不安げに訊ねた。

「どうかなさいました?」

サンダーソン氏のかたわらに立っていたマイラがみるみる怯えた表情になった。だがケルン医師はみずからの身におりてきた悪夢を振り払い、わざと笑顔をつくって、ロバートの肩を強く叩いて大きな声でいった。

「目を覚ませ! イギリスに戻れて嬉しいのはわかるが、白昼夢を見るのは昼食が終わってからにしろ!」

ロバート・ケルンは引きつった笑みを返し、奇妙なできごともそのまま忘れられることとなった。

「嬉しいわ」食堂に入るとマイラがいった。「駅からまっすぐ会いに来てくださるなんて。ハーフムーン通りでのお仕事はよろしいのですか、ケルン医師?」

「きみに会うほうが大事にきまってる」ロバート・ケルンは本気をこめて答えた。

マイラは顔を伏せてしまい、それ以上その話を膨らまそうとはしなかった。

アントニー・フェラーラの名前は出ず、ケルン医師もその息子もあえてその話題を口にはしなかった。こうして、この日ふたりがここへ来ることになった直接の理由そのものについてはいっさい話が出ないまま、昼食の時間は過ぎた。

それから一時間近く経った頃、ケルン医師とその息子はようやくふたりきりになる機会を得た。ケルン医師はそっとあたりを見まわして周囲に誰もいないことを確かめると、ジェームス・サンダーソンの家に足を踏み入れたときから気になっていたことについて話しはじめた。

「おまえも気づいたか、ロブ？」声をひそめて訊く。

「もちろんさ！　窒息するかと思ったくらいだ！」

ケルン医師は険しい表情でうなずいた。

「家じゅうだ。入った部屋のすべてで感じた。彼らは慣れてしまって明らかに気づいていないが、澄んだ空気の場所から来た者には――」

「忌まわしい、不浄の――穢れた匂いがする！」

ケルン医師の声は穏やかだった。「わたしたちはこの穢れた匂いを知っている。いやというほどな。この匂いがサー・マイケル・フェラーラの死を連れてきた。そして――ほかの者の死も」

「神に誓って、そんなことがありうるのか？」

「これは古代エジプトの秘密の香だ」開けっ放しのドアをちらりと見やり、声をひそめる。「あらゆる自然のならわしを鑑みても、いにしえの魔術師たちの墓に永遠に閉じこめられておくべきだったはずの、黒魔術にもちいる香に間違いない。命ある人間のうちでこの香の使いかたとその隠された意味を知っているのは、わたしが知るかぎりふたりだけだ。そしてそのうちのひとりがほんとうに香を調合し――じっさいにもちいた……」

「アントニー・フェラーラか――」

「ここにいることはわかっていた。やつはいまこの場所で力をもちいようとしている。いよいよ闘いの終わりが近づいてきたようだ。正しき者に勝利が与えられるよう祈ろう」

第二十一章　魔術師

ハーフムーン通りには南国のような日射しが降りそそいでいた。ケルン医師は両手を背中で組み、窓の外を眺めていた。広い部屋の陰で本棚の角に寄りかかっている息子を振り向き、いう。

「エジプト並みの暑さだ」

ロバート・ケルンはうなずいた。

「アントニー・フェラーラは周囲の気候を連れて移動しているようだ。ぼくが初めてやつの悪魔の所業に気づいたときもひどい雷雨だった。エジプトでは、やつの動きは明らかにハムシンと一致していた。そして」――と窓のほうへかすかに手を動かす――「いまは、まるでロンドンにエジプトがあるみたいだ」

「ロンドンにエジプト、とはよくいったものだ」ケルン医師がつぶやいた。「ジェルマインによれば、わたしたちの不安は的中したようだ」

「やはり遺書に――？」

「アントニー・フェラーラにはつけいる隙がない。つまり――もしマイラが――」

「遺産の取りぶんがすべてあの悪魔に行くということか、もしマイラが――」

「死んだら、か？　そのとおりだ」

ロバート・ケルンは拳をひらいたり閉じたりしながら、部屋を行きつ戻りつした。見る影もなくやつれてはいたが、いまは頬が上気し、瞳はめらめらと燃えている。

「畜生！」彼はふいに声をあげた。「これ以上我慢できるか。ペストの流行よりもまずいことがこのロンドンで起ころうとしている。個人的なあれこれは抜きにしても――いちおう考えないようにはしているんだ！――ぼくたちにわかっているだけでもフェラーラの悪事がどれだけあるというんだ？　恐ろしい経歴だ。犠牲者は跡を絶たない。仮に、養父サー・マイケルの殺害がやつの最初の犯罪だったとしても、間違いなく、少なくともあと三人の哀れな魂が、あの不気味な悪党の黒魔術によってあの世へ送りこまれている――」

「わかっている、ロブ」ケルン医師が諌める。

「父さんもぼくも狙われた。生き残れたのは」――隅の棚に並んでいる本を指さす――「父さんが半生をかけて調査し、培ってきた知識のおかげだった。あのアントニー・フェラーラという化けものは、科学も、現代無神論も、ぼくらが抱いている慈悲深き神への信仰もかえりみず、みずからを――」

「やつのような者は、古代の無知なる人々からは魔術師と呼ばれていた」ケルン医師が静かな声でさえぎった。「中世でいう魔法使いだ。正確にはそれがなにを意味するのかを知る者は、現代の知識人にはほぼいない。だがわたしは知っているし、いずれほかにも知る者があらわれるだろう。だがその間にも、やつの影はあるひとつの家に影を落としつづけている」

ロバート・ケルンは固く握りしめた拳を振りあげた。そうしたしぐさをすると芝居がかって見える者もいるが、彼の場合、それは心の奥底から湧きあがる苦悶のあらわれだった。

「でも、父さん！」と声をあげる――「このまま手出しもできずにおとなしく待てというのか？正体がなんであれ、やつは人間だ。銃弾でもナイフでもいい、この国には薬だって山ほどある！」

「確かにそうだ」ケルン医師は息子を見据え、常日頃の冷静さを保ったまま、相手が興奮しすぎないよう気を遣いながら答えた。「蠍を踏み潰すようにアントニー・フェラーラを叩き潰せるならば、どんな危険も受け入れる覚悟はできている。だがやつはどこに？」

ロバート・ケルンはうめき声をあげ、赤い革張りの安楽椅子にどさりとすわり、両手に顔をうずめた。

「わたしたちはじつに腹立たしい立場にある」年かさのほうがいった。「アントニー・フェラーラがサンダーソン家の客となっていることはわかっている。やつを捕らえようとしてわたしたちが右往左往しているのを鼻で笑っていることもな。とりわけやつは、サンダーソンがまるで真実に気づいていないのが滑稽でたまらないのだろう。彼はそうしたことに気づく質ではない。とりあえず彼には黙っておこう――マイラにもだ。でなければわたしたちの守るべき者が、期せずしてわたしたちにとって、そして彼ら自身にとって仇となりかねない」

「あの香か！」ロバート・ケルンがふいに口走った。「サンダーソン家に充満していたあの忌まわしい香の匂い！　つまり――つまりあれは！」

「おそらくおまえよりはわたしのほうが知っている。ロブ、オカルトの術に香がもちいられると叫んでも今日では理解されない。だがおまえはある種の香がそうした目的でもちいられることを経験で知ることとなった。アントニー・フェラーラはあろうことか、エジプトのメイドゥムのピラミッドである香を調合したのだ――しかも公正なる神はやつを死の雷では打たなかった――はるか昔にはしばしば調合されていたものだったから、そのようにしてつくられ壺に密封されていたものが、おそらくやつの手に渡ったのだろう。わたしは以前ロンドンのやつの部屋であのいやな匂いを嗅いだことがある。そんな忌まわしいしろものが今日まで残っていたのか、とあれ以前におまえに訊かれていたら、断固として否、と答えただろう。だがどうやら違ったようだ。フェラーラは香を持っていた。やがてそれをすべて使いはたし――つぎの蓄えをつくるため、メイドゥムのピラミッドに向かったのだ」

ロバート・ケルンは熱心に耳を傾けていたが、やがて口をひらいた。

「ぼくの経験となにもかもが繋がる」彼はいった。「ぼくが憶えているかぎり、いまは亡きサー・マイケルと父さんは、今世紀に生きる誰よりも熱心にエジプトの黒い謎を追っていた。ところがアントニー・フェラーラはまだほんの若造なのに、父さんたちが何年かけてもつかめなかった秘密を会得している。これはいったいどういうことなんだ、父さん？」

ケルン医師はふたたび両手を背中で組むと、窓の外を見つめた。

「やつは普通の人間じゃない」息子は続けた。「化けもの――人ならぬ邪悪なものだ。父さんもいっていたし――そもそも一目瞭然だったけれど――やつは養子としてサー・マイケルのもとにやってきた。最後の闘いに――そうなるだろうとぼくは感じてる――足を踏み入れるからにはもう一度訊かせてもらう。アントニー・フェラーラとはなにものなんだ？」

ケルン医師は勢いよく息子を振り向いた。灰色の瞳がらんらんと光っている。

「おまえは何度もそう訊ねるが、わたしが答えない理由はもうひとつあるのだ。だが——おまえも身の凍る思いをしてヴェールの奥を覗いたのだから——とても信じがたい内容だろうが、近いうちに答えてやろう。アントニー・フェラーラがほんとうはなにものなのか」

ロバート・ケルンは拳を肘掛けに叩きつけた。

「ときどき思う。ぼくたちははたして正気なんだろうか。ああ！　いったいどういうことなんだ？　ぼくたちはどうすればいいんだ？　どうすれば？」

「いまは見守るしかない、ロブ。サンダーソンはまず当てにはできない。彼はいわば温室で暮らしているようなものだ。蘭が彼の世界のすべてなんだ。日常生活においては誰よりも頼りになる男だが、この手のことに関しては——」

と肩をすくめる。

「なにかしら理由をつけて——現実味のある理由を——フェラーラをあの家に近づけないようにしては？」

「それでは取り返しのつかないことになるかもしれない」

「でも父さん」ロバートはわめいた。「それじゃマイラを囮にするようなものだ！」

「彼女を救うためだ、ロブ——救うにはそれしかない」ケルン医師が怒鳴り返す。

「あんなに具合の悪そうな顔をして」息子は苦しげな声をあげた。「顔は真っ青だしやつれはてている。目の下にはくっきりと隈まで――ああ！　彼女のことを思うと耐えられない！」

「やつが最後にあの家を訪ねたのはいつだ？」

「十日ほど前だ。ぼくたちが帰ってきたことをやつは知ってる、賭けてもいい！　たぶんやつはもうあの家には来ない。だがマイラに近づく方法はほかにいくらでもある――影の軍団を動かす必要すらない！　サンダーソン氏はまるで疑っていない――しかもマイラはあの悪魔を兄のように慕っている！　なのに――彼女はあれから一度もやつのことを口にしない。なぜなんだ……」

ケルン医師は深く考えこんでいたが、ふいに懐中時計を取り出すと、いった。

「そろそろ行け。昼食の時間だ――わたしが行くまで席を立つな。ほんとうならばおまえにはまだ無理をさせたくないが、今日からふたりで寝ずの番をしなければならないからな」

第二十二章　マイラ

マイラ・ドゥーケンは薔薇のアーチを抜け、ロバート・ケルンの待つ木のベンチにやってきた。白いリネンのワンピース姿で、髪が陽光にきらきらと輝いている。美しいおもざしが白すぎるせいか、瞳が驚くほど大きく見える。立ちあがって彼女を迎えた男には、その姿はまるで空気のように希薄な、それでいて血肉の通(かよ)った世界のものに思えた。

かねてより心に抱きつづけてきたものの、これまでずっと押し殺してきた衝動があらためてふいに胸に湧きあがり、心臓が跳ねあがって血管が燃えるように熱くなった。娘の青白い頰がほのかに染まる。おずおずと、彼女は片手を差し出した。ロバートは飛んでいって両腕をまわし、彼女にキスをした。目に、髪に、唇に！

マイラは一瞬、驚いたように身をこわばらせた……だがやがて、少々乱暴ではあるが優しいそのくちづけにすべてを委ねた。このように力強く触れられたのは生まれて初めてだったが、その心地よさに、めくるめく喜びが身体を駆け抜けた。これがわたしの夢見ていたもの、必要としていたもの、求めていたものだったんだわ、と彼女はこのとき初めて気づいた。わたしは港にたどりついたのね。顔は熱いし、なにがなんだかわからないけれど——この素晴らしい瞬間に囚われたまま身を委ねているのが嬉しく、そして幸せでたまらなかった。

「マイラ」彼がささやいた。「マイラ！　驚かせてしまったかい？　ごめん――」

彼女はちいさくうなずくと、彼の肩に顔をうずめた。

「我慢できなかった」ロバートは彼女の耳もとでいった。「言葉なんてまだるっこしい気がしたんだ。きみが好きだ。きみはぼくの世界そのものだ。きみは」――面倒な言葉はいらなかった――「ぼくのものだ」

マイラが彼の名をちいさく、ちいさくつぶやいた。その瞬間のなんと安らかだったことか。なんという幸福に包まれた、世界の痛みや苦しみから解き放たれた喜びの瞬間であったことか！

以前から憧れの女性であり、理想の愛する人であり、愛そのものを教えてくれた娘をいまこうして腕に抱いている間、ロバート・ケルンは、自分の人生を揺るがし死の淵に追いやりかけたさまざまなできごとも、まばゆいほど美しかったこの娘が病に蝕まれているらしきことも、のちに待ち受けている脅威も、魔術を操る敵の手がこの家とこの庭にのばされていることもすべて忘れ――ただ幸せに浸っていた。

だがひとしきりの歓喜は――これについては、最後の錬金術師のひとりであるエリファス・レヴィがある著作において素晴らしい分析をしている――あらゆる喜びがそうであるように、けっして長くは続かなかった。とぎれとぎれの言葉が（いつまでも甘い思い出として残るような初めてのキスにたびたびさえぎられたからだ）やがてお喋りに変わったが、それは世界が始まったときから、恋人たちが勝手に会話だと思いこんできたようなしろものなので、とりわけここで詳しく述べるのは遠慮しておこう。やがて輝きに満ちた景色に夕闇がおりる頃、アントニー・フェラーラの影が幸福なふたりにしのび寄りはじめた。

ふたりと太陽との間を影がしだいに埋めはじめた。ふたりの人生に大きくのしかかるその不気味な影を、もはや見ぬふりはできなかった。ロバート・ケルンはマイラの腰に手をまわし、気の進まない話を切りだした。

「最後に——フェラーラに会ったのはいつだ?」

マイラがふいに顔をあげた。

「一週間——いえ、二週間近く前よ——」

「そうなのか!」

フェラーラのことを口にした彼女が妙にいい澱んでいるのがケルンには不思議でならなかった。マイラは後見人の養子だったフェラーラを兄のように慕っていたはずだ。そう考えるといまの態度はなおさら妙だ。

「あいつがこんなに早くイギリスへ戻ってくるとは思わなかった、ってことか?」

「帰国してるとは思ってなかったの。あの日、アントニーがここへ来るまでは。会えて嬉しかったのよ——あのときは」

「いまは嬉しくないのか?」ケルンが迫る。

マイラはうつむき、ゆっくりとスカートの皺をのばすと、おそるおそる口をひらいた。

「先週、アントニーが来たの——ここへ。なんだか——ようすがおかしかった——」

「どんなふうに?」ケルンが問いつめる。

「面と向かってわたしに——きみとは——もう家族ではいられない、って」

「つまり?」

「わたしがアントニーのことを大好きだってことは、あなただって知ってるでしょう? ずっと兄妹みたいに思っていたのに」

彼女はふたたび口ごもり、青白い顔に不安げな表情を浮かべた。ケルンは腕をあげて彼女の両肩をつかんだ。

「話してくれ」力づけるようにいう。

「じつはね」困りはてたようすでマイラは続けた。「アントニーが突然——しかもこんなことをいいだしたの、ぼくを愛してくれないか、兄としてではなく、って——」

「なるほど!」ケルンの声が険しくなる。「それできみは?」

「しばらくは声も出なかったわ。驚いてしまって、それに——怖かった。あのときの気持ちはとても口ではいいあらわせないけれど、なんだかとても——とても怖かったの!——」

「でも返事はしたんだろう?」

「わたしはいったわ、そんなふうに思ったことは一度もないし——これからも思えないって。なんとかアントニーを傷つけまいとしたけれど、とても——つらそうだった。彼は声を詰まらせて、苦しそうにいったわ。ぼくは遠くへ行くんだ、って——」

「遠くへ!——この国を出る、ということか?」

「ええ。それで――変わったお願いをされたの」

「どんな？」

「そうなると――わかるでしょう――アントニーが可哀想でならなくて――断れなかった。たいしたことじゃなかったし。髪をひと房くれっていわれたの！」

「髪だって！　それできみは――」

「断れなかった、っていったでしょう――アントニーはポケットに持っていた鋏（はさみ）で、わたしの髪の先をほんのすこしだけ切っていったわ。怒ってる？」

「怒ってなんかいるもんか！　きみたちは――兄妹同様に育ってきたんだ。それできみは――？」

「そのとき――」彼女は一瞬ためらった――「アントニーが急に違って見えたの。突然――たまらなく――怖くなった」

「フェラーラのことが？」

「そうじゃないの。だけど、どう話したらいいのかわからないわ！　背筋の凍るような恐怖にいきなり襲われたの。アントニーの顔がわたしの知っている顔じゃなくて、なにか――」

声が震え、できればその先をいいたくないようだった。だがやがて口をひらいた。

「なにか邪悪な――禍々しいものが入りこんでいるみたいだった」

「それ以来、彼には会ってないんだね？」

「会ってないわ――アントニーはあれから一度も姿を見せていないもの」

ケルンは両手を娘の肩に置いたまま背もたれに寄りかかり、憂いに満ちた目で、困惑しきった彼女の瞳を覗きこんだ。

「あいつが心配なのか？」

マイラがかぶりを振る。

「でもきみはなにか悩んでるように見える。この家の場所は」——ロバートはすこし苛立ったように、低地にあるその庭を指し示した——「健康によくない。谷底じゃないか。ご覧、雑草が生い茂っていて——そこらじゅう蚊だらけだ。マイラ、顔色もよくない」

彼女はかすかに笑みを浮かべた——切なげな笑みを。

「でもスコットランドには飽きてしまったの。ロンドンに戻れるのをわたしがどれだけ楽しみにしていたか、あなたにはわからないでしょう。だけど確かに、あちらにいたときのほうが身体の調子はよかったわ。まるで牧場の娘みたいで恥ずかしかったくらい」

「ここは退屈だろう」ケルンは優しくいった。「友達はいないし、サンダーソン氏は蘭に夢中だ」

「蘭はとてもきれいよ」マイラが夢見るようにいう。「あの神秘的な美しさにはわたしだってうっとりするわ。この家ではわたしだけが温室に入るのを許されているの——」

「温室に長くいすぎたんじゃないか」ケルンが口を挟んだ。「あんな暑すぎる、人工的な空間に——」

マイラはいたずらっぽく首を振ると、彼の腕を軽く叩いた。

「大丈夫よ」そういった彼女には、昔の溌剌（はつらつ）とした面影があった——「あなたも戻ってきてくれたんだもの――」

「ぼくは蘭はあまり好きじゃない」ケルンは喰いさがった。「あんなものは花を真似たにせものだ。薔薇の隣にオドントグロッサムを並べてみろ、どれだけ歪んだ邪悪なものに見えることか！」

「邪悪？」マイラが笑い声をあげる。

「邪悪――そうさ！――あれはそもそも、熱病を連れてくる沼や危険なジャングルに生えているものだ。蘭は嫌いだ。温室の空気は不潔だし健康によくないにきまっている。細菌の研究室で過ごしているようなものだ！」

マイラは気遣うような表情を浮かべてかぶりを振った。

「それはサンダーソンさんにだけは聞かせないで。あのかたにとって蘭はわが子も同然なの。あの謎めいたところになによりも惹かれていらっしゃるのよ――だってほんとうに素晴らしいんですもの。あの不恰好な根もとの株を眺めて、このあとどんな花が咲くのかしら、って想像していると、まるで流行りの小説でも読んでいるようにわくわくするわ！　いま、ひとつ蕾のついている鉢があるの――きっと今週のうちには咲くわ――サンダーソンさんはすっかり夢中よ」

「どこで手に入れたものだって？」なんの気なしにケルンは訊ねた。

「それが、きっと取引相手がどこかで盗んできたものなんじゃないか、っていうの。包みには株が六つ入っていたんだけれど、枯れずに届いたのはたったのふた株で、そのかたほうはもうひとつの株よりもずっと成長が早かったわ。こんなに――」

と片手をのばし、地面から三フィートほどの高さを示してみせる。

「まだ花は咲いていない？」

「ええ。でも蕾は――なめらかな、卵形の大きな蕾よ――いまにもはち切れそうなの。〈謎〉っていう名前をつけて、わたしが特別に世話をすることになったのよ。サンダーソンさんが簡単な世話のしかたを教えてくださって、もし新種だとわかったら――そうにちがいないけれど――品評会に出して、わたしの名前をつけるつもりなんですって！　あなたは自慢に思ってくれるかしら、もしその蘭が――」

「ぼくの奥さんの名前になったら？」ケルンは彼女の手を握りしめた。「そうなれば、いまもそうだけれど、ますますきみがぼくの一番の自慢になるってことだ……」

第二十三章　温室に浮かぶ顔

ケルン医師は、古風な鉛製の窓枠のついた窓のかたわらに歩み寄った。ベッド脇にあるフロアランプのシェードを傾け、患者の青白い顔を照らす――マイラ・ドゥーケンだ。

彼女の具合は二日間でみるみる悪くなった。目を閉じて横たわり、頬のこけた顔には不吉な影が揺らいでいる。呼吸もかすかにしか感じられない。ブルース・ケルンは評判に違わず腕のよい医師だったが、今回ばかりは途方に暮れていた。目の前でマイラ・ドゥーケンが死にかけている。息子ロバートの苦悩に満ちた表情が目に焼きついていた。息子はいま階下のサンダーソン氏の書斎で、ただ悶々としながらじっと待っているはずだ。だがどうしてやることもできなかった。蔓薔薇を象った窓枠越しに低い植えこみの奥を見やると、木々の狭間で月明かりがきらめいている。

あれが温室か。医師はベッドを背に、遠くに反射するきらめきを見つめたまま、じっと考えこむように長いこと立ちつくしていた。応援を頼んだクレイグ・フェントンとサー・エルウィン・グローヴスはともについ先ほど辞したところだ。マイラ・ドゥーケンの病の正体は彼らにも見当がつかず、ふたりとも首をひねりながら帰っていった。

いっぽう陛下ではロバート・ケルンが書斎を行きつ戻りつしながら、この迫りくる最後の一撃に自分の理性は耐えられるだろうか、としきりに案じていた。この――アントニー・フェラーラがこの家を最後に訪ねた日から始まった――奇妙な病の裏には、なにか不吉なものが隠れている。それは彼にもケルン医師にもわかっていた。

その夜は耐えがたいほど暑かった。葉を揺らすそよ風すら吹いていない。窓が開いているにもかかわらず、室内の空気は重く澱んでいた。どこか甘い、だがむかつくような匂いが鼻を突く。匂いはゆっくりとこの家全体にひろがっているようだった。だが住人たちはすっかり慣れてしまい、まったく気づいていない。

その夜、ケルン医師が病人の部屋でピリッとした香りのものを焚きながらせっせと動きまわっていると、看護師もほかの医師たちも目を剝いた。彼の焚いた香のかたまりからもうもうとあがっていた煙はもうすっかり窓の外へ流れてしまったが、甘い匂いがまだかすかに漂っていた。

静寂を破る物音はなにひとつしなかった。看護師が音もなくドアを開けて中へ入ってきたときにも、ケルン医師はまだ立ったまま考えごとをしながら、窓から温室の方角をじっと見つめていた。彼は振り向くとベッドのかたわらに歩み戻り、屈んで患者を覗きこんだ。

マイラの顔は白い仮面さながらだった。意識はない。見たところ、とりわけ回復も悪化もしていないようだ。だが脈は先ほどより弱く、失望のあまり医師は思わずうなり声をあげかけた。原因もわからぬままこのように弱っていくとすれば、いずれ来る結末はただひとつだけだ。これまでの経験からいって、なにかしら手を打たなければ――ここまで試してきた方法はすべて無駄に終わっていた――マイラ・ドゥーケンは夜明けには息絶えてしまう。

彼は踵（きびす）を返すと看護師にふたことみこと指示を与え、大股に部屋を出ていった。階段をおり、書斎の前を通り過ぎたが、閉じたドアの内側で待っている息子のことはあえて考えないようにして、食堂へ入っていった。ランプの火がひとつだけともっており、窓辺に腰かけたサンダーソン氏のひょろ長い痩せた姿が浮かびあがった。庭師のクロンビーがテーブルのかたわらに立っている。

「さて、クロンビー」ケルン医師は背にしたドアを閉めながら、穏やかな声でいった。「その、温室に関する話を聞かせてもらいたい。そもそもなぜいままで黙っていた？」

男は部屋の物陰をじっと見つめたまま、かたくなにケルン医師の視線から目をそらしていた。

「最初から白状していれば」サンダーソン氏が口を挟んだ。「見逃してやったところだが。だが怖じ気づいて黙っていた、まさか温室に入ったとはいえずにな」ふいに声を荒らげる――「そうだろう！」

「じゅうじゅう承知しとります、旦那さま、蘭には触るなと日頃からいわれておりますんで」男は答えた。「ですがあのときは、温室のそばを光が動いてったのが見えて――」

「いいわけをするな！」サンダーソン氏が怒鳴りつける。

「申しわけないが、サンダーソン」ケルン医師がいった。「いま問題にしているのは、世界じゅうのすべての蘭の安全よりも重要なことなんだ」

サンダーソンは咳払いをした。

「きみのいうとおりだ、ケルン。つまらないことで癇癪（かんしゃく）を起こしている場合ではなかった。聞かせてくれ、クロンビー。もう口出しはしない」

「昨夜のことです」男が続けた。「寝床に入る前に小屋の前でパイプを一服やっとったんです。するとそのとき、温室のあたりで、ぼんやりとした光がゆらゆらと――」

「月が映っていたんだろう」サンダーソンがつぶやいた。「すまんすまん。続けてくれ、クロンビー！」

「たいへん貴重な蘭もあるとうかがっておりましたんで。旦那さまを呼びに行ってる暇はなさそうだし、ただでさえおつらいときだっていうのに、これ以上心配ごとが増えちゃいけないと思いまして。そこで灰をみんな捨ててパイプをポケットに突っこんで、植えこみを走り抜けました。するとまた光が見えました――ひとつめの温室からふたつめの温室へ動いてったんです。なにが光ってるのか見当もつかんでした」

「蠟燭のようだったか？　それとも懐中電灯か？」ケルン医師がふいに訊ねた。

「いんえ、そのどっちでもなくって、もっとぼうっとした、蛍みたいな、でもそれがうんと明るくなったみたいな光でした。入口へまわってドアを開けてみようとしたんですが、鍵がかかってまして。で、反対側にもドアがあったのを思いだして、温室と塀との間の狭い道を通って裏へまわりました。近道を通ってる間は光は見えませんでした。裏のドアは開いとりました。中はこもった匂いがして、うんと暑くて――」

「温室なのだから、暑いのは当然だ」サンダーソンが口を挟む。

「そんなんではなくて、異常に暑かったんです。オーブンの中みたいな、息が詰まるような匂いがして——」

「どんな匂いだった？」ケルン医師が訊ねる。「詳しく話せるか？」

「こんなことを申しあげてよいかどうかわからんのですが、この部屋にも今夜、あれと同じ匂いがしてるような気がいたします。以前にもおんなじようなことが——あの温室の中ほど強烈な匂いじゃありませんが」

「続けて！」ケルン医師がいう。

「ひとつめの温室を覗いたんですが、なんも見えませんでした。塀が月明かりをさえぎっていて、光が射しこんでいなかったんです。ところが真ん中の温室に入ろうとしたとき、見えたような気がしたんです——顔が」

「気がした、とはどういうことかね？」サンダーソン氏が噛みつくようにいう。

「旦那さま、あまりにも恐ろしい奇妙なできごとだったもんで、ほんとに見たのかどうか自分でも信じられんのです——お話ししなかった理由のひとつはそれです。その顔を見たとたん、こちらによくおいでになるおかたの顔が思い浮かびました——フェラーラさまのお顔が——」

ケルン医師は思わず声をあげそうになった。

「とはいえあのかたにはまったく似ていないようにも思えました。女の——とてつもない悪女の顔にも見えたんです。青っぽい光が当たっていましたが、いったいどこからあらわれたのか見当もつきませんでした。笑みを浮かべて、ぎらぎら光るふたつの瞳をまっすぐこっちに向けとったんです」

クロンビーは黙りこみ、混乱したように片手を頭に当てた。

「見えたのは顔だけで——まるで人が床にしゃがみこんでるみたいに見えました。その隣には背の高い鉢があって——」

「ふむ」ケルン医師がいった。「続けて！　それから？」

「命からがら逃げ出しましたとも！」男は吐き捨てるようにいった。「旦那さまがたとてあの不気味な顔をご覧になったら、どれだけ恐ろしかったかわかっていただけますでしょうに。ドアにたどりついたところでようやく振り向きました」

「むろんドアは閉めてきたのだろうな」サンダーソンが口を挟む。

「いいから、いいから！」ケルン医師が制した。

「閉めてきましたとも——ええ——ですがドアを開ける前にもう一度だけ振り向いたら、顔が消えとったんです！　外に出て芝生の上を歩きながら、旦那さまにお話しすべきだろうかと頭を悩ませていたとき、ふと、温室の中に鍵があったかどうかを確かめなかったことに気づいたんです」

「それで戻って見に行った？」ケルン医師が訊ねた。

「気は進まなかったですが」クロンビーは正直にいった。「行きました——すると——」

「すると？」

「ドアには鍵がかかっとったんです！」

「つまり自分の空想に振りまわされただけか」サンダーソンが険しい声でいう。「わたしもそれと同意見だ」

ケルン医師は安楽椅子に身体を預けた。

「わかった、クロンビー。ありがとう」

クロンビーは「お休みなさいませ、旦那さまがた」と言葉を濁すと、踵を返して部屋を出ていった。

「なぜこんなことを気にするのだ」ドアが閉まるとサンダーソンが訊ねた。「こんなときに？」

「別に」ケルン医師は疲れたようすで答えた。「一度ハーフムーン街に戻らなくては。だが一時間もしたら戻ってくる」

彼はそれ以上サンダーソンにはなにもいわず、立ちあがって廊下に歩み出た。書斎のドアを叩くと、ロバート・ケルンはすぐさま出てきた。なにひとつ言葉にしなくとも、ぎらぎらと血走った目が、焼けつくように激しく問いかけている。医師は息子の肩に片手を載せた。

「気休めをいうつもりはない、ロブ」かすれた声でいう。「家に戻るからついてきなさい」

顔を背けて苦しげな声をあげるロバート・ケルンの腕を、父親がつかんだ。ふたりは影の中を抜けてその家をあとにし、門で待機していた車に乗りこむと、そのままひとことも交わさぬまま、ハーフムーン街に到着した。

第二十四章　睡蓮の開花

ケルン医師は先に立って読書室に入り、大机の上の読書ランプをつけた。息子は戸口に立ったまま、腕を組んで顎を胸につけうつむいている。

医師は机につき、息子をじっと見た。

ふいにロバートが口をひらいた。

「父さん、ひょっとして――」かろうじて聞き取れるほどのか細い声だ――「マイラが蘭のせいで病気になったということもありうるのか？」

ケルン医師が考えこむように眉根を寄せる。

「どういう意味だ？」

「蘭は謎の多い植物だ。もともと奇妙で恐ろしい病がたくさんある土地のものだ。もしかすると蘭が媒介となって――」

「感染源になったと？」ケルン医師が言葉を引き取る。「確かにそういう説も聞いたことがなくはない。だが証明されてはいない。だが先ほど聞いた話では――」

「なにを聞いたんだ？」息子が机に歩み寄り、父親に詰め寄る。

「いまは気にするな、ロブ。考えさせてくれ」

ケルン医師は机に頰杖をついた。医者としての直感が告げている。なにか手を打たねば――ロンドン一腕のよい医者である彼にすらいまだ方法が思いつかないが――マイラ・ドゥーケンはあと四時間ほどの命だ。手がかりが見いだせそうだと感じたとたんに記憶が頭の隅に逃げこみ、するりと手をすり抜けてこちらをあざ笑う。彼女が病気になったのは蘭に接触したためではないか、などと息子が突飛なことをいうのでよけいに頭が混乱してしまったのかもしれないが、庭師のクロンビーの話とも――アントニー・フェラーラとも無関係とは思えない。周囲の闇のどこかに一点の光がともっており、正しい方角さえ向けばそれが見える気がした。そこで、息子が広い部屋を落ちつかなげに行きつ戻りつしている間、医師は頰杖をついたまま、彼をひたすら拒みつづける漠然とした記憶に神経を集中させた。読書室の時計の針が十二時から一時に向かいはじめる。こうしている間にもマイラ・ドゥーケンの儚い命が、これまで見たことも聞いたこともない不可解な状態に陥って、ゆっくりと削り取られていく。

一時の時報が鳴った！　あと三時間！

ロバート・ケルンが左の掌にひたすら右の拳を叩きつけはじめた。だが父親は動かない。じっとすわったままだ。眉間に刻まれた皺が黒い影をつくっている……。

「なんということだ！」

医師は勢いよく立ちあがり、急いで鍵の束を手探りしはじめた。

「なんだ？　いったいなんなんだ、父さん！」

大机の抽斗の鍵を開け、分厚い手書き原稿の束を出す。それは細かい、ひじょうに美しく整った文字で綴られていた。その原稿をランプの下に置き、せわしくページをめくりはじめる。

「まだ望みはある、ロブ！」だがそのようすはいつもどおり冷静だった。

ロバート・ケルンは机をまわり、父の肩越しに覗きこんだ。

「サー・マイケル・フェラーラの原稿か！」

「彼の未出版の本だ、ロブ。わたしたちはふたりでこれを書きあげたが、あいつが亡くなり、またその内容もあって――人ならぬものの力を恐れていたのかもしれないが――わたしは、この本は世に出すまいと決めたのだ……ああ！」

医師は文章を彩るために添えられた、丁寧に描かれたスケッチを指先で示した。古代エジプトの絵を丹念に模写したものだ。髪を太い三つ編みにした巫女たちが、鋏を持った神官の前に並んでいる。絵の中心には祭壇があり、その上には花を生けた花瓶がいくつも載っている。右側には、左側の巫女たちと同じ数のミイラがずらりと並んでいた。

「なんということだ！」ケルン医師は繰り返した。「間違っていた、わたしたちはふたりとも間違っていたんだ！」

「どういうことだ、父さん？　いったいなにをいってるんだ？」

「この絵は、とある墓の――いまはふたたび閉じられているが――壁画から写し取ったものだ。エジプト随一の強大な魔術師の墓だったので、この絵にも魔術的な意味合いがこめられていたにちがいなかった。ここに描かれている花は、いまは絶滅した神聖な睡蓮の一種だ。この睡蓮がなんの目的で、またどのような方法で栽培されていたのかはどれだけ調査しても突き止められなかった。それになぜ、女神に仕える高位の神官たちが」——とスケッチの上に指を走らせる——「巫女たちの髪を切っているのかも結局わからずじまいだった——」

「女神？」

「ロブ、その女神はエジプト研究においてはいっさい知られていないのだ！——あるフランスの学者が、その神秘的信仰の存在をほのめかしているが……いまはその話をしている暇はない——」

ケルン医師は原稿を閉じ、抽斗に戻してふたたび鍵をかけた。時計をちらりと見る。

「一時十五分。行くぞ、ロブ！」

ためらわず、息子もともに外へ出た。車は待たせてあった。ほどなくふたりを乗せた車は、奇妙ないでたちの死がマイラ・ドゥーケンに手招きしている家に向かい、ひとけのない通りを走りはじめた。発車するとき——

「サンダーソンが買った蘭の中に」ケルン医師が訊ねた。「——ごく最近手に入れたものがあるかどうか知っているか？」

「あるよ」息子は疲れをにじませながら答えた。「ほんの二週間ほど前、ちいさな包みを購入したそうだ」

「二週間だと！」ケルン医師が興奮して声をあげた——「それは確かか？　つまり取引はフェラーラが——」

「あの家に来なくなってからか、ってことか？　そうだ。ああ！——まさにそのつぎの日だったかもしれない！」

ケルン医師は見るからに、騒ぐ血を懸命になだめているようすだった。

「どこで買ったといっていた？」抑えた声で訊ねる。

「相手が家を訪ねてきたと——一度も取引をしたことのない相手だったそうだ」

医師は両手を膝に載せ、その指をものすごいスピードで膝に叩きつけていた。

「それで——サンダーソンはそれを植えたのか？」

「生き残った株は二本だけだったそうだ。そのうちのひと鉢はいまにも咲きそうだといっていた——すでに咲いていなければだが。サンダーソン氏はその蘭を〈謎〉と呼んでいるそうだ」

それを聞いて、医師は辛抱たまらなくなったようだ。ふいに窓から顔を出し、運転手に向かって叫んだ。

「早く！　もっと急いでくれ！　危ないなんていっていられるか。スピードをあげられるだけあげろ！」

「どうしたんだ、父さん？」息子が声をあげた。「なんなんだ！　いったいどういうことだ？」

「もう咲いているかもしれない、といったか、ロブ？」

「マイラが」——ロバート・ケルンは喉を鳴らした——「三日前にいってた。週末までには咲くだろうと」

「形は？」

「高さが四フィートほど、卵形の大きな蕾がついているそうだ」

「慈悲深き神よ、どうか間に合ってくれ」ケルン医師は小声でつぶやいた。「サー・マイケル・フェラーラの偉大なる知恵があの悪魔を斃す武器となってくれるのならば、わたしはもう一度だけ公正なる神の裁きを信じてもいい！　われわれが――フェラーラとわたしが――育ててしまったあの悪魔を――どうか慈悲を！」

ロバート・ケルンはひどく胸騒ぎをおぼえた。

「話してはくれないのか？　望みってなんなんだ？　父さんはなにを恐れてるんだ？」

「訊かないでくれ、ロブ。五分もすればわかることだ」

車は急行列車に追いつくのではというほどのスピードで、暗い郊外の道を文字どおり飛ぶように駆け抜けた。曲がり角では運転手がカーレースさながらにハンドルをさばき、片側の車輪が宙に浮いたりもした。一度か二度、大型の車はあやうくスピンしそうになったが、そこも運転手の巧みな腕でなんとか切り抜けた。

車はうなりをあげながら狭い坂道を抜け、暴風雨の襲来かとでもいうようなけたたましい音をたてながら、サンダーソン氏の家の門の前までやってきた。ブレーキが踏まれたとほぼ同時にふたりは腰を浮かせ、やがて車が停まった。

ケルン医師は車から飛びおりると、門を押し開けて家に駆けこんだ。息子もすぐあとに続いた。玄関には明かりがともっており、ふたりが帰ってくるのを承知していたミス・サンダーソンが、凄まじい音をたてながらふたりが戻ってきたのを聞きつけて、ドアを開けて待っていた。玄関に入ると——

「ここにいてください」ケルン医師がいった。

読書室から出てきたサンダーソンには目もくれず、階段を駆けのぼる。ほどなく、真っ青な顔でふたたび駆けおりてきた。

「よくないのか？」サンダーソンが口をひらいた。「だが——」

「温室の鍵を！」ケルン医師は単刀直入にいった。

「なんだと！——」

「ぐずぐずするな。一秒でも惜しい。鍵をよこせ」

サンダーソン氏は、気でもふれたか、という顔をした。だがポケットに手を突っこむと鍵の束を出した。すぐさまケルン医師がそれを引ったくる。

「どれだ？」噛みつくようにいう。

「そのチャブ社製の鍵だ。だが——」

「ついてこい、ロブ！」

彼は息子をしたがえて玄関を駆け抜けた。サンダーソン氏が遅れてついてくる。庭に出て、植えこみをめざして芝生の上を走った。

温室は濃い影に包まれていた。医師はかまわず、体当たりせんという勢いでドアにしがみついた。

「マッチをつけろ！」息を弾ませ、それからいった——「いや、いい——わたしも持っている！」

バン、と音をたててドアがひらいた。不快な匂いが彼らめがけて漂ってくる。

「マッチだ！　マッチを、ロブ！　こっちだ！」

ふたりはよろめきながら中へ入った。ロバート・ケルンがマッチ箱を出し——火をつけた。父親はかなり先に立ち、すでに温室の真ん中あたりまで行っていた。

「ナイフを貸せ——急げ！　早く！」

ほの暗い明かりがしだいに蘭の列の間の通路にひろがっていく。そのときロバート・ケルンの目に映ったのは、恐怖ににじんだ父親の顔と……平たい鉢のようなものに植えられた、みずみずしい緑色の植物だった。ケルン医師はその鉢の前に立っていた。なめらかな卵形をした巨大な蕾が四つ、葉のない茎からぶらさがっている。そのうちのふたつはひらきかけていて、かたほうはすでに、蕾の先が割れて薔薇色のふくよかな内側が覗いている。

ロバートが震える手で差し出したナイフを、ケルン医師が握りしめた。マッチの火が消えた。なにかを切るヒュッ、という音、そしてタイル張りの床にどさりとなにかが落ちる鈍い音がした。つぎのマッチに短い命が宿った。謎めいた蘭は根もとから切られ、鉢の下に落ちていた。ケルン医師が膨らんだ蕾をつぎつぎと踏み潰す。無色の蜜が床にどっとあふれ出した。温室のむせ返るような香りの中で、血にも似たその匂いが鼻を突いた。

二本めのマッチの火が消えた。

「つぎを——」

ようやく聞き取れるほどの声だった。ロバート・ケルンは震える指で三本めのマッチに火をつけた。父親はつぎの鉢から先ほどよりちいさな株を引き抜くと、絡み合った柔らかい根を足で踏みにじった。温室じゅうがまるで手術室のような匂いだった。三本めのマッチの火が消えると、医師はめまいを起こしたようにふらつき、息子につかまって身体を支えた。

「マイラの命が蕾の中に閉じこめられていたんだ！」声をひそめていう。「花がひらいたとたんに彼女の命は奪われていたはずだ！　あの巫女たちは——生贄だったのだ……すこし外の空気を吸わせてくれ——」

そこでサンダーソン氏と鉢合わせした。驚いて声も出ないようだ。

「なにもいうな」彼に向かってケルン医師はいった。「その大事な〈謎〉とやらの茎の断面を見るといい。全部の茎の中心に、明るい色の髪が入っているはずだ！」

ケルン医師が病人の部屋のドアを開け、憔悴しきった顔で震えながら階段の踊り場で待っていた息子に手招きをした。

「来なさい」穏やかな声でいう——「そして神に感謝するんだな！」

ロバート・ケルンはおそるおそる部屋に入った。マイラ・ドゥーケンはまだ痛々しいほど蒼白な顔をしていたが、そのおもざしからは、あのぞっとするような不気味な影は消えていた。ドアに向けられた切なげな瞳が、喜びをたたえた瞳に変わる。

「ロブ！」彼女は吐息を漏らし——両腕をのばした。

第二十五章　ケルン、フェラーラと遭遇する

ロバート・ケルンが父とともに不可思議な敵と闘いを繰りひろげていた間に感じた最もつらい試練は、それを口外してはならないことだった。もはや頭はそのことでいっぱいで、そのせいでとうに人生すら変わってしまったというのに。

ときおりフェラーラを知る人物に出くわすこともあったが、みなたいてい、あまり評判のよろしくない遊び人だとしか思っていなかった。だが自分の知るフェラーラの正体を彼らに打ち明ける勇気はなかった。あの不気味な悪魔のごとき男が持っている知識やこれまでのおこないについて話したところで、気がふれたと思われるのが落ちだ。たとえ聞いてもらおうとしたとして、はたして耳を傾けてもらえただろうか？　ポートサイドの蜘蛛だらけの部屋のことを。メイドゥムのピラミッドの蝙蝠のことを。秘密の香と、それがいかにしてつくられたのかを。亡きサー・マイケル・フェラーラの養子であるあの男が手をくだしたにちがいない、人ならぬ力によっておこなわれた、いくつもの殺人と残虐行為の数々のことを。

そういうわけで、膝を突き合わせて話せる相手は父親しかいなかった。というのも、なにがあろうとマイラ・ドゥーケンに——彼にとってまわる世界の中心であるマイラに、だが忘れ去られ

た時代の魔術を操るあの恐ろしい男をいまでも兄と慕っているマイラに——真実を知られるわけにはいかなかったからだ。マイラもまだ伏せっており——信頼していたはずの相手に、身の毛もよだつような方法で命を狙われて以来まだ回復していないからだ——アントニー・フェラーラがロンドンにいるらしいという証拠も数多く得られたので、ケルン医師とその息子はさんざん彼を探しまわったが、すべて無駄足に終わった。そうしている間にも、夜が来れば、現代にひそむあの魔術師の思いのままに動く邪悪な訪問者たちがいつロバートの部屋にあらわれるか知れず、恐怖と不安と疑念と憶測が頭の中をいたずらに跳ねまわり、ジャーナリズムの仕事もまっとうにこなせそうになかった。だがさまざまな事情から仕事をしないわけにはいかず、さきのエジプト訪問を題材にした記事の連載を受け持つことになった——フリート街の記者連中にたえず降りかかるような仕事よりもいくらか負担が少ないということで、編集者がまわしてくれた仕事だった。

午後三時に部屋を出て、足りない資料を集めるため大英博物館図書館へ向かった。すこぶる暑い日だったので、いまこの仕事に就いているおかげで、お堅い人間ぶってスーツで身を固めなくてもよいことにすこしばかり満足感をおぼえた。パイプをくわえ、ストランド街を渡ってブルームズベリー地区をめざす。

階段をのぼって廊下を渡り閲覧室の丸天井の下へ来たとき、ふと思った。ここにはこうして数えきれないほどの英知がぐるりと自分を取り巻いているが、アントニー・フェラーラの会得したもの以上に、奇妙で、空恐ろしい知恵があるだろうか、と。

探していた情報をほどなく見つけてノートに写し取ると、彼は閲覧室をあとにした。それからふたたび廊下を渡り、主階段をおりきろうとして足を止めた。ふいに階上の〈エジプトの部屋〉に行きたくてたまらなくなったのだ。そこの展示には幾度となく通ったが、まさにその国の古代文明を目の当たりにしたのちにふたたび帰国してからは、まだ一度も足を踏み入れていなかった。

近頃は時間にも追われていないので、彼は踵（きびす）を返すと、ゆっくりと階段をあがっていった。

その午後、ミイラ部屋に人はまばらだった。第一の部屋に入ると、数人の観光客のグループがのらりくらりと展示ケースからケースへ移動していた。だが第二の部屋には誰もいなかった。そういえばいつぞや父から聞かされたことがあった。この部屋には魔女王のものだった指輪がある、と。どのケースに展示されているのだろう、どうすればその指輪を見わけられるだろう、とロバート・ケルンは考えた。

ガラスケースに顔を近づける。スカラベやそのほかの護符が並び、その多くは指輪にはめこまれていた。展示品のうちのいくつかにつけられたちいさな紙片の説明文を読んでみたが、紙片のあるものにもないものにも、あの指輪に当てはまるものはひとつもなかった。二番めのケースも同様だった。だが三番めのケースに向かおうとドアの近くからそちらを見やったとき、たちまちある黄金の指輪に目が吸い寄せられた。不思議な色合いの緑色の石がついていて、独特の彫刻がほどこされている。説明文はついていなかったが、ロバート・ケルンは屈みこんで喰い入るようにじっと見つめた。疑う余地もない。これが魔女王の指輪だ。

どこでだっただろう？　これを、あるいはこれと同じものを目にしたのは。

光る宝石を凝視したまま、思いだそうと頭をひねった。この指輪を、あるいはこれとそっくりなものを以前どこかで見た。だがどういうわけか、それがどこで、どんなときのことだったかまるで思い浮かばなかった。しかたなく両手をガラスケースに置き、前のめりになって、その珍しい宝石をじっと見おろした。そうして立ったまま、眉根を寄せながら懸命に記憶をたどっていると、細長い指をした白っぽい手がガラスを滑ってきて、彼の視線の先で止まった。その細い指には、なんとケースの中のものとまったく同じ形の指輪がはまっているではないか！

ロバート・ケルンは飛びのいた。思わずあがりそうになる悲鳴をのみこむ。

アントニー・フェラーラが目の前に立っていた！

「博物館に所蔵されているほうが模造品だ」歌うような、忌々しい低くかすれた声がした。「ぼくがはめているほうがほんものだ」

ケルンは〝仰天のあまり背筋が凍る〟という使い古された決まり文句の文字どおりの意味を、このときまさに身をもって体感した。目の前にはヨーロッパ一危険な男が立っていた。殺人ばかりかそれよりも残忍なことをやってのけた男。人間とは名ばかりで、中身は悪魔だ。切れ長の黒い目を伏せ、完璧な彫刻のような表情のない象牙色のおもざしに、血のごとく紅い唇をすこしひらいて陰気な笑みをたたえながら、アントニー・フェラーラはケルンを見つめていた――邪悪なわざをもちいて殺そうとした相手を。

ひどく暑い日だというのに、フェラーラは北極狐の毛皮の縁取りのついた分厚いコートをまとっていた。右手には――というのも左手はまだガラスケースの上にあるからだ――中折れ帽を持っている。かならず息の根を止めてやる、と息巻いていたロバート・ケルンの前に、彼は平然と佇んでいた。ケルンは無言のまま、その場に固まるしかなかった。驚きのあまり身体がまったく動かなかった。

「きみがここに来ているのはわかっていたよ、ケルン」伏せた睫毛の奥からバシリスクのような鋭い瞳でこちらを見つめたまま、フェラーラは続けた。「ぼくがきみを呼び寄せたんだからね」

だがケルンは固まったまま、ひとことも発しなかった。

「親愛なるケルン、かつてきみはぼくに対してずいぶんつらく当たってくれたな。だがぼくの哲学は、かのイタリアのシュバリスにおいて尽くされた贅と、かの素晴らしき哲学者ゼノンが提唱した禁欲主義とを充分に融合させたものなのでね。ディオゲネスのごとく樽をわが家としてもかまわないいっぽうで、薔薇の香りや桃の香りを愛でることもある――」

低くかすれた声はまるで催眠術のようだった。船乗りを惑わすセイレーンの声がケルンを絡め取ろうとしている。

「そしてぼくも」フェラーラは淡々と続けた。「すべての人間たちと同じように、男と女とが交ざり合った存在だ。ゆえにぼくを敵視し国から国へ追いやる連中に対して憤慨することもあれば、さまざまな乙女の紅き唇やにこやかなまなざしを楽しむこともある――おもに考えるのはマイラのことだがね――だからきみのことも大目に見ているんだ、ケルン――」

そのときケルンがふとわれに返った。

「しらじらしいことを！」歯を剝いてうなる。両の拳を白くなるまで握りしめ、ガラスケースの向こう側へまわろうとした。「よくもぬけぬけと――」

フェラーラは敵であるケルンとの間に、ガラスケースをふたたび挟んだ。

「まあ待て、ケルン」感情のない声だ。「それでどうしようというのだ？　落ちついて考えたほうがいい。係員に命じてきみをみっともなく通りに放り出すくらい、ぼくにはわけない」

「悪魔め！　ぶっ殺してやる！」

吠えるような声でケルンはいい、フェラーラに飛びかかろうとした。フェラーラは機敏な動きでふたたびガラスケースの向こうへまわり、自分より大柄なケルンをかわした。

「まったくきみはケルト人並みに頭に血がのぼりやすい質だな、ケルン」と鼻で笑う。「どうやらきみにはまともにこのことを話し合うつもりはなさそうだ。やはり係員を呼ぶしかないか？」

ケルンはわなわなと拳を握りしめた。煮えたぎる怒りの中で痛感せざるをえなかった——いまの自分には手も足も出ないという事実を。こんな場所でフェラーラを攻撃するわけにはいかない。無理やり捕まえることもできない。助けてくれ、とフェラーラが大声でひとこと叫べば、彼に襲いかかろうとしている自分にはまったく勝ちめがない。ほんものそっくりの指輪が収められているガラスケースの手前から、ケルンは相手をぐっとにらみつけた。法をひそかに踏みにじっておきながら、いまは法に守られているこの悪魔の化身を。フェラーラがふたたび、歌うような低いかすれた声で話しはじめた。

「理性的に話ができなくて残念だよ、ケルン。いっておきたいことは山ほどあるし、きみが興味を示すだろうことをいくらでも話してやれるんだが。ぼくがちょっとした特別な能力に恵まれているのは知っているかい、ケルン？　ぼくはときおり、かつて別の肉体に宿っていたときのことをじつに事細かに思いだすことができるんだ。ドアの向こうに横たわる巫女の姿が見えるかい？　まだうら若きあの娘に出会った頃のことはいまでも憶えている。美しい娘だった。いまもありありと目に浮かぶよ、あのナイル川のほとりで過ごした夜が――おや、退屈させてしまったようだね！　きみがこの機会を生かすつもりはないのなら、そろそろぼくは失礼するよ――」

彼は踵を返し、ドアに向かって歩きだした。ケルンがすぐに追いかける。するとフェラーラは突然走りだし、〈エジプトの部屋〉を抜けて階段の踊り場へ走り出た。なにが起こったのか、ケルンには一瞬わけがわからなかった。

角をまわったとき、フェラーラがなにかを落としていった。ケルンは部屋の端まで来ると屈んでそれを拾った。長さ三フィートほどの絹糸を撚った紐だった。のんびりと立ち止まって調べている暇はなかったので、それをポケットに突っこみ、遠ざかるフェラーラの背中を追いかけて階段を駆けおりた。おりきったところで警官に腕をつかまれた。驚いて足を止める。

「名前と住所を」警官が呼ばわる。

「なんだって！　なぜそんな？」

「あの男性が苦情を――」

「冗談じゃない！」ケルンは怒鳴り、名刺を差し出した――「あいつが――悪ふざけしただけだ。やつは知り合いで――」

警官は名刺に目を落とし、疑うような目つきでふたたび名刺からケルンに視線を移した。だが一見して悪い人間ではないとわかったか――あるいは半クラウン銀貨をさっと握らされたからか、意見をあらためたようだった。

「そうですか。ではわたしがとやかくいうのもなんでしょう。あのかたは別にあなたに罪を着せたわけではなく――追いかけられているからあいつを止めてくれ、と」

「なるほど」ケルンはぶっきらぼうにいうと、フェラーラに追いつくべく回廊を駆け抜けた。

だが危惧していたとおり、フェラーラはこの隙にまんまと逃げおおせていた。彼の姿はどこにも見当たらなかった。残されたケルンはただひとり考えこんだ。やつはいったいなんの目的で、わざわざ〈エジプトの部屋〉でぼくの前にあらわれたんだ――というのも、この出会いが偶然などではなく仕組まれたものだったことは、火を見るより明らかだったからだ。

ひたすら思い悩みながら、ロバート・ケルンは博物館の階段をおりていった。父とともに何か月もの間あの悪魔フェラーラの行方を探し、狂犬を退治するがごとくにやつの息の根を止めてやると誓った。そしていまやつが目の前にあらわれ、言葉まで交わした。なのに指一本も触れられぬまま逃がしてしまうとは。そう思うと腹立たしくてしかたがなかった。だがあの状況で、あれ以外にどうすればよかったのだ?

上の空のまま��くつかの通りを横切り、いつしか自分のアパートの中庭に続く回廊のアーチをくぐっていた。中庭の奥には背の高いプラタナスの木が生えており、階段の錆びた手すりや、一階の弁護士事務所の窓にはまったちいさなガラスがどこかチャールズ・ディケンズの作品を思わせる。ケルンは思わず感じ入り、木陰で足を止めた。この場所はこれほど穏やかなのに、アントニー・フェラーラが生きて野放しになっている以上、この平和がいつ終わるとも知れないのだ。

二階へ駆けあがってドアを開け、自室に入った。いまでもあのときの記憶に押し潰されそうだった。この部屋を舞台として起こった、あの身の毛もよだつようなできごとの記憶に。アントニー・フェラーラの力を知ってから、この部屋でひとり暮らしをするのは賢明とはいえないのではないか、と常々思っていたが、もうしばらくようすを見れば敵のなんらかの手がかりをつかめるかもしれない、と諭されてはしかたがなかった。だが眠れぬ夜もあり、物音を聞いたような気がして目が覚めてしまうこともあった。部屋の中で不気味なささやき声がし——あの秘密の香のいやな匂いがしてくるような気がしてならなかった。

開け放った窓のかたわらに腰をおろした彼は、フェラーラが博物館で落としていった絹の紐をポケットから出し、しげしげと観察した。とはいえいくら眺めても、それがいったいなんなのかまるで見当もつかなかった。固く編みこまれた、ただの絹の紐だった。今度会ったら父に見てもらおう、と机の上に放り出す。ふと嫌悪感のようなものをおぼえた。そこで彼は、まるでその紐が汚いものだったとでもいわんばかりに、両手を隅々まで丁寧に洗った。それからすわって仕事を始めようとしたが、とりあえずフェラーラと会ったことを誰かに打ち明けてしまわなければ、とても仕事など手につきそうになかった。

受話器をあげてケルン医師の番号をまわしたが、父は留守だった。

彼は受話器を置き、ひらいたノートをぼうっと見つめていた。

第二十六章　象牙色の手

ほぼ一時間近く、ロバート・ケルンは書きもの机に向かい、フェラーラがなぜあのような行動に至ったかという謎を解く鍵がなにかないかと頭をひねっていた。だが考えても考えても混乱するばかりだ。

机の上には形ある手がかりがあった——絹の紐だ。だがベテラン刑事ならばここからなんらかの推理を導き出すのかもしれないが、ロバート・ケルンにはまったくのお手あげだった。夕暮れも近づいている。とりあえずアパートには——フェラーラの邪悪なわざが繰り出した、身の毛もよだつような攻撃の舞台となったこの部屋には——戻ってきたが、いまの自分の精神状態がかつてとは大違いだということもひしひしと感じていた。つまり、さまざまなできごとがありやがてエジプトへ旅立つことになる以前とは。闇は犯罪の盟友であり、フェラーラのおこないが最も恐ろしい様相を見せるのは、常に暗闇の中でのことだからだ。

なんだ?

ケルンは窓に駆け寄って身を乗り出すと、一階の中庭を見おろした。確かに声が——不思議な音楽のような、低くかすれた不気味な声が——彼の名を呼んだ。だが中庭にひとけはない。弁護士事務所の連中もとうに仕事場をあとにして帰宅している時間だ。古風なアーチの下の小径に影がしのび寄り、古い壁を覆いつつある。その景色はどこかオックスフォードの四角い中庭を思いださせた。あの運命的ともいえる夜、中庭の向こうで、アントニー・フェラーラの部屋で赤い光が明滅しているのをもうひとりの友人とともに目撃したあの夜。

どうやら妄想が暴れまわっているようだ。振りまわされないようにしなければ。室内は薄暗くなりはじめていたが、散らかった机の上にある謎の絹の紐にいつの間にか視線が吸い寄せられていた。もう一度電話をかけようかとも思ったが、先ほど父には伝言を残しておいたので、帰宅したらすぐに折り返しの電話をくれるはずだった。

仕事をしよう。心を蝕もうとする不愉快な思考を追い払うには仕事をするのが一番だ。そこでふたたび机に向かい、ノートをひろげた。絹の紐は左手のすぐそばにあったが触れてはいなかった。書きものをするには暗いので読書ランプをつけようとして、ふと別の方角へ心が流れた。いつしか彼は最後に会ったときのマイラの姿を思い浮かべていた。

彼女はサンダーソン氏の家の庭で腰をおろしていた。あの恐ろしい病のせいでまだ顔色は悪かったが、それでも美しかった——ロバート・ケルンの目には、世界じゅうのどんな女よりも美しく見えた。そよ風が吹くたびに、いたずらな巻き毛が目の上に——いつまでも見ていたいような、幸せそうにきらきらと輝く瞳の上に——落ちていた。

元気なときとくらべて頬は青白く、可愛らしい唇にも張りがなかった。丈の短いケープを羽織り、つばの広い不恰好な帽子をかぶっていたが、それでも似合っていた。マイラでもなければあんな帽子を可愛らしくかぶることなどできるはずがない。

そうやって甘い思い出に浸っていたので、彼は書きものをしようと腰をおろしたことも——片手にペンを握っていたことも——その手をのばしてランプをつけようとしていたこともすっかり忘れていた。

ようやくわれに返り、いまこの部屋にひとりきりだという切ない現実に気づいたそのとき、もうひとつ、ただならぬことにはっと気づいた。奇妙なことが起こっていた。

知らず知らずのうちに文字を書いていたのだ！

そこには彼自身の字で、こう書かれていた。

〝ロバート・ケルン——もうぼくを追うな、マイラは諦めろ。さもなければ——〟文章はそこで途切れていた。

一瞬その文字を凝視し、ぼんやりしていたとはいえ自分が書いたのだ、と必死におのれにいい聞かせようとした。だがそれは嘘だ、と内なる声が告げていた。彼は低いうめき声をあげ、声に出してつぶやいた。

「来たか！」

いったとほぼ同時に廊下から物音がした。彼は片手を机の上に滑らせ——リボルバーを握りしめた。

小ぶりとはいえ目に見える武器があるのは心強かった。さらに気持ちを落ちつけるため、煙草を吸おうとパイプに葉を詰めて火をつけ、椅子の背もたれに背中を預けると、閉じたドアに向かって煙の輪をいくつも吹いた。

じっと耳をそばだてていると――ふたたび物音がした。

かすかにシュウ、シュウ、と音がしている！

しかもどうやら別の音もしているようだ――まるで、なにかが身体を床に引きずって歩いているような音が。

「蜥蜴(とかげ)か！」アントニー・フェラーラの、バシリスクのような瞳が瞼によみがえる。

どちらの音もじりじりとこちらへ近づいているようだった――シュウシュウという音をたてているのは、間違いなくその身体を引きずっているやつだ。やがてふと思った。どうやらドアのすぐ外にいるらしい。

ケルンはリボルバーを手にすばやく部屋に寄ると、ドアを勢いよく開け放った。

赤い絨毯の右手にも左手にも、爬虫類などどこにもいなかった！

おそらく立ちあがったときに回転椅子がきしみ、その音に驚いて逃げたのだろう。とりあえず、やつが逃げこみそうな部屋という部屋をくまなく調べた。

捜索は無駄に終わった。謎の爬虫類の姿はどこにもなかった。

彼は書斎へ戻ってくると机の奥に腰をおろし、ドアの前に陣取った――扉は開けてある。

十分が経過した――しんと静まりかえっている。聞こえるのは遠くで車が走るかすかな音だけだ。

さすがにもう、あのシュウシュウという音はきっと自分の妄想がつくりだしたものにちがいない――最近越してきたこの場所があまりに謎めいた不気味な雰囲気にあるせいで、よけいに妄想が膨らんだのだ――と思いはじめていた矢先、彼の理屈をあざ笑うかのように新たな物音がしはじめた。

下の階の住人たちが歩きまわっているらしき複数の足音がかすかに聞こえた。だがそれらの足音に交じり、シュルシュル、という音が――聞き取りづらい、わかりにくい音だが――確かにしている。先ほどのシュウシュウという音と同様に、それは廊下からしだいに近づいてきた。

廊下には明かりが煌々とついていた。部屋に近づこうとすれば、それがなんであろうと――誰であろうと――影が落ちるはずだ。

シュルシュル！　シュルシュル！――柔らかい布を引きずるような音。

神経を張りつめているのはじつに耐えがたかった。ケルンはひたすら待った。

いったいなんなんだ。警戒を怠らずにすこしずつ、開け放ったドアに這い寄ってくるのは？

彼はリボルバーの引き金を指でもてあそんだ。

「西のわざで、東のわざの息の根を止めてやろうじゃないか」

影があらわれた！……

影は一インチずつのび――ドアに映り、やがて見えている敷居をすべて覆った。

なにものかがもうすぐ姿をあらわす。

ケルンはリボルバーを構えた。

影が通り過ぎていく。

ドアの上を影の端が動いていき、そのまま消えた。

影は確かにあらわれ――通り過ぎていった……だが影の主の姿はなかった！

「気が狂いそうだ！」

思わずその言葉が唇にのぼっていた。両手で頬杖をつき、険しい表情で歯を喰いしばる。正気を失うことへの恐怖が、顔を近づけて彼をらんらんと見据えていた！

ごく最近ロンドンで体調を崩したとき――神経を完全にやられてしまったときのことだが――エジプトへ保養の旅に出たとはいえ、結局のところ完治はしていなかった。「ひと月もすればすっかりよくなる」と父はいったが、はたして？――おそらく父は見誤っていたのだろう――じつは思っていたよりも病状は深刻だったのかもしれない。そしていま、不可思議なできごとがたてつづけに起こったせいで、弱った細胞がさらに緊張状態を強いられ、錯乱状態にまで陥ってしまったのだろうか！

どこまでが現実でどこからが幻覚なんだ？　ぼくだけにしか見えていないのか？

そうしたものについては彼も本で読んだことがあった。

ケルンは腰をおろしたまま、自分もそうなってしまったのだろうかと思い悩んだ――そしてその間も、絹の紐をじっと見つめていた。少なくともこれは幻ではない。

ある論理が彼をすくいあげた。自分は奇妙なものごとを見聞きしたが、それをいうならばサイムもエジプトで――そして父もエジプトとロンドンの両方でそれらを見聞きしているではないか！　説明のつかないできごとがまわりで起こっている。みながみな、気がふれているなどということはありえない！

「このままでは病気がぶり返してしまう」彼は自分にいい聞かせた。「ぼくたちの憎むべき敵フェラーラの操る幻のせいで、ぼくの神経はどんどんすり減っていく。つまりそれがやつの狙いなんだ！」

そう気づいたことで、勢いがついて新たな行動に移ることができた。リボルバーをポケットにしまい、書斎の明かりを消して窓の外を眺める。

中庭を見やると、下に誰かが立っているように見えた。こちらを見あげているようだ。ケルンは窓枠に両手をつき、じっくりと目を凝らした。

背の高いプラタナスの木陰に、間違いなく誰かが立っていた——だが男なのか女なのかはわからない。

向こうはじっとそのままこちらを見つめている。ケルンは階段を駆けおりて中庭に走り出ると、木のほうへ足早に歩いていった。だがはっと足を止めた。木陰には誰もおらず、中庭には人の気配がまったくなかった。

「回廊からそっと抜け出したんだ」そう考えることにしてもと来た道を戻り、ふたたび階段をあがって自室に入った。

期せずして手もとにやってきた絹の紐がふたたび気になり、とりあえず机に向かって、触るのは不愉快だがしかたなく手に取り、ランプの明かりのもとで入念に観察しはじめた。

窓に背を向け、ドアのほうを向いてすわっていたので、誰であろうと彼の目を盗んで部屋にしのびこむのは不可能なはずだった。背を丸め、奇妙な編み目をじっくりと調べていたときだった。

ふいに、誰かが椅子のすぐそばに立っているような感覚をおぼえた。

催眠術のごときまやかしをかけられてもけっして負けるものか、と固く決意していたうえ、この部屋には自分以外になにもいないとわかりきっていたので、リボルバーを膝の上に置いて身体の力を抜いた。なんとなくそうしておいたほうがいいような気がして、絹の紐を机の抽斗に入れて鍵をかける。

すると肩に手が置かれた――その手の先には、なにもまとっていないくすんだ象牙色の腕があった――女の腕だ！

固まったように腰をおろしたまま、彼の目は鈍く光る金属の指輪に釘づけになっていた。飾られた緑色の石には、よく見ると蜘蛛に似た複雑な文様が刻まれている。指輪は人差し指にはまっていた。

かすかな香りが鼻孔をくすぐった――あの秘密の香の匂いだ。そしてこの指輪はあの魔女王の指輪だ！

信じがたい瞬間が訪れたせいで、彼はそれまで自分を防御していた鉄のごとく固い心の防壁をゆるめてしまった。自分自身でもそれに気づいて慌てて冷静になろうとしたが、もうあとの祭りだった。よりどころをなくしてしまっただ！

闇が……一点の光もない暗黒がどこまでも続いている。こもったようなかすかな声が聞こえる。まるで行き交う人々のざわめきのようだ。暗闇の中には濃い香りが漂っている。

声がした――と思うとふたたび静寂がひろがった。

また声がした。祈りの歌をうたうような甘い声。

それに応えるように男たちの低い声がした。

唱和する声はほうぼうからあがっていた――いつしか闇の中にちいさな光の点があらわれ――しだいに大きさを増し、形をなしはじめた。白いローブをまとった女の姿が暗闇の彼方に――はるか上のほうに――浮かびあがる。

その姿を照らす光がどこから降りそそいでいるにせよ、女を取り巻く陰鬱な闇を散らすまでにはいかなかった。まばゆい光に包まれていながら、その姿ははてしない闇に縁取られていた。

女は鈍く光る金色の髪をして、白っぽい金属の輪をはめていた――おそらく銀かなにかだ。額のあたりにつけられたぴかぴかの円盤状のものがちいさな太陽のごとき光を放っている。円盤の上には蜘蛛を象った飾りがついていた。

まばゆい光が、女の姿を隅々まで照らし出していた。首と肩をあらわにし――つややかな象牙色の腕が差しあげられる――細長い指で黄金の小箱を戴いていた。小箱は文様で覆われているが、遠目にはわからない。

雪のように白い衣を留めているのは、同じような輝きをもつ白っぽい金属だ。ふわりと垂れたローブの裾から素足が覗いている。

女の上を、下を、周囲を――古代都市メンフィスの闇が取り巻いていた！

静寂が漂う――むせ返るような香の匂いがして……はるか彼方から響いているらしき声が呼ば

わった――『トートの書』にひれ伏せ！〈知恵の女王〉にひれ伏せ、不死なる女王、生まれざる女王、生きながら死する女王、あらゆる男を虜にする美しき女王――あらゆる男が命を捧げる女王に……」

姿の見えぬ群衆がいっせいに唱和すると、光がしだいに弱くなり、やがて蜘蛛の下の円盤が遠く光の点となって見えるばかりとなった。

やがてそれすらも見えなくなった。

ベルがけたたましく鳴っている。やかましい音はしだいに大きくなり、耐えがたいほどだ。ケルンは両手を前に出し、酔っ払いさながらにふらふらと立ちあがった。倒れそうになった卓上ランプをすんでのところでつかむ。

鳴っているのは電話のベルだった。どうやら意識が飛んでいたらしい、ということは――なんらかの呪文にかけられていたのか！

受話器を取ると――父の声がした。

「ロブか？」その声は不安げだった。

「ああ」ケルンは慌てて答え、抽斗を開けて絹の紐をするりと手に取った。

「なにか話があったのか？」

ケルンは前置きすらせず、フェラーラと遭遇したことを興奮したようすでまくしたてた。「その絹の紐は」と締めくくる。「いまぼくの手の中にある。それと――」

「すこし待ってろ！」やや険しい声がした。

短い沈黙が漂った。そして――

「もしもし、ロブ！　読みあげるから聞いてろ、今日の夕刊だ。〝本日午後遅く、大英博物館インド展示区画の一室において、奇妙な事件が発生。ガラスケースが何者かにこじ開けられ、陳列されていた貴重な品々に目もくれず、クンデリー（ナーシングポール地区）にて発見された〈暗殺集団サグの絞殺用の紐〉のみが盗み出されていた〟

「どういうことだ――」

「おまえがその紐を見つけるようフェラーラが仕向けたのだ！　いいか、やつはおまえの部屋を知らなかった、だから邪悪な力を向けるための的が必要だったんだ！　おまえがそれをそばに置くだろうことも、それにまつわる忌まわしい歴史についてもやつは充分承知の上なのだ！　おまえの身には危険が迫っている！　気をしっかり持て。三十分以内で駆けつける！」

第二十七章　サグの紐

受話器を置いてふたたび外界から切り離されると、ロバート・ケルンは逃れようのない恐怖に震えながら、川の主流に近いこの閑静なアパートが、いかにひとけのない場所にあるかをしみじみと感じていた。

ふとあの夜のことを思いだす。いまもこうしてまとわりつく不気味な静けさの中で、忌まわしいわざの餌食にされたことを。いかにして正気を失い、人生を狂わされたかを。人ならぬ力を操る敵が呼び寄せた、ざわざわとうごめくいやらしい影からいかにして逃げ出したかを。

静まりかえった中庭はどこかとても不気味だった――部外者から見れば安らぎの庭に思えるかもしれないが、ロバート・ケルンにとっては心休まらぬ庭だった。フェラーラが術をもちいたのは時間稼ぎであり、敵を足止めしておいて別の方角へ攻撃を仕掛けるのが狙いだとは、理屈としては弱いが考えられなくはない。博物館でのできごとは入念に計画されたもので、そのせいでケルンの名刺が警官の手に渡った。これでいつなんどき刑事があらわれて、この部屋のドアをノックするかわからない――そうなれば拘留されてえんえんと尋問されるのは目に見えている――じつにみごとだ。だが相手はアントニー・フェラーラだ。ただこちらを陥れようというだけならこれで充分だ。だがやつにとってはこの程度のことなど勝利とはいえないのではなかろうか。

ではどういうことだ？　今夜の不可解なできごとは父も知るところとなっている。アントニー・フェラーラの操る謎めいた邪悪な力がまさか自分に向けられているとは！

ときおりかすかな物音が静寂を破った。彼はじっと耳を澄ました。とにかく早く父に来てほしかった――身近に突如あらわれた〝禍々しきもの〟にともに立ち向かってくれる、イギリスでたったひとりの強く穏やかな相談相手。このときのケルンはいわば自己暗示にかかっていたので、あえて疑おうとはしなかった。一度疑いはじめたら、いつ（そう考えると恐ろしくてたまらなかった）ふたたび抜け出せなくなるかわからない。

ケルンは持てる精神力のすべてを傾けて抗った。曖昧な思考はなんとしても捨てなければならない。ぼんやりと脳を遊ばせていたのでは、思考が整然としているときとは違い、攻撃に対して無防備になるからだ。

時計が正時を鳴らした――何時なのかもわからなかったし、確かめようとも思わなかった。まるで細身の剣を構え、腕の立つ敵と決闘しているかのようだ。一瞬でもよそ見をすれば、相手の繰り出す致命的な一撃に身をさらすことになりかねない。

机の前からは一歩も動かなかった。ともっているのは読書ランプだけなので、部屋の大部分が薄暗い影に覆われている。蛇のように丸まった絹の紐は左手の、リボルバーは右手の近くにある。行き交う車のたてるかすかなとどろきが――夜も更けたのですでにまばらだが――すわっている彼の耳に届いた。だが中庭にひろがる静けさを破るものも、この部屋に漂う静寂を破るものもいっさい存在しなかった。

その日の午後に博物館で書き留めたノートはまだひろげたままそこにあった。張りつめた気がそれてしまうのを恐れ、彼はふいにそのノートを閉じた。みずからの命も、また命より大切なものも、いまじわじわと迫りくる、姿は見えないものの、確実にこの明るい机のまわりに集まってきている力に、彼自身が打ち勝てるかどうかにかかっていた。

勇気には肉体的でもなければ、精神的でもないものがある。最も豪胆な兵士が持ち合わせていない種類の勇気だ。ロバート・ケルンがいま呼び起こそうとしているのはまさしくそのたぐいの勇気だった。オカルトの探求者は動じることなく、おおぜいの勇敢な男たちの正気を奪ってしまうほどの恐怖に立ち向かうことができる。いっぽうで、こうした特殊な勇気を持った人間が銃剣を向けられて立ち向かえるかといったらそれははなはだ疑問だ。肉体的な度胸ならロバート・ケルンにもそこそこあった。それよりも謎に包まれたたぐいの度胸は、異界との境にたゆたう数々の恐怖と触れ合ったことにより、しだいに身につけてきたものだった。

「おまえは誰だ?」

声に出していうと、その不気味な響きに、周囲を取り巻く影が新たな禍々しさをまとった。

彼はリボルバーを握りしめて立ちあがった。だがゆっくりと、慎重にだ。自分が動いたせいで、先ほど感じた不穏な気配をけっして聞きのがすわけにはいかない。だがなぜあのときそう思った?

あるいはまたしても、肉体を直接痛めつけられたわけではないにしろ、フリート街に始まりメイドゥムの神殿に至るまでずっと自分を苦しめてきた奇妙なまやかしの餌食となっているのだろうか。それとも、部屋のドアをそっと叩くこの音は、ほんとうにこの耳に感覚として伝わってきているのだろうか。

廊下に続くドアは閉まっている。このアパートの部屋には自分ひとりきりだ。だが拳でドアを叩くような音が確かに聞こえた――いま彼のすわっているこの部屋の、閉ざされたドアを!

導かれるように立ちあがると、ゆっくりと振り返り、そちらに顔を向けた。

卓上ランプのシェードの下から漏れる明かりはドアに届くか届かないかくらいで、はっきりと見えるのは羽目板の下側の端だけだ。ドアの上部は緑がかった影に覆われている。

彼は神経を集中し、全身を張りつめたまま立ちすくんだ。やがてマントルピースの上の壁にあるランプをつけて部屋全体を照らそうと思い立ち、おもむろにスイッチのほうへ向かった。一歩足を前に出したそのとき……またしてもドアをそっと叩く音がした。

「誰だ?」

今度は大声で怒鳴った。自分の声の勢いのある響きに、また新たな自信がすこしだけ湧いてきた。駆け寄ってスイッチを入れる。だがランプがつかない!

「フィラメントが切れたな」とつぶやく。

しだいに恐怖が募ってきた――子どもが暗闇で感じるのと同じたぐいの恐怖だ。それでもまだ感情を抑えることはできていた。だが――電灯が消えるときとはそういうものだが、突然にではなく――怪しげにゆっくりと、じつに不自然に、卓上ランプの明かりが消えた!

漆黒の闇……ケルンは窓を振り向いた。月のない夜で、中庭の照明も部屋までは届かない。

三回、ドアを叩く音がした。

それを耳にして、これ以上恐怖の闇に浸っていても意味がない気がした。恐怖のどん底までの距離をだいたい推しはかると、水面をめざすダイバーのように、淵の底からあがっていった。

暗闇にも、この状況をつくりだしているらしきこの世のものならぬ存在にもかまわず、彼はドアをすばやく開けると、リボルバーを廊下に突き出した。

恐怖に対してはそれなりに心の準備はできていた――タロットの魔術師のカードに描かれているような不気味なしろものに出喰わすかもしれない、とは。だがそこにはなにもいなかった。人間の敵に対して身がまえるようにとっさに正面を見据えたが、廊下はがらんとしていた。階段に続くドアまでの廊下には薄暗い明かりがぼうっとともっているだけだが、もしそこに誰か、あるいはなにかがいるならばかならず見えるはずだ。

ケルンは部屋から足を踏み出すと、廊下に続くドアに向かった。ほんとうは逃げ出したい気持ちでいっぱいだった。見えない相手に人間が太刀打ちできるはずがない。そのとき、ちょうど目の高さに――まるで誰かがうずくまっているかのように、ぴったりと壁に張りついて――一本の白い腕が見えた！

女のように細い腕だった。細長い指の一本には、鈍く光る緑色の石がはまっている。

喉の詰まるような笑い声が唇へこみあげてきた。どうやら理性が揺らぎはじめているようだ。

たったいまケルンが出てきた部屋へしのび寄るように壁を這っていく一本の白い腕には、なんと身体がなかった。象牙色をした腕が二本……ほかにはなにもないのだ！

きわめて危険な状況に陥ってしまった、とケルンは悟らざるをえなかった。先ほどもフェラーラの意思の力にあやうく完全に支配されかけたが、あのときは電話のベルが鳴ったおかげで逃れることができた。だが向こうはさらに新たな攻撃を仕掛けてきたのだ！

二本の手がすうっと消えた。

サー・マイケル・フェラーラの死のさいに起こった身の毛もよだつような数々のできごとはいやでも記憶に残っていたが、それを鑑みても、あの細い手が殺しのためによこされたものであることは間違いなかった。

ヒュッ、というかすかな音が耳に届いた。書きもの机の上からなにかが動いた。

絞殺用の紐だ！

父と電話しているときに抽斗から出し、吸い取り紙の束の上に置いたまま部屋を出た。

自室に足を踏み入れる。

するとなにかがひらりと顔をかすめ、彼は動転して振り返った。あの恐ろしい、身体のない両手が暗闇の中、彼とドアとの間でうごめいている！

まだ逃げられる、ぼんやりとそう頭に浮かんだ。冷や汗で身体中がびっしょりだ。

彼はリボルバーをポケットにしまい、両手を自分の喉に当てた。それから手探りで寝室へ向かい、閉じたドアの前に来た。

左手をおろし、ドアノブを手探りする。そうしている間に気づいてしまった——今夜感じた中でもとりわけ激しい恐怖が彼を襲う——これは取るべき行動ではなかったと。部屋に戻ってしまったことで、唯一最後のチャンスをみずから捨ててしまったのだ。

幻の手は、両手の間を一ヤードほどひろげ、間に絹の紐をぴんと張って、すばやく彼に近づいてきた！

ケルンは頭を低くし、取り乱した叫びをあげながら通路を駆け抜けた。

ぴんと張られた紐が顎の下に当たる。

ぐいと後ろへ引かれた。

紐が喉にかかっている！

「畜生！」彼は息を詰まらせながら両手をあげた。

死にものぐるいで、絹の紐を必死に首から引き剝がそうとする。だが無駄だった。鉄のようにがっちりと囚われたまま、どんどん——どんどん——絞めあげられていく……。

絶望が頭をよぎり、もう諦めようと思ったその瞬間、

「ロブ！　ロブ！　開けろ！」

ケルン医師だった。

ふと新たな力が湧いた——しかも、それだけがわずかに残された最後の望みだった。紐をはずすのは人間の力では無理だ。彼は痺れた両手をだらりとさげ、全身の力をこめて身体を丸めると、ドアに体当たりをした。

掛け金は頭のすこし上だ。

手をのばす……だがふたたび引き戻される。それでも震える右手の指がドアノブをとらえた。人ならぬ凄まじい力で後ろに引かれながらも、彼はドアノブをまわした——そしてそのまま寄りかかった。

全体重をかけて真鍮の取っ手を握りしめていた手をほどくことは、闇の力をもってしても不可能だった。

ドアが勢いよくひらき、ロバート・ケルンの身体もそれとともにぐらりと揺らいだ。

彼はそのままくずおれ、床の上に動かなくなった。ケルン医師が飛びこんできた。


ふたたび目を開けると、ロバート・ケルンはベッドに寝かされており、腫れあがった喉に父親が薬を塗っているところだった。

「もう大丈夫だ！　ありがたいことに、怪我もたいしたことはない……」

「手が！——」

「わかっている。だがわたしが見たのはおまえの手だけだった、ロブ。たとえ死因審問になったとしても、自殺だとする意見には反論すら述べさせてもらえないだろう！」

「でもぼくは——ドアを開けたじゃないか！」

「恐ろしいことをした、と後悔したものの時遅しだったにちがいない、とみな口を揃えていうだろう。あのような状況で自分の首を絞めるのはほぼ不可能だが、アントニー・フェラーラが犯人だといって信じるような陪審員など、このイギリスにはひとりもいない」

第二十八章　大神官ホートテフ

ハーフムーン街のケルン医師の家の朝食室は明るい雰囲気に包まれていた。だが空には雷雲が低く垂れこめ、嵐が来そうな不気味などよろきが遠くかすかに聞こえていて、どこかほの暗い空気に包まれた朝だった。

ロバート・ケルンは窓辺で外を眺めていた。かつてオックスフォードで、アントニー・フェラーラと呼ばれる男が主役を務める邪悪な芝居の最初の場面を目撃することとなったのも、今朝と同じような天候の午後のことだった。

いまにも終幕は訪れる、と理性は語っていた。だが理性の届いていない本能の部分でも、父と自分のこれまでの闘いを運命づける最後の勝負がいままさに迫っており、それによって悪に対する善の勝利が——あるいは善に対する悪の勝利が——決まる、という予感がしていた。ケルン医師の家はすでに、アントニー・フェラーラがふたりに差し向けた不可解な力に取り囲まれていた。この高名な専門医の診察室に集う常連の患者たちは、なにごとに対しても冷静沈着で自信にあふれたケルン医師を頼りにしており、その自信が根拠のあるものだとわかっていたので、まさか自分が治してもらいに来ている相手が、身体を蝕む病よりもさらに厄介な病に頭を痛めているなどとはみじんも思っていなかった。

雷雲が垂れこめるように、危険をはらんだ不気味で異様ななにかがこの家を覆わんとしていた。きちんと片づいたこの家はじつに現代ふうで、二十世紀の文化と工夫が存分に盛りこまれており、包囲された要塞にはとても見えない。だがハーフムーン街のケルン医師宅はいま、まさしく敵に取り巻かれた砦そのものだった。

遠い雷鳴がハイド・パークの方角からとどろいた。ロバート・ケルンは前ぶれを探すように、ますます低く垂れこめる空を見あげた。まるで鉛の顔が悪魔のごとき邪気をたたえ、雲の合間から見おろしているように彼の目には映った。

マイラ・ドゥーケンが朝食室に入ってきた。

ケルンは振り向いてマイラを出迎え、公認の恋人として、つい魅力的な唇にキスしようとしたが、ふとためらい――手にキスをするだけにとどめておいた。節操を持たねばという気持ちがふいに湧いたからだ。同じ屋根の下に女性がいるとなると――のっぴきならない事情でそうなったわけだが――お堅い人々にいらぬ誤解を与えるかもしれない。当面の間、マイラ・ドゥーケンをこの家に住まわせようといったのはケルン医師だった。かつて中世時代、敵の迫りくる気配を感じた男爵が、庇護のもとに置くべき者たちを城壁の内側に住まわせたという習慣にならったとみえる。凄まじい闘いは世間に知られることなくロンドンで繰りひろげられ、壁の外側は敵の手に落ちた――そして敵はまさしく門前まで迫っていた。

マイラは病みあがりのためまだ顔色が悪かったが、かなり回復してみずみずしい美しさを取り戻しつつあり、質素なワンピースを着て朝食のテーブルのかたわらで立ち働いている姿でさえじつに絵になる可憐さで、見ていて心地よかった。ロバート・ケルンが隣に立って瞳を覗きこむと、彼女は幸せそうに微笑んで彼を見あげた。それを見てさらに愛しさは増した。

「昨夜も夢を見た？」それでも、ごく自然な会話を装って彼は訊ねた。

マイラはうなずいた――一瞬そのおもざしが曇る。

「同じ夢？」

「ええ」不安げな声だった。「そうね――同じところもいくつか――」

ケルン医師が懐中時計をちらりと見ながら、部屋に入ってきた。

「おはよう！」明るく声をあげる。「どうやら寝過ごしたようだ」

三人はそれぞれテーブルについた。

「マイラがまた夢を見たそうだ」ロバート・ケルンがゆっくりと口をひらいた。

医師はナプキンを手にしたまま、問いかけるように灰色の瞳をあげた。

「いまはどんなことも見逃さないほうがいい。その夢の内容を詳しく話してくれるかね、マイラ」

マーストンが音もなく朝食を運んできて、テーブルに皿を並べると、やはり音もなく出ていった。マイラが話しだした。

「わたしは今度もまた、以前にもお話しした、納屋のような建物の中に立っていました。屋根の梁の間からひびの入った瓦が見えていて、そこから射す月明かりが、床を照らして不揃いな模様を描いていました。扉、そう、太い閂のかかった馬小屋にあるような扉が、端のほうにぼんやりと見えていました。家具は樅材の大きなテーブルがひとつと、ありふれた木の椅子が一脚あるだけ。テーブルの上にはランプがあって――」

「どんなランプだった？」ケルン医師がふいに口を挟む。

「銀製のランプでした」――そこで口ごもり、ロバートからその父親に視線を移す――「前に――アントニーの部屋で見たことのあるものでした。そのランプの薄暗い明かりが、閉じてある鉄製の箱を照らしていました。その箱を見てすぐに思いだしました。その前に見た怖い夢のことは――お話ししましたわよね？」

ケルン医師は険しい表情で眉をひそめ、うなずいた。

「その夢のことをもう一度聞かせてくれ。重要なことだ」

「前の夢では」娘は続けた――うわずった、夢うつつのような声になる――「景色は同じでしたけれど、ランプの明かりに照らされていたのはひらいた本のページでした――古い古い本で、見慣れない文字で記されていました。目の前でその文字が躍っているように――まるで生きているように見えたんです」

軽く身震いをする。

「昨夜の夢と同じ鉄製の箱がテーブルの上にありましたが、前の夢では箱が開いていて、まわりにもたくさんのちいさな箱が置いてありました。ちいさな箱はどれも違う材料でできていました。木製のものがいくつかと、確か、象牙製のものがひとつ、銀製のものがひとつ――それから、鈍く光る金属製のものがひとつありましたけれど、たぶん金だったと思います。テーブルのそばの椅子にアントニーがすわっていて、奇妙な表情を浮かべてわたしをじっと見つめていました。そこで目が覚めて、わたし、震えが止まりませんでした——」

ケルン医師はふたたびうなずいた。

「そして昨夜の夢は？」と促す。

「昨夜の夢では」可愛らしい声に不安をにじませながら、マイラは続けた——「テーブルの四つの角にそれぞれちいさなランプが置いてあって、床には発光塗料で書かれたらしき文字が並んでいました。文字は光っては暗くなり、そしてまた光り、とちらちらと点滅していました。文字はランプとランプに挟まれるように記されていて、テーブルと椅子をぐるりと囲んでいるように見えました。

椅子にはアントニーがすわっていました。右手に杖を——銅製の輪がいくつかついた杖を持っていました。左手は鉄製の箱の上にありました。夢の中ではこうしたことがはっきりと見えるのですけれど、それでいて、まるで遠くから眺めているような感じなんです。でもわたしはテーブルのそばに立っているんです——どう説明したらいいのかしら。それなのに音はなにも聞こえないんです。唇が動いているので、どうやらアントニーはなにか話しているらしいと——あるいはなにかを唱えているらしい、とわかったのです」

それ以上話すのは怖いとでもいうように、彼女はケルン医師を見やったが、そのまま話を続けた。

「ふいに、円の遠いほうの端、つまりわたしから見てテーブルを挟んだ向こう側に、不気味な影があらわれたんです。人間の形をした灰色の雲そっくりで、輪郭はぼんやりしていました。けれど、そこには真っ赤な炎のようなふたつの目がぎらぎらと燃えたぎっていたんです——その恐ろしいことといったら——ああ！　思いだすだけでもぞっとするわ！　影はアントニーに挨拶するように両腕をのばしました。アントニーは向き直り、影になにか問いかけているようでした。それから凄まじい怒りの表情を浮かべて——ああ！　あのときの怖かったことといったら！——消えろ、と影に命じると、テーブルの脇を行ったり来たりしていました。けれども光る円からは一歩も外へは出ずに、両方の拳を振りかざして、どうやら唇の動きからすると、それは恐ろしい呪いの言葉を口にしていたようでした。アントニーは痩せて具合が悪そうに見えました。夢はそこで終わっていたんですけれど、目を覚ましてみると、それまでずっとわたしの上にのしかかっていたずっしりと重いものがふいに取り除かれたような感覚をおぼえたんです」

ケルン医師は意味ありげな視線で息子を見やったが、とりあえず朝食をとり終えるまではその話はしなかった。

やがてみなが食べ終えた。

「読書室に来てくれ、ロブ。まだ三十分くらいは時間があるから、いくつか話しておきたいことがある」

ケルン医師はそういうと先に立って歩きはじめ、読書室へ入っていた。忘れられた著書の数々が整然と並び、人々の記憶からはとうに去った知恵の数々が保管されている。父親が赤い革張りの安楽椅子を指さした。ロバート・ケルンはそこにすわると、大きな書きもの机の前に腰をおろす父を見やった。その光景にふと、これまで乗り越えてきたいくつもの危険がつぎつぎと脳裏によみがえった。ハーフムーン街の読書室といえば、アントニー・フェラーラの生い立ちとして綴られた中の、最もどす黒い数ページを思い起こさずにはいられなかったからだ。

「これがどういう状況だかわかるか、ロブ?」医師がふいに訊ねた。

「たぶん。これはやつの最後の切り札だ。じつに邪(よこしま)な罪深いしろものを、やつはぼくたちに向かって解き放った」

ケルン医師は険しい顔でうなずき、いった。

「わたしたちのいう催眠術と、いわゆる魔術とを分ける正確な境界線はいまだ定められていない。〈四大元素の精霊〉についての説がどちらに属するのかも、いまここで話し合うのは無意味だ。だが相手が相手だ、そう思えば、古代エジプトの『死者の書』の第百八章に〈西の精霊に関する知識の章〉という題がつけられていることに着目しておいて損はないだろう。とりあえず、わたしたちが二十世紀の人間であることはほんのいっとき忘れて、そう、エリファス・レヴィやコルネリウス・アグリッパやヴィラール大修道院長の視点からいまの状況を見てみようじゃないか——わたしたちがアントニー・フェラーラとして知っている男は、この家とここに住む者たちに向けて、四大元素の精霊のひとつである、いわゆる火の魔神(サラマンダー)を解き放とうとしているのだ!」

ロバート・ケルンは薄く笑みを浮かべた。

「まったく!」医師はさほど嬉しくなさそうに笑みを返した。「わたしたちときたら、古くさい専門用語をつい鼻で笑う癖がついている。だがフェラーラのおこないをいいあらわせる言葉がほかにあるか?」

「ときどき、ぼくも父さんも同じ狂気の餌食になってしまったんじゃないかって気がすることがあるよ」息子はいい、哀れを誘うようなそぶりで片手を額に当ててみせた。

「おまえとわたしは同じ敵の餌食にされようとしているんだ」父親は手厳しくいい放った。「やつはあろうことかこの啓蒙の進んだ時代に、みずからが手に入れた〈武器〉をもちいて、おまえやわたしと同じくらい健全な心を持っていた哀れな人々をさんざん病院送りにしてきたのだ！　まったくもって、なぜいつまで経っても科学は」ふいに興奮したようすで声をあげる。「実験室では研究できないこうしたならわしを無視しつづけるのか！　指輪をはめた手が置かれたとき、そのテーブルがいかなる動きをするのかを解明しようとするほんものの科学者があらわれる日がはたして来るのだろうか？　筋金入りの科学者は自動書記板（プランシェット）の性質を探求してみようなどとはしないというのか？　ニュートンだって林檎が落ちるのを見てそれに思い至ったというのに、思考形式と呼ばれる現象について研究する者など誰もいないというのか？　ああ！　ロブ、そういう意味では、闇の時代という烙印を押されたかつての時代よりも、いまのほうがよほど暗黒の時代ではないか」

しばしの沈黙が漂った。やがてロバート・ケルンがゆっくりと口をひらいた。

「ひとつだけは確かだ。ぼくたちには危険が迫っている！」

「それも最大の危険がな！」

「アントニー・フェラーラはぼくたちが自分を斃（たお）そうとしていることに気づき、とてつもない力を叩きこんでこちらを徹底的に破滅に追いこもうとしている。父さんがこの家の窓になんらかの封印をかけ、日が暮れたあとはけっして窓を開けないことには気づいてた。奇妙にも〈炎の手〉で触れられたのとそっくりな痕が、マイラの部屋の窓枠にも、父さんの部屋の窓枠にも、ぼくの部屋の窓枠にも、ほかの部屋の窓枠にもついているのも知ってる。マイラの夢がありきたりで無意味な夢なんかじゃないこともわかってる。ほかにもまだある。これらのことをひとつひとつ分析するつもりはない。正直いってぼくの精神状態ではとてもやり遂げられない。意味を知りつくそうとさえ思ってない。とりあえずいま知りたいのはひとつだけだ。アントニー・フェラーラとはなにものなんだ？」

ケルン医師は立ちあがり、振り返って息子に向き合った。

「ついに来たようだな、これまでおまえが幾度となく投げかけてきた問いに答えてやるときが。とりあえず知っていることはすべて話す。あとはおまえがどう受け止めるかだ。というのも、ここから先へ進む前にいっておくが、やつがいったいなにものなのか、わたし自身も確かなことは知らないからだ！」

「前にもそういっていたね、父さん。それはいったいどういう意味なんだ？」

「あの男の養父だったサー・マイケル・フェラーラが」医師は読書室の中を行きつ戻りつしながら、ふたたび口をひらいた――「サー・マイケルとわたしがエジプトを訪ねた一八九三年のことだ、わたしたちはファイユームである調査にたずさわり、メイドゥムのピラミッドのそばに三か月以上キャンプを張った。調査の目的はある女王の墓を見つけることだった。エジプト研究者でもなければ興味を持たないようなことばかりなので詳しい話は省くが、普通の学生にも名前や称号が知られているほかに、研究者の一部は、この女王が魔女たる女王、つまり魔女王だったとしている。彼女はエジプト人ではなくアジア人だった。簡潔にいえば、彼女は邪教の最後の女神官であり、その死をもってそのならわしは滅びた。この女王の裏の紋章は――といってもカルトゥーシュのような、枠で囲まれたもののことではない――蜘蛛だった。蜘蛛は彼女が崇めていた宗教、あるいは邪教そのものの紋章でもあった。この女王の夫がエジプト王（ファラオ）だったとき、代表格であった〈ラーの神殿〉の大神官はホートテフと呼ばれる人物だった。この大神官の地位は公の立場だったが、彼はひそかに、いまわたしが話している邪教においても大神官を務めていた。この邪教を――黒魔術にのっとった信仰を――奉っていた神殿こそがメイドゥムのピラミッドだ。

さまざまなことが明らかになったが――というよりも、フェラーラがわたしに知識を授けてくれたのだが――いくら調べてもこの邪教の存在を確実に裏づける証拠は出てこなかった。ピラミッド内部をくまなく歩いてつぶさに調べたものの――なにひとつ見つからなかった。内側にまだ別の部屋があるのはわかっていたから、深さを測り、あらゆる測量をし、汗水流して掘削を勧めたが、その入口に行き当たることは結局なかった。女王の墓が発見できなかったので、彼女のミイラはピラミッド内部のどこか秘密の部屋に葬られているのだろう、と結論づけるしかなかった。がっくりと肩を落としてピラミッドでの調査を諦め、近くの塚で発掘調査をしていたとき、わたしたちはあるものを発見した」

ケルン医師は葉巻箱を開けて一本選んだあと、箱を息子のほうへ押しやった。もどかしそうにかぶりを振る息子にかまわず、医師は火をつけ、話を続けた。

「悪意に満ちた意思に導かれたのだ、といまでは思っているが、わたしたちは大神官の墓を掘り当ててしまった——」

「ミイラを見つけたのか？」

「ミイラを見つけた——そのとおりだ。だが地元の働き手たちの不注意で——怯えていたせいもあるだろうが——ミイラは日ざらしにされてぼろぼろになり——原形をとどめぬまでに崩れてしまった。いまとなっては、わたしたちが見つけたもうひとつのミイラにも同じ運命をたどらせておくべきではあったが！」

「もうひとつのミイラだって？」

「わたしたちは」——ケルン医師は慎重に話しだした——「パピルス紙に書かれた写本を発見した。それを翻訳したものが」——と、書きもの机を指でさす——「サー・マイケル・フェラーラの未出版の著書に記されている。まさにここにあるこれだ。この本が世に出ることはもう二度とないのだ、ロブ！　さらに子どものミイラが見つかったのだ——」

「子ども」

「男の子だった。地元の連中は信用できなかったから、夜陰に乗じ、わたしたちだけでこっそり自分たちのテントに運んだ。覆いを取り除こうとしかけたとき、サー・マイケルは——当時指折りの学者だった——すでにパピルスの文書を解読しはじめていて、調査の続きはそれをすべて読み終わってからだといいだした。パピルスにはさまざまな手順が記されていた。その中には子どものミイラの扱いかたも書かれていた」

「どういうことだ——?」

「疑いだしたな? ああ! いわなくてもわかる! だが最後まで話させてくれ。わたしたちはふたりだけで、防腐処置のほどこされたこの子どもの遺体に手順どおりのことをおこなった。そして、その亡き魔術師に——まさにその方法で邪悪な命を新たに手に入れようとしていた、悪意に満ちた忌まわしい存在に——まんまと躍らされ、指示どおりに手をほどこしたそのミイラをメイドゥムのピラミッドの〈王の間〉に寝かせた。ミイラはそこで三十日間、月が昇っては沈むまで寝かされることとなった——」

「入口は見張っていたのか?」

「それはおまえの想像にまかせる、だがロブ、どんな陪審員の前で誓ってもいいが、その間にピラミッド内部に足を踏み入れた者はひとりもいない。とはいえわたしたちもただの人間にすぎないから、目くらましにあっていた可能性もないではない。話しておくべきことはあとひとつだけだ。古代エジプト暦ソプデト月の新月が昇る時刻、わたしたちがふたたび〈王の間〉に入ると、そこには生後半年ほどの、健康そのものの生きた赤ん坊がいて、まばたきをしながら、わたしたちが震える手で握りしめた明かりを、真剣なまなざしで見あげていたんだ!」

ケルン医師はふたたび机の前に腰をおろすと、椅子をまわして息子に向き直った。歯の間から葉巻の煙をくゆらせ、唇にかすかな笑みを浮かべてすわっている。

今度はロバートが立ちあがり、落ちつかなげに床を行きつ戻りつする番だった。

「つまり、父さん、その赤ん坊が――ピラミッドの中に寝かされていたその――子どもが――サー・マイケルに引き取られたと？」

「引き取られた、そのとおりだ。サー・マイケルはその子に乳母をつけてこのイギリスで育て、イギリス人としての教育を受けさせた。パブリック・スクールにやり――」

「そしてオックスフォードにか！　それがアントニー・フェラーラなのか！　まさか！　それがアントニー・フェラーラの生い立ちだなんて本気でいってるのか？」

「わたしの名誉にかけて、これがわたしの知っているアントニー・フェラーラのすべてだ。それでもまだ足りないかね？」

「なんてことだ！　信じられない」ロバート・ケルンは苦しげな声をあげた。

ケルン医師の声は落ちつきはらっていた。「気の毒なわが友の養子となったこの男は、成長してつぎつぎと罪を重ねた。わたしにはとても理解できない方法をもちい、それだけが自分の不可思議な素姓を確かめる術（すべ）であるかのように、やつは――知識を得ていった。古代エジプトのいい伝えによれば、完璧な力を手に入れた練達の魔術師の〈魔力（クー）〉はおのれの肉体の死にさいし、相手さえ受け入れる準備が整っていれば、それがなんであろうと乗り移れるのだという。こうした古代のいい伝えにならうならば、つまり大神官ホートテフの〈魔力〉がみずからを父とし、魔女王を母とするその赤ん坊の身体に乗り移ったということだ。そしていまこの現代のロンドンで古代エジプトの魔術師が、その謎めいた国の失われた知識を武器のごとくまとい、わたしたちの中にまぎれこんでいる！　そのいい伝えにいかなる価値があるのかここで話し合っても無駄にしかならないが、やつがそれを知っていることは――知りつくしていることは――まず間違いない。これまで存在した中で最古にして最強の魔道書、『トートの書』を」

ケルン医師は離れた本棚のそばまで歩いていくと、一冊を選び、ページをひらいて息子の膝の上に載せた。

「ここを読んでみろ！」指さしていう。

単語が目の前で躍っているかに思えた。そこにはこう書かれていた。

〝二ページぶんを読みあげれば、天、地、地獄、山、海に魔力を及ぼすことができる。空の鳥や地を這うものの声も聞こえるようになる……また二ページめを読みあげ終えたときに、みずからが霊界の住人となっていたならば、地上にいたときと同じ姿を取り戻すことができる……〟

「まさか！」ロバート・ケルンは小声でいった。「これを書いた者は気がふれていたのか？　でなければこんなことはありえない！」さらに読み進める。

〝この書はコプトスの川の真ん中に、鉄の箱に入って沈んでいた――〟

「鉄の箱」彼はつぶやいた――「鉄製の箱か」

「鉄の箱、と聞いて覚えがあるな？」ケルン医師がふいにいった。

息子はさらに文字を追った。

〝鉄の箱の中には銅の箱が、銅の箱の中には無花果の木の箱が、その中には象牙と黒檀の箱が、そしてその象牙と黒檀の箱の中には銀の箱が、銀の箱の中には金の箱が入っており、その中にこの書が入っていた。蛇や蠍、そのほかの這うものが表紙をのたくっていた……〟

『トートの書』を手にした者は」沈黙を破るようにケルン医師がいった。「神だけに与えられた力を得ることができるという。世間にはアントニー・フェラーラとして知られているあの化けものが、いまこの書を持っているんだ――違うか？――わたしには前からわかっていたが、もはやおまえも、わたしたちがどんな敵を相手にしているのかをようやく理解したはずだ。今度はどちらかが息絶えるまで闘うことになると――」

そこでふいにいいやめ、窓の外をじっと見た。

大きな写真機を持った男が反対側の歩道から、懸命にこちらにレンズの焦点を合わせようとしている！

「なんだ？」ロバート・ケルンは小声でいい、窓辺に近づいてきた。

「魔術と科学の融合だ！」医師が答えた。「オックスフォードのフェラーラの部屋に写真がずらりと飾られていただろう？――おまえが〝ご婦人部屋〟と呼んでいたあの部屋だ！――あそこに写っていた人物たちがつぎつぎと妙な死を遂げているな？」

「わかってきたぞ！」

「やつは、持てる邪悪な力のすべてをこの家に注ごうとしているが、その目論見はいまのところたいして成功していない。せいぜいマイラが妙な夢を見た程度だ――しかも予知夢めいた有益な夢だったから、むしろ向こうよりもわたしたちのほうが得をしたほどだ――窓の外にも多少痕がついたが――窓には特別な方法で封印をかけておいたのでその程度ですんだ。わかるか？」

「つまりやつは写真を使い――なんらかの方法をもちいて、邪悪な力をある一点に注ぎこもうとしているということか――」

「つまり思念の焦点をそこへ合わせている――そのとおりだ！　みずからの思念を思うままに操ることができる者こそ、ロブ、神に次ぐ至高の存在なのだ。フェラーラはもはやその域に近づいている。やつが完全な力を手に入れる前に――」

「わかったよ、父さん」息子は険しい声でいいきった。

「やつはようやく成人したばかりの若造だ」ケルン医師はささやくような声でいった。「一年もしないうちに世界を滅ぼしかねない。どこへ行く？」

ドアに向かおうとする息子の腕をとらえる。

「あいつを――」

「落ちつけ、ロブ！――策略には策略で応じるんだ。やつは尻尾を見せている、だからわざと泳がせて、それから跡をつけるんだ。やつの隠れ家の場所を突き止めたら、そのあと――」

「フェラーラの隠れ家を見つければいいんだな？」息子は興奮したようすで声をあげた。「なるほど！　さすが父さんだ」

「ではそれはおまえにまかせた、ロブ。残念ながら、わたしにはほかにやることがある」

第二十九章　魔術師の住処（すみか）

ロバート・ケルンはベーカー街の写真店に入っていった。

「近頃ある紳士に、ウエストエンドの家の景色の写真を現像してくれと頼まれただろう？」彼は店番をしていた娘に訊ねた。

「ええ」娘は一瞬ためらったのち、答えた。「各界の有名人のお宅だそうですわ――雑誌の記事にお使いになるんだとか。似たようなご用件で？」

「いや、いまはいい」軽く微笑んで答える。「そのお客の連絡先を知りたいんだが」

「それはお教えできかねますわ」娘はいぶかしげに答えた。「でもお目にかかりたいなら、十一時頃に試し焼きをご覧になりにこちらへおいでになりますわ」

「きみを信用していいのかな」ロバート・ケルンは娘の目を面と向かって覗きこんだ。

娘は困惑した表情を浮かべた。

「あとでなにかあったら」と口ごもる。

「迷惑はかけないよ。じつは少々困ったことにはなっているんだが、ここで話すわけにはいかないんだ。その人には――名前は訊かないでおこう――ぼくがここに来たことも、彼について訊ねたことも黙っていてもらえないか?」

「それでしたら」

「頼むよ」

ロバート・ケルンは慌ただしく店を出ると、誰にも見とがめられずに隠れて写真店を見張れる場所を物色しはじめた。斜向かいのアンティーク家具店が目を惹いた。時計を見やる。十時半。家具を吟味しているふりをすれば、三十分くらいは店にいても不自然ではないだろう。それなら問題なくフェラーラの跡をつけられる!

心を決め、歩いていって店に入った。それからの三十分は、並んでいる家具の前でいちいち足を止め、いかにも目利きのふうを装ってゆっくりとひとつひとつ眺めるふりをしながら、窓越しに、道の向こう側の写真店をちらちらとうかがった。

きっかり十一時にそのドア脇でタクシーが止まり、細身の男がおりてきた。暑い朝だというのに、毛皮がついたコートを身にまとっている。歩道を渡り店に入っていくが、しなをつくったような、どこかいやらしい歩きかただ。猫さながらの優雅な足どりは女ならば見栄えもするだろうが、男がしているとちぐはぐで、どこか不吉さをおぼえずにはいられない。

アントニー・フェラーラだった!

これだけ距離が離れているうえ、ほんの一瞬にもかかわらず、象牙色の顔と、異様なほど紅い唇と、切れ長の黒い目が見えた。あの卑劣な悪魔、人間の皮をかぶった化けもの。激情を抑えるのに精一杯だった。だがここで冷静にふるまえるかどうかにすべてがかかっているとわかっていたので、フェラーラの姿が写真店の中に消えるまでじっと待った。家具店の店主にひとこと非礼を詫び、急いでベーカー街に駆けこむ。あとは、やつが店から出てくる前にタクシーを捕まえられるかどうかにかかっていた。フェラーラは間違いなく、乗ってきたタクシーを待たせている。

幸運なことに、歩道にふたたびあがったとたんにちょうどタクシーがやってきた。ケルンは車の陰に身を隠すようにしながら、早口で運転手に説明した。

「写真屋の前にタクシーが止まっているな？」

運転手はうなずいた。

「店から出てきた男が乗りこんで、車が出ていったらそのあとを追ってほしい。絶対に見失うな。あの車が停まったら、それがどこだろうとそのまま追い越せ。車を停めて注意を引くようなことはするなよ。いいな？」

「了解でさ」男はにやりと笑い、いった。そこでケルンはタクシーに乗りこんだ。

運転手はすこしだけ車を動かし、向こうの車が見張れる場所に停めた。二分後、店から出てきたフェラーラを乗せたタクシーが走りだした。追跡が始まった。

タクシーはウエストミンスター・ブリッジを過ぎて川の南側へ渡ると、聖トーマス病院裏の商業地域を抜けてヴォクソールに出た。それからストックウェルを過ぎ、ハーンヒルを過ぎ、さらにダリッジ方面へ走っていった。

フェラーラはダリッジ地区のサンダーソン氏宅をめざしているのではないだろうか。ロバート・ケルンはふとそう思った。あの家はマイラが怪しげな病に襲われ、彼女を守るには一瞬たりともひとりきりにさせてはならないということがわかるまで、ずっと滞在していた場所だ。

「目的はなんだ？」ケルンはつぶやいた。

なにがしかの理由があって、フェラーラはサンダーソン氏を訪ねようとしているのだろうか。だが前を行くタクシーが公園を過ぎ、サンダーソン宅のある路地を通り過ぎるのを見て、フェラーラの目的地はいったいどこなのか、とあらためて考えねばならなくなった。

ふと気づくと前のタクシーが停まっていた。ケルンの乗ったタクシーの運転手はスピードをゆるめずにそのまま車を走らせた。ケルンは見られるのを恐れて車の床に屈みこんだ。右にも左にも人家はなく、野原がひろがっているだけだ。こんな場所ではじきに気づかれてしまう。

ケルンの乗ったタクシーが、フェラーラの乗っていたタクシーを追い越した。

「停めろというまで走りつづけろ！」

ケルンは怒鳴ると伝声管を離し、振り返ってちいさな窓から後方を見た。

フェラーラはタクシーをおりていた。門を開け、道路の右手の野原へ歩み入っていく。ケルンはふたたび前を向いて伝声管を握りしめた。

「家が見えたらそこで停めてくれ！　急げ！」

ひとけのなさそうな建物が見えてきた。見るからに空き家という感じの大きな家がぽつんと建っている。運転手が車を停めたとたんにケルンは飛びおりた。すると、フェラーラの乗ってきたタクシーがもと来た道を戻っていく音が聞こえた。

運転手に一ポンド金貨（ソヴリン）を渡す。「ここで待っててくれ」

いうなり彼は道を駆け戻った。万が一跡をつけていることがばれていたとしても、姿は見られていないはずだ。とはいえフェラーラが入っていった門にたどりついたときには足どりをゆるめ、しのび足でおそるおそる近づいた。

このときにはもうフェラーラは野原の向こう端におり、かつてはこの農場の一部だったらしき納屋に似た建物にまさに入ろうとしていた。遠くでちいさな人影が大きな扉を開け、その中に消えていく。

「マイラが夢に見たという場所だ！」ケルンはつぶやいた。

まさにここから見ると、外見は彼女の説明どおりだった。屋根の赤い瓦には苔が生えている。あれだけ傷んでいれば屋根にも隙間が空いているだろうし、そこから月光が漏れるさまも目に浮かぶ。ここがマイラの夢に、あるいは予知夢にあらわれた場所であることも、またフェラーラがきわめて邪悪なわざを実践するためにもちいている場所であることもほぼ疑いようがなかった。

ひとけのない土地に囲まれており、まさにその目的にはうってつけの場所だ。フェラーラが表向きはどのような理由でこの土地を借りたのかは知りようもないし、別に知りたくもなかった。この現代にあらわれた魔術師の手でさんざん苦しめられてきたケルンには、あの男がこの土地を借りたほんとうの目的が、手に取るようにわかった。

これ以上近づくのは軽率かもしれない。あの場所をもうすこし近くで見たいという誘惑に抗える程度には冷静だった。とにかく相手に気づかれぬようすべてをこなせるかどうかにかかっている。こちらが闇の実験室のありかを知っていることを気取（けど）られてはならない。ケルンは充分に成果を得られたと満足することにして、すぐさまハーフムーン街に取って返すことに決めた。

待たせておいたタクシーのもとに急ぎ足で戻り、父の家の住所を告げた。四十五分もしないうちに、彼はハーフムーン街に戻ってきた。

ケルン医師はまだ今日の診察を終えていなかった。マイラはミス・サンダーソンと買いものに出ていた。ロバートは辛抱強く待たねばならなかった。読書室の中を行き来しながら、気まぐれに本を手に取り、読むでもなくぱらぱらとページをめくっては、中身などまるで頭に入らぬままもとに戻した。そこで煙草を吸おうとしたが、何度やってもパイプにうまく火がつかない。やがてマッチの燃えかすだけが暖炉にたまりはじめた頃、ケルン医師が読書室のドアを開けて入ってきた。

「それで?」開口一番にいう。

ロバート・ケルンは飛んでいくと声をあげた。

「やつの跡をつけたよ、父さん！　なんてこった！　マイラがサンダーソン氏のところにいた間、あのけだものは目と鼻の先にいたんだ！　やつの隠れ家は庭の塀から――サンダーソン氏の蘭の温室から千ヤードと離れていない野原にあったんだ！」

「よくもまた」ケルン医師がつぶやいた。「だがその場所ならばふたつの目的がかなう。さまざまな条件も満たされる。しかも灯台もと暗しというやつで、近所を探そうなどとはたいていこちらも思わない。手慣れた犯罪者のやりかただ」

ロバート・ケルンはうなずいた。

「マイラが夢に見た場所だった。それは間違いないと思う。あとは、やつが何時頃あの場所にあらわれるのかを——」

「あの男が」ケルン医師が口を挟んだ。「日中にその場所を頻繁に訪れているとは思えない。おまえも知ってのとおり、やつはピカデリーの部屋をとっくに引き払ったが、シュバリスのごとき羽振りのよさから見て、街のどこかに贅沢な部屋を持っているはずだ。わたしはいくつかの方向から——とりわけある方向から——探りを入れてみたんだが——」

そこで言葉を切り、いわくありげに両眉をあげる。

「〝ご婦人部屋〟に写真が増えていた、ということか！」ロバートがいった。

ケルン医師は険しい顔つきでうなずいた。

「まさにそのとおりだ。やつを法的に罰せられるような証拠はただのひとつもない。だがロブ、やつはエジプトから戻ったあと、始末した人間の写真をリストに加えているんだ！」

「あの悪魔！」若者が声をあげた。「異常な悪魔だ！」

「異常、か。確かにやつは異常だ。だが女性たちはやつの魅力に抗えない。やつに流れる穢れた血脈が如実にあらわれている証拠だ。魔女王の妖しい美貌はおおぜいの魂を破滅に追いやってきた。その息子であるあの男にも、その邪悪な美貌がみごとに受け継がれているということだ」

「これからどうすれば？」

「今日のうちにできることはおそらくもうない。明日の早朝ダリッジ地区に行き、やつの隠れ家に向かうのが一番いいだろう」

「でもやつの家にある新しい写真は？　どうやら、今夜やるべきことはまだあるようだ」

「そうだ、今夜やっておくべきことはある」医師は疲れた声でいった。「いまは一九一四年だというのに、ここハーフムーン街に日が沈めば、わたしたちは、おそらく幾世代もの人間が関わらずにすんでいた攻撃にさらされることとなる。忌み嫌われた魔術のわざの深淵を覗きこみ、ドアや窓に封印をほどこさねばならない。安全な場所から眺めながら高笑いしている愛の神エロスのような敵から身を守らねばならないのだ」

「やつが勝つことも？」

「ありえなくはない。どれだけ用心しようともな。今夜やつは渾身の力で向かってくる、そんな予感がする」

呼び鈴が鳴った。

「おそらくマイラだ」医師は続けた。「彼女には午後のうちに充分な睡眠をとっておいてもらわねば。思うに、今夜は彼女もおまえもわたしも、眠らずにこの読書室で一緒に過ごしたほうがいい。たがいからかたときも目を離してはならない――いいな？」

「望むところだ！」ロバート・ケルンは熱く声をあげた。「ぼくも思っていた、ついにこの闘いにけりをつけるときが来たんだと」

「今夜わたしが」医師が続けた。「手順にのっとって準備を進めておく。どうやら今日いっぱいはその準備に追われることになりそうだ」

第三十章　精霊

その日の夕刻、ケルン医師とその息子とマイラ・ドゥーケンは読書室に集まった。マイラはやや青い顔をしていた。

香の匂いが家じゅうに漂っていた。匂いは書斎からしていたが、これより前の昼下がり、医師は誰も入るなといい渡してこの書斎に閉じこもっていた。その準備というのが実質どのようなものだったのか、ロバート・ケルンにはまるで見当もつかなかったが、それについて訊ねられるのを父は好まないだろうという直感がどこかではたらいた。父はみずからの武器でアントニー・フェラーラと闘うつもりなのだ。これからとてつもない攻撃が待ち受けているという予感が、家じゅうに漂う空気そのものの中にたゆたっていた。そうなってみると、あたかも父が自分の意志とは裏腹に、ほんものの魔術師の領域に——一度としてまとったことのない、そして明らかに忌み嫌っているものの域に——足を踏み入れてしまったように見えてならなかった。

午後十時半、使用人たちはケルン医師の指示で全員退いた。背の高いマントルピースのかたわらに立つロバート・ケルンのいる場所から見ると、マイラ・ドゥーケンの姿はまるで一枚の美しい絵のようだった。シンプルな裾の長いドレスを身にまとい、部屋の奥の隅の椅子に腰をおろして本を読んでいる。その繊細で美しい姿が、くすんだ色の背表紙の列を背景にきわだっている。ケルン医師は大机の前にすわってパイプをくゆらせながら、じっと聞き耳をたてていた。この一週間、毎夜にわたってほどこされてきた奇妙な仕掛けはやはり今夜ももちいられていた——それはちいさな白い封蠟で、三角形をいくつも組み合わせた不思議な文様が押されており、それが家じゅうの家の窓やドア、おまけに火格子にまで貼りついていた。

こんなことさえなければ、ロバート・ケルンですら、父がこんな妖術に頼るとは、ずいぶん子どもじみたおかしなことをするものだと思ったにちがいない。だがさまざまな経験をかいくぐったことで気づかされた。こうした一見取るに足りないようなことが結果を大きく変える可能性すらあることを、そして〈あちら側〉の見知らぬ世界には聞いたこともないような掟が——つかみどころのない掟が——あることを。ここは素直に父の知識の凄さを認めて、これ以上質問を投げかけるのはやめておいた。

午後十一時、ハーフムーン街はだいぶ静まりかえっていた。車の行き交う音もしだいにやみ、まるで家そのものがにぎやかなロンドンのウエストエンドではなく、人里離れた寂しい場所に建っているかのようだ。この家のある場所だけがほかの人家から切り離され、実体のない雲の中にすっぽりと包みこまれてしまったようだった。魔女王の息子、アントニー・フェラーラの魔術によって呼び集められ操られた、邪悪な雲の中に。

マイラは本を読むふりをし、ケルン医師は表情が動かないところを見るとなにかをしきりに考えていたのかもしれなかったが、じっさいのところは、みなこれまでにないほど必死に気を張りつめ、いつ攻撃が始まるかとただじっと息を殺していた。きっかけはなんなのか――いつぞやのように、かすかなうめき声と窓を叩く音から始まるのか、それとも見せかけの暴風雨がやってきて、凄まじい雷鳴がとどろきわたるのか――敵はいきなり襲ってくるのか、はたまた彼方から飛ばされた邪悪な念がしだいに強くなり、砦の中心を内側からじわじわとえぐってくるのか、三人にはまるで見当もつかなかった。

やがてそれは突如として起こった。

マイラが本を取り落とし、絹を裂くような悲鳴をあげると、目をらんらんと輝かせ、前のめりに絨毯に倒れて意識を失ったのだ!

ロバート・ケルンは拳を握りしめ、跳びあがった。父親も慌てて立ちあがったため椅子がひっくり返り、派手な音をたてて床に転がった。

ふたりは娘が見ていた方角に同時に顔を向けた。読書室の窓にかかったカーテンに目が留まる――カーテンは閉まっていた。まるで外側からまばゆい光に照らされてでもいるように、窓いっぱいに光りが満ちていた。だがその光は穢れた炎の輝きそのものだった!

やむをえずふたりはあとずさった。ロバート・ケルンが思わず父親の腕をつかむ。

カーテンが、強い光を直接当てられたかのように透けていた。その奥に窓が青い長方形となって浮かんでいる。室内でついているのはランプがふたつだけ、ひとつはマイラが本を読んでいた部屋の隅のランプ、もうひとつは机の上にある緑色のシェードのついたランプだ。窓のすぐ下の部屋の隅には、この異様なまばゆい光とは対照的な真っ黒い影が澱んでいる。

「なんてことだ！」ロバート・ケルンは小声でいった――「外――ハーフムーン街だ。でも明かりなんてあるはずが――」

そこで黙りこんだ。娘に恐怖の叫びをあげさせたものを、まさに目の当たりにしたからだ。長方形の光の真ん中に、一部だけ不透明な灰色の影がうごめいていた――まわりにはまばゆい雲が揺らめいている――影はみるみる形をなし、実体を持ちはじめた！

人の形に似ていなくもない。だがとにかくきわだっていたのは灰色だということだ。立ちのぼる煙の灰色ではなく、雨雲の灰色だった。しかも頭とおぼしきものの中心にはふたつの目があり――ふたつの燃えさかる炎の玉が――室内をにらみつけている！

窓からの熱で読書室は暑くなりはじめていた――炉の扉を開け放したかのような熱が肌を灼く……影がさらにはっきりと形をとりはじめ、前へ――彼らのほうへ――にじり寄ってきた。それとともに熱さがじりじりと増す。

燃えさかるふたつの目に視線を合わせることは不可能だ。父も息子も、身動きすらできなかった。ロバート・ケルンはまさに、フェラーラという怪物とさんざん向き合ってきたこれまでの間にも感じたことのないような、凄まじい恐怖に足がすくんでいた。だが父親のほうはやはり恐れおののいていたものの、恐怖心を振り払うと、ひと跳びで大きな書きもの机に飛びついた。

そこになにか蠟玉のようなものがまとめて置いてあるのが、ロバート・ケルンの目にぼんやりと映った。父が書斎に閉じこもって準備していたのはどうやらこれだったようだ。ケルン医師はその蠟玉のようなものをひとつ残らず左手に載せ、影に向き直った――影はまるで部屋の中に向かって膨らんでいるようだった——というのも、その動きは〝前へ進んできた〟というありきたりな言葉ではとてもいいあらわせなかったからだ。

ケルン医師はその霧のかたまりのような灰色のものに向かい、白い蠟玉をひとつずつ投げつけた。カーテンに当たると、蠟玉は炎に投げこまれたかのようにシュウッと音をたてて溶けた。溶けた液体がカーテンの表面に垂れ、ガーゼのように透けた布の表面にうっすらといくつもの筋が浮かびあがった。

医師は蠟玉を投げつけては一歩近づき、そのたびになにかの言葉を大声で繰り返した——ロバート・ケルンの聞いたことのない言語だった。古代エジプト語だ、とふと直感で気づいた。

蠟玉を投げたのはその恐ろしい影をすこしずつ霧散させるためだった。もととなる炎をじわじわと消していけば煙も消えるはずだ。窓に向かって投げた蠟玉は全部で七つ——その七つめが、玉の形のままカーテンに当たった。

〈火の精霊〉を打ち破ったのだ！

ロバート・ケルンは取り乱したように思わず自分の髪をつかんだ。正気を保つ精一杯の努力をしながら、カーテンのかかった窓をにらみつける。いまのは錯覚だったのか？ ほんとうに目の前でカーテンが色褪せ、その向こう側から照りつけるまばゆい光が透けて見えていたのか？ なんとも呼びようのない得体の知れないあのなにかは、ほんとうにここに立っていたのか？

カーテンを見ればその答えは一目瞭然だった。

蠟玉が溶けて垂れたいくつもの白い筋が、カーテンの表面に残っていた！

「マイラを長椅子に寝かせてやれ！」

父親の声だった。落ちついた、だが張りつめた声だ。

ロバート・ケルンはふいに靄が晴れたかのように、とっさに絨毯の上に倒れている白い身体を振り向いた。そして大声をあげ、そばへ飛んでいって娘の頭を抱えあげた。

「マイラ！」苦しげな声でいう。「マイラ、返事をしてくれ」

「落ちつけ」ケルン医師が諫めた。「気がつくまで返事などできるか！　気を失っているだけだ――それ以上の心配はない」

「じゃあ――」

「わたしたちの勝ちだ！」

第三十一章　トートの書

野原がまだ早朝の靄に包まれる中、ふたりは奇妙な厄介ごとを片づけるため、湿った草を踏み分けて納屋の入口へ向かった。昨夜この納屋から死の波動が放たれ、ハーフムーン街の読書室にいた彼らを襲い、まさにその手に捕らえようとしていたのだ。

大きな両開きのドアには南京錠がかかっていたが、鍵はあらかじめ用意してあった。十分後、鍵が開いた——ケルン医師は勢いよくドアを開いた。

息の詰まるような匂いが——もはやあまりにも嗅ぎ慣れてしまったあの香の匂いが漂ってきた。ほの暗い中へ、ふたりはためらわず入っていった。

室内にある家具は樅材のテーブルと椅子だけだった。床の一部は板張りが波打っていて、近づいてみるとすぐに、そこがアントニー・フェラーラの恐ろしいわざの道具の隠し場所であることがわかった。

ケルン医師は二枚の分厚い板を持ちあげた。床下には風変わりな品々が山ほど隠されていた。独特なデザインの古いランプが四つと、それよりもさらに大きい銀製のランプもある。どちらも、父子がアントニー・フェラーラの住んでいたさまざまな部屋で見かけたものだ。ほかにもさまざまなものがあったが、ロバート・ケルンには、たとえそうしろといわれても、とても説明のつかない品ばかりだった。初めて見るものばかりで、それらがいかなるものなのか、はたまたなんのためにもちいられるのか、まるで見当もつかなかった。

だがこの奇妙なものの群れの中でもとりわけ目を惹いたのは、見たこともないような細工のほどこされた四角い鉄製の箱だった。蓋が渦巻のような模様に覆われている。ロバート・ケルンがふと手をのばし、蓋を開けてみようとした。

「触るな！」医師が声をあげた――「絶対に触ってはならん！」

ロバート・ケルンは蛇でも前にしたように思わずあとずさった。振り向くと父は白い手袋をはめていた。はっとしてよく見ると、その手袋の表面にはびっしりと白い薬品がついていた。

「どいていろ」医師はいった――あとにも先にも、彼の声が震えたのはこの一度だけだった。「いいというまでこちらを見るな。顔を背けてろ！」

驚いて黙りこんだまま、ロバート・ケルンはいわれたとおりにした。鉄製の箱の蓋を持ちあげる音がした。父が箱を開けたのだ。ロバート・ケルンはいないことは先ほど見てわかった。やがて父が箱の蓋を閉め、もとの隠し場所に戻したのがはっきりと聞き取れた。

「振り向くなよ！」低くかすれた声がした。

けっしてそちらを振り向かずにじっと待った。動悸が激しくなる。いったいつぎはなにが起こるのだろうか。

「ドアから離れてろ」と声がした。「わたしの姿が見えなくなっても気にするな。すべて終わったら呼ぶ」

息子はなにもいわず、いいつけどおりにした。

父親が彼の前を通り過ぎ、やがて納屋のドアの外から湿った草を踏みしめて歩いていく足音がした。それから耐えがたいほど待たされることとなった。どこかあまり遠くない場所から、ケルン医師がなにやら動いている気配、それから栓をした瓶からなにかを注いでいるような、ガラスどうしをぶつけ合うような鋭い音が響いてきた。すると納屋には濃厚な香の匂いが漂っているにもかかわらず、鼻につんとくる匂いが鼻孔を突いた。

「ドアを閉めてこっちへ来い！」父が叫んだ。

ロバート・ケルンはふたたびドアを閉めると南京錠をかけ、用意してあった鍵の中から合鍵を探しはじめた。どうやら鍵を開けるよりも閉めるほうが難しいようだ。おまけに手も震えている。背後でいったいなにがおこなわれたのか知りたくていても立ってもいられなかった。そこでカチリと音がして、いわれたことをやり遂げたとわかるとすぐさま振り向いた。父はまだかすかに煙をあげている黒焦げのかたまりに草をかぶせているところだった。ロバート・ケルンは父のもとへ歩いていった。

「なにをしたんだ？」

「やつが身を守るすべを奪った」医師は険しい表情で答えた。顔は蒼白で、目はらんらんと輝いている。「『トートの書』をこの世から葬ったのだ！」

「じゃあ、あいつはもう――」

「まだあの恐るべきしもべを召喚することはできる。一度召喚したものならばもう一度呼び出すことは可能だ。だがロブ――」

「だが、なんだ?」

「やつにはもう操る力はない」

「なんてことだ!」


その夜、禍々しい攻撃がふたたび繰り返されることはなかった。夜明け前のくすんだ灰色の光の中、ケルン医師とその息子はまるで二体の幽霊のように、人目をしのびながら野原を抜けて納屋をめざした。

南京錠が壊れてぶらさがっていた。

「そこを動くな、ロブ!」

ケルン医師はいうと、おそるおそるドアを押し――すこしずつ――すこしずつ開け――中を覗きこんだ。肉の焼ける強烈な匂いがした。そして息子を振り返り、落ちついた声でいった。

「魔女王の血脈は絶たれた!」

解説

植草昌実

H・P・ラヴクラフトは評論「文学と超自然的恐怖」で、ブラム・ストーカーの『吸血鬼ドラキュラ』(一八九七)が、同時代の作家たちに影響を与え、超自然的な恐怖を描いた作品群を誕生させたことを語っている。そして、それらの中でも優れたものとして、同年に刊行されたリチャード・マーシュの『黄金虫』(一八九七)とともに取り上げているのが本作、サックス・ローマーの『魔女王の血脈』(一九一八)である。

実際、本作はいたるところから、『吸血鬼ドラキュラ』の影響が感じられる。たとえば、恐怖の対象である怪青年アントニー・フェラーラには、石上三登志が評論『吸血鬼だらけの宇宙船』(一九七七)でドラキュラを評した「ダーク・ヒーロー」という呼称がよりふさわしいことだろう。

また、「異国趣味」も『ドラキュラ』と共通する。本作でのそれは、ローマーの愛着深いエジプトで、ストーカーの『七つ星の宝石』(一九〇三)や、マーシュの『黄金虫』にも描かれている。冥府の神セトのマスクをつけた怪人や、忍び寄る死番虫の群れなど、恐怖の要素と融合しているのにも注目したい。

『ドラキュラ』以降の長篇ホラーが、かの名作に影響されないほうがむしろ困難だろう。その強大な影響下で、ラヴクラフトが本作に見いだした優れた要素とは、ローマーが得意とするあふれんばかりの異国趣味、怪奇趣味だったのではないだろうか。

さらに本作は、『ドラキュラ』よりも早い展開で、フェラーラとロバート・ケルン、明暗ふたりのヒーローの対決を物語っている。ドイルやヴェルヌを愛読したラヴクラフトは、物語の愉しさそのものにも、心奪われたのではないだろうか。

サックス・ローマー、本名アーサー・ヘンリー(のちにサースフィールドと改名)・ウォードは、一八八三年二月十五日に、イギリスはバーミンガムの、アイルランド人石工の家に生まれた。幼い頃から夢見がちで、エジプトに思いを馳せる一方、アルコール依存症の母が幻覚を見るせいか、自分も夢遊病や悪夢に悩まされたという。

ロンドンのジャーナリストから文筆業をはじめた彼は、少年時代に夢見たエジプトや、ロンドンのチャイナタウンを舞台にした小説を書き続けていたが、「いつまでもチャイナタウンばかり書き続けてはいられない」という意思からか、魔術結社〈黄金の暁〉に入団。この結社には詩人W・B・イェイツや、アーサー・マッケン、アルジャーノン・ブラックウッドらも参加していたことは、読者の皆様もご存じのことだろう。〈黄金の暁〉がその教義にエジプト神話を取り込んでいたことがローマーの関心を惹いた、という説もあるが、実際に彼は入団後、熱心に魔術を研究し、THE ROMANCE OF SORCERY（1914）という研究書を著している。当時としては数少ない、魔術の知識を理智的な方向にまとめた同書は、オカルティズムの研究に熱心だったマジシャン、ハリー・フーディーニの称賛を受けたという。

一九五九年六月一日に歿するまでに、ローマーは数多くの冒険小説、怪奇小説、探偵小説（邦訳に『骨董屋探偵の事件簿』東京創元社がある）を手がけ、四十三作の長篇と七冊の短篇集を上梓した。

彼の作品でもっとも知られているのは、一九一三年に刊行された『怪人フー・マンチュー』（早川書房）に始まる〈フー・マンチュー〉シリーズだろう。中国人の天才的犯罪者の暗躍を描いたこのシリーズは、ほぼ半世紀にわたり十三作の長篇が発表され、頻繁に映画化もされた。ルネッサンス以降ヨーロッパに浸透していた東洋趣味を、怪奇冒険小説に託して一世を風靡したシリーズだったが、日本ではむしろその東洋趣味ゆえにか、英米ほどの人気は得られなかったようだ。

本作は、一九七〇年代の幻想文学出版ブームの折、国書刊行会〈ドラキュラ叢書〉の第二期に『魔女王の血族』として予告されたまま、四十余年ものあいだ邦訳が待たれてきた。初刊からは約一世紀を経てのこの訳書が、サックス・ローマーという作家に新たな光を当てる第一歩となることを、心から願っている。

（本稿を起こすにあたり、荒俣宏著『世界幻想作家事典』国書刊行会〔一九七九〕を参考にしました。）

ナックス・ローマー Sax Rohmer

1883年、英国バーミンガムに生まれる。ジャーナリストから小説家に転身、冒険小説、怪奇小説、探偵小説を中心に多作、人気を博する。代表作に「怪人フー・マンチュー」(早川書房)に始まる〈フー・マンチュー〉シリーズや、「骨董屋探偵の事件簿」(東京創元社)がある。魔術結社〈黄金の暁〉にも参加し、魔術の研究書も著した。1959年歿。

田村美佐子(たむら みさこ)

英米文学翻訳家。1969年生まれ。上智大学大学院文学研究科英米文学専攻博士前期課程修了。アスキュー『エイルマー・ヴァンスの心霊事件簿』(アトリエサード)、ホフマン『マットの魔法の腕輪』、ジョーンズ『詩人たちの旅』『聖なる島々へ』、デュエイン『駆け出し魔法使いとはじまりの本』、ウォルトン《マビノギオン物語》(以上、東京創元社)ほか、訳書多数。

ナイトランド叢書 2-7

魔女王の血脈

著　者　サックス・ローマー

訳　者　田村美佐子

発行日　2017年10月5日

発行人　鈴木孝

発　行　有限会社アトリエサード
東京都新宿区高田馬場1-21-24-301 〒169-0075
TEL.03-5272-5037 FAX.03-5272-5038
http://www.a-third.com/ th@a-third.com
振替口座／00160-8-728019

発　売　株式会社書苑新社

印　刷　モリモト印刷株式会社

定　価　本体2400円+税

ISBN978-4-88375-281-2 C0097 ¥2400E

www.a-third.com